Boris Meyn, Jahrgang 1961, ist promovierter Kunst- und Bauhistoriker. Er hat zahlreiche wissenschaftliche Publikationen zur Hamburger Architektur- und Stadtgeschichte veröffentlicht und parallel dazu begonnen, historische Kriminalromane zu schreiben. «Der Tote im Fleet» (rororo 22707) avancierte in kürzester Zeit zum Bestseller («spannende Krimi- und Hamburglektüre», so die taz). Auch «Der eiserne Wal» (rororo 23195) und «Die rote Stadt» (rororo 23407) entführen den Leser ins Hamburg des 19. Jahrhunderts. Mit dem vorliegenden Roman hat Boris Meyn zum ersten Mal einen Gegenwartskrimi verfasst.

Boris Meyn

Die Bilderjäger

Kriminalroman

Rowohlt Taschenbuch Verlag

Originalausgabe

Veröffentlicht im Rowohlt Taschenbuch Verlag,
Reinbek bei Hamburg, Juli 2004
Copyright © 2004 by
Rowohlt Verlag GmbH, Reinbek bei Hamburg
Umschlaggestaltung any.way, Cathrin Günther
(Foto: Andreas Pufal,
Blick auf die Kunsthalle Hamburg)
Satz Bembo PostScript bei Pinkuin Satz
und Datentechnik, Berlin
Druck und Bindung Clausen & Bosse, Leck
Printed in Germany
ISBN 3 499 23196 4

Für meine Eltern

Paris 1917

Natürlich hatte Zborowski seine Frau auf den Blättern erkannt, was den Kunsthändler vielleicht überrascht, keineswegs aber geniert oder gar geärgert hatte. Schließlich war es ihre Entscheidung, und wie es aussah, würde niemand außer ihm selbst davon erfahren. Nicht einmal Berthe war es aufgefallen, obwohl er das anfangs vermutet hatte, denn eigentlich hatte sie für so etwas ein gutes Auge. Aber so ungezwungen, wie sie den ganzen Abend Anna gegenüber aufgetreten war, konnte sie es unmöglich wissen. Eigentlich war es auch völlig gleich. Dennoch, zugetraut hätte er das Anna nicht. Selbst heute Abend hatte sie so unnahbar und distinguiert gewirkt wie immer. Auch als sie gemeinsam vor den Bildern standen, hatte sie sich nichts anmerken lassen. Der amüsierte Blick, mit dem sie ihn aus dem Augenwinkel streifte – hatte sie sehen wollen, ob er vielleicht die Fassung verlöre angesichts ihres kühnen Vorstoßes, die Toleranzgrenzen ihrer Ehe auszuloten? Hatte sie sich seinem begabten Schützling angeboten, oder war sie dessen Überredungskünsten erlegen? Natürlich kannte er ihre Sehnsüchte nur zu gut. Jedes Mal, wenn sie eines seiner Gedichte las, deren Zeilen nicht zu veröffentlichen waren, erkannte er, wie schwer es ihr fallen musste, ihr Verlangen und ihre Gier zu zügeln. Es war wohl diese Atmosphäre in seinem Atelier, die sie zu einem solchen Schritt veranlasst haben mochte.

Zornig hingegen machte ihn der beflissene Eifer, mit dem man die Blätter konfisziert hatte. Diese lüsternen Blicke, diese heuchlerische Moral, mit der man darüber hergefallen war. Er kannte einige der kunstrichternden Philister als Gäste von Lokalen, die auch er selbst gerne besuchte. Verbotene Institutionen waren es, deren Existenz abgestritten, deren Besuch bei

Entdeckung mit Ausschließung aus der Gesellschaft, wenn nicht mit Zuchthaus bestraft wurde.

Ein gellender Schrei hatte genügt, um die ruhige und intime Stimmung im Salon zu beenden. Ein Höllenspektakel brach los; nach wenigen Minuten konnte man zwischen Freund und Feind nicht mehr unterscheiden. Nachdem die erste Leinwand abgehängt worden war, riss man sich die Bilder gegenseitig aus der Hand, und es war in dem Gewirr nicht zu erkennen, wer sie der Beschlagnahmung zuführen und wer sie den selbst ernannten Hütern von Sitte und Moral wieder entreißen und sich als Objekt der eigenen Begierde auf diesem Wege aneignen wollte. Drei oder vier der Besucher waren über Berthe, die versucht hatte, einige der Exponate in den hinteren Räumlichkeiten der Galerie in Sicherheit zu bringen, hergefallen und hatten sie zu Boden gerissen. Durch den Aufruhr in den Räumen angelockt, strömten Passanten von den umliegenden Straßen in diese dem Anschein nach sittenlose Stätte und malträtierten einige inzwischen auf dem Boden liegende, vermeintlich obszöne Werke mit den Füßen. Natürlich war es im Nachhinein betrachtet eine dumme Provokation gewesen, eines der Blätter in den Schaukasten neben der Tür zu hängen. Aber mit einer derartigen Erregung hatte doch niemand rechnen können.

Erst die schrille Pfeife des mit der Situation völlig überforderten Gendarmen hatte für Ruhe gesorgt. Unter dem Beifall der inzwischen mehrheitlich vertretenen Prüderie wurden schließlich die meisten Corpora delicti gemeinsam mit deren Schöpfer und seinen Helfern in die nahe Wache verfrachtet, und nur dem Umstand, dass sich Advokat Mercier unter den geladenen Gästen der Galerie befand und dieser noch in der gleichen Nacht bei der zuständigen Präfektur intervenierte, war es zu verdanken, dass der Künstler von einem längeren Arrest verschont blieb.

Das Tor der Gendarmerie an der Rue des Béotiens öffnete sich erst mit Anbruch des Tages wieder. Die Aufnahme der Personalien hatte man sich sparen können. Zusammen mit Chaim Soutine war er schon oft Gast in dieser Herberge gewesen – meist nur für eine Nacht und als Folge der ausschweifenden Zechgelage, an die er sich am Tage darauf nur mit Mühe erinnern konnte. In der Regel waren es seine Vertragspartner, die Kunsthändler Paul Guillaume und neuerdings eben Leopold Zborowski, die für Soutines offene Rechnungen aufkamen und ihn selbst auslösten; wiederholt legten aber auch seine Freunde unter den jungen Künstlern, Juan Gris, Pablo Picasso, André Salmon oder Cocteau, ein gutes Wort für ihn ein, zumal es meist nicht er war, der für die Schäden verantwortlich zeichnete, sondern Soutine. Schon wenige Gläser Absinthe konnten dessen gutmütiges Wesen außer Kraft setzen.

«Deine schmierigen putains behalten wir hier!» Der Gendarm grinste ihn böse an. «So eine dreckige Schweinerei. Ihr Malerpack suhlt euch im Morast, während unsere Soldaten in den Schützengräben sterben.»

Er antwortete nicht. Die Nacht in der kargen Zelle hatte ihm bereits genug zugesetzt. Jetzt noch ein sinnloser Streit mit einem Moral schwitzenden Sittenhüter in Uniform? Nein, das war zu viel. Leopold und Berthe würden sich um alles Weitere kümmern. Als er auf die Straße trat, stellte er sich vor, wie sich die neue Inquisition, die hier durch zwei kleine Gendarmen und deren Gehilfen repräsentiert wurde, an der gemalten Nacktheit des Fleisches ergötzte – wie sie schmutzige Witze rissen und mit gierigen Fingern über Brüste und Schamhaare fuhren, die allein von einer dünnen Schicht Firnis bedeckt waren.

Als sein Blick auf Sacré-Cœur de Montmartre fiel, deren frommes weißes Antlitz von den ersten Sonnenstrahlen des Tages erfasst wurde, erinnerte er sich einer spitzen Sottise Soutines und musste lachen. Wie hatte Chaim ihre Türme genannt? «Les Sceptres lubriques de Montmartre»! Recht hatte er. Ein so phallisches Bauwerk passte einfach zu diesem Viertel.

Seine Wohnung, die kaum mehr als ein großes Atelierzimmer war, lag keine fünf Minuten von hier entfernt. Wenn er auf einen Stuhl stieg, konnte er die Türme von Sacré-Cœur durch das Dachfenster sehen. Acht halbe Treppen und eine Stiege führten hinauf zu seinem Zimmer. Er schaute an sich herunter. Das abendliche Handgemenge hatte Spuren hinterlassen. Ein Ärmel war eingerissen, und auf der linken Seite klaffte ein großes Loch in seiner Jacke. Mechanisch griff er zum Türknauf, schob den Riegel beiseite und betrat sein Refugium. Eiseskälte schlug ihm entgegen.

«Bist du allein?», tönte es aus dem hinteren Winkel des Raumes.

«Ja. Warum hast du den Ofen nicht angefeuert?»

«Es waren nur noch so wenige Holzscheite da. Es tut mir so Leid, was passiert ist.»

«Ich hätte es mir denken können. Diese Banausen.» Zielstrebig ging er zu dem gusseisernen Ungetüm, das hinter der großen Staffelei in einer Nische des Raumes stand, und zog aus einer Kiste mehrere mit Zeitungspapier umwickelte Holzstücke hervor. Mit Hilfe eines Streichholzes entfachte er das Feuer. Für einen kurzen Moment betrachtete er die züngelnden Flammen, dann schloss er die Ofenklappe und wandte sich Jeanne zu, die, in mehrere Decken eingehüllt, auf dem roten Diwan ihr Lager aufgeschlagen hatte.

Er hatte nicht erwartet, sie hier anzutreffen. Natürlich, irgendwann hatte er ihr gesagt, sie sei jederzeit willkommen und seine Tür stünde ihr offen. Mehrmals schon hatte sie ihn hier im Atelier aufgesucht und ihm bei der Arbeit zugeschaut, seit sie sich Anfang des Jahres in der Académie Colarossi begegnet waren. Sie verstanden sich gut, ja, das war keine Frage. Aber warum kam sie gerade heute, nach dieser Niederlage? Stets hatte sie zu ihm aufgeschaut. Vom ersten Moment an war ihr Blick voller Bewunderung für ihn gewesen. Wie ein unschuldiger Fremdkörper war sie in der Académie aufgetaucht – jung, unerfahren und trotz ihrer anfänglich schüchternen Art mit dem brennenden Wunsch in den Augen, in die dionysische Welt des freien Kunstschaffens einzutauchen. Jetzt saß sie bis spät in die Nacht neben Malern und Schriftstellern, lauschte den Gesprächen zwischen Philosophen und Dummköpfen, Aufschneidern und Dilettanten, trank und rauchte mit ihnen und duldete als Preis die existenziellen Nöte, die dieses wundervolle Leben mit sich brachte.

Ja, er mochte Jeanne. Sie war besessen von purer Lebensfreude, mutig, kompromisslos und zugleich aufrichtig. Wenn sie bleiben wollte, sollte sie bleiben.

Nach wenigen Minuten hatte das Feuer des Ofens die kalte Luft aus dem Raum vertrieben, und wohlige Wärme breitete sich aus.

«Warum haben sie die Bilder mitgenommen?», fragte sie.

«Sie zeigen, was nicht gezeigt werden darf.»

«Das ist lächerlich!»

«Die Bilder gelten als obszön», sagte er und stellte ein großes Reißbrett auf die Staffelei. «Schamhaare dürfen nicht zu sehen sein, sagen sie!»

«Es war Anna Zborowska, die dir Modell gestanden hat, nicht wahr?»

«Ihr Körper! Nicht ihr Gesicht.» Er riss ein Blatt vom Zeichenblock ab und heftete es mit Nadeln an das Reißbrett. Dann entledigte er sich endlich seines zerrissenen Rockes, warf ihn über einen Stuhl vor dem Herd und streifte sich eine bequeme Strickjacke über.

«Ist sie Teil deines Vertrages mit Zborowski?»

«Nein», antwortete er. «Zieh dich aus!»

So nonchalant er diese ungeheuerliche Aufforderung auch über die Lippen brachte, in ihrem Gesicht zeigte sich nicht die geringste Spur von Empörung. Ganz im Gegenteil, als wenn sie auf diese Anweisung schon lange gewartet hätte, begann sie sich schweigend zu entkleiden. Er hatte sie zuvor weder nackt gesehen noch darum gebeten, dass sie ihm Modell saß.

«Weiß Zborowski, dass sie dein Modell war?»

«Wahrscheinlich. Aber er wird es dulden, solange es nicht publik wird. Er geht schließlich auch seiner Wege, und ich glaube, die sind mehr durch das Interesse an jungen Männern gekennzeichnet.»

«Liebst du sie?»

«Nein. Sie wollte gevögelt werden, und ich habe sie gemalt.» So grob sprach er sonst nicht über Frauen. Aber das Vokabular entsprach genau seinem momentanen Bedürfnis, dem Geschehen um ihn herum, ohne Rücksicht auf irgendeinen Kodex, einen Namen zu geben. Es war kein Zorn, der ihn trieb. Wenn sein Verhalten vielleicht anfänglich auch durch das Unverständnis über die Geschehnisse des letzten Abends geprägt war, so verspürte er jetzt mehr und mehr die Lust an der reinen Provokation. Wie weit würde Jeanne ihm folgen?

«Nicht gevögelt?»

«Auch.»

«Schläfst du mit allen deinen Modellen?»

Jeanne war jetzt völlig entkleidet. Sie hatte ihre Frisur gelöst, und das rotblonde Haar fiel auf ihre Schultern. Sein Blick folgte, einem Stift gleich, den Umrissen ihres Körpers. Ganz im Gegensatz zu Anna waren ihre Körperformen weich und zart proportioniert. Dafür besaß sie nicht Annas unsagbar feingliedrige Noblesse. Ihr Mund war klein und ohne die scharfen Konturen angemalter Lippen. Die rötliche Scham bildete auf der hellen Haut einen fast unnatürlich sanften Kontrast. Nur ihre Nase warf einen spitzen Schatten.

Während er sein Modell begutachtete, fixierte Jeanne ihn mit einem herausfordernden Blick.

«Nein, ich male alle, mit denen ich schlafe», antwortete er und griff zu einem Graphitstift.

«Willst du die Maja oder die Venus?» Er deutete auf das Kissen auf dem Diwan.

Aber anstatt sich niederzulegen, zog sie das Kissen energisch zu sich heran und hockte sich rittlings darauf. Ohne seinem Blick auszuweichen, legte sie die Hände auf ihre Schenkel und spreizte die Beine langsam so weit auseinander, dass ihr Geschlecht zum Zentrum jeglicher Aufmerksamkeit wurde. Als wenn diese Pose noch nicht eindeutig genug gewesen wäre, rückte sie auf dem Kissen nach vorne und schob ihre Hüften so weit vor, dass die Knie auf dem Diwan zur Ruhe kamen. Immer noch blickte sie ihm direkt in die Augen. Dann reckte sie ihren Oberkörper in die Höhe, streckte die Arme empor und verschränkte ihre Hände hinter dem Kopf. In dieser Position verharrte sie.

Ohne ein Wort zu sagen, setzte er den Stift auf das Papier.

«Willst du mich nicht?»

«Später!», antwortete er geistesabwesend. «Bleib so!»

«Liebst du Béatrice noch?»

«Im Moment nicht», antwortete er, ohne aufzublicken. Wie kam sie jetzt nur auf Béatrice? Bereits vor einem Jahr hatten sie sich getrennt, das war doch allgemein bekannt. Was Béatrice bewogen hatte, gestern überraschend in der Galerie aufzutauchen, wusste er auch nicht. Wahrscheinlich war es ihre Sucht nach Selbstdarstellung; sie nutzte jede Gelegenheit. Aber er wollte jetzt nicht an Béatrice denken. Ihr Verhältnis war ein endloser Akt der Selbstzerfleischung gewesen.

«Aber du tust es noch?», bohrte Jeanne weiter.

«Sie hätte alles darum gegeben, so gemalt zu werden wie du jetzt.» Er löste die Nadeln aus dem Reißbrett, riss einen neuen

Bogen vom Block und begann erneut, der Lust seines Modells, die sich direkt vor seinen Augen öffnete, eine Form zu geben.

«Du weichst meiner Frage aus.»

«Tu ich nicht. Sie hätte es allerdings nur für sich selber getan. Mit der Absicht, die Betrachter der Bilder zu beobachten und sich mit Stolz als Modell zu offenbaren. Aber sie hätte es nicht für mich getan.»

«Woher weißt du, dass ich es nicht aus den gleichen Gründen mache?»

Zwei flüchtige Blicke voller Begehren trafen aufeinander und verweilten für einen kurzen Augenblick im Raum.

«In der Atmosphäre zwischen dir und diesem Blatt befindet sich alles, was zählt. Es kommt darauf an, die Distanz zu überwinden.»

«Wem willst du die Zeichnungen zeigen?»

«Niemandem. Es wird ein ganz privates Tagebuch.»

Hamburg Hauptbahnhof

Ein Blick in den Rückspiegel genügte, um ihm die Aussichtslosigkeit seines Vorhabens vor Augen zu führen. Vier Fahrzeuge blockierten den Rückweg. Zwei massive Poller aus poliertem Granit versperrten den seitlichen Fluchtweg, und vor der Kühlerhaube bewegte sich schon seit zwanzig Minuten überhaupt nichts mehr. Die Finger seiner linken Hand trommelten einen nervösen Rhythmus auf dem Lenkrad. «High Noon am Hauptbahnhof», murmelte er zu sich selbst und schüttelte ungläubig den Kopf. Warum um alles in der Welt hatte er diesen dämlichen Taxenstand angesteuert? Weit und breit war kein Fahrgast und, was noch viel schlimmer war, kein Schatten auszumachen. Die Sonne brannte so erbarmungslos, dass man nicht einmal das Schiebedach öffnen konnte. Von Zeit zu Zeit wedelte er sich mit der geöffneten Fahrertür ein wenig Luft zu. Sein Hemd klebte an der Rückenlehne. Es war eine von diesen unüberlegten Kurzschlusshandlungen gewesen – als Strafe schmorte er jetzt, eingekeilt zwischen einer Armada von Taxen, in der Mittagshitze und schwor sämtliche Eide, diesen Platz in Zukunft zu meiden. Er sehnte sich nach kühlendem Fahrtwind oder einem schattigen Plätzchen an der Alster. Stattdessen war er nun gezwungen, dem Fitnessprogramm schwergewichtiger Kollegen beizuwohnen. Um ihn herum war man einheitlich damit beschäftigt, klebrige Rußpartikel mit Hilfe von Haushaltstüchern gleichmäßig auf den Scheiben zu verteilen. Mit dieser Sisyphusarbeit nahm die Spezies gemeiner Kutscher den alltäglichen Kampf gegen die Langeweile am Arbeitsplatz auf. Er zählte neun Haushaltsrollen vor sich.

Entnervt schaltete er das Funkgerät aus und drehte die Rückenlehne herunter. Seine Blicke folgten dem Menschenstrom, der unaufhörlich aus der Wandelhalle des Bahnhofs quoll. In regelmäßigem Abstand stauten sich die Passanten vor der kleinen Ampel, welche zum Geschäfts- und Einkaufsviertel auf der gegenüberliegenden Straßenseite führte. Für einen kurzen Augenblick schien die Kolonne hier zu ruhen, und der Ameisenstrom verdichtete sich zu einem komplexen Gebilde. Zwei Gestalten lösten sich aus der Menge. Der zielstrebige Schritt, mit dem die beiden auf den Taxenstand zueilten, zeugte von geschäftlicher Dringlichkeit. Der Griff zum Zündschlüssel erfolgte automatisch. Aufrücken. Kurz darauf eine ältere Dame, mit dem rechten Arm einen Rollkoffer, mit dem linken einen widerspenstigen Foxterrier hinter sich herziehend. Kurz vor Erreichen des Ziels wurde sie von einem verliebt umschlungenen Pärchen überholt, welches sich nach einem innigen Kuss auf zwei Taxen verteilte. Es tat sich etwas. Noch fünf Haushaltsrollen.

Vor ihm machte man sich startklar: Nachdem die Thermoskannen verstaut waren, drückte man die Kofferraumdeckel lässig zu. Ein flüchtiger Blick zur Startlinie, dann auf das Schuhwerk. Wer sich jemals gefragt hatte, wer denn diese Sandaletten, die als Schnäppchen im Restpostenmarkt oder auf den letzten zwanzig Seiten des ADAC-Heftes angeboten wurden, überhaupt kaufte – hier bekam er die Antwort. Geschickt zog man die kleinformatige Tageszeitung aus der Sitzarretierung und vertraute sie dem letzten freien Winkel des städtischen Müllbehälters an. Ein kurzer und zurechtrückender Griff an den Bund der Hose, ein nochmals beiläufig prüfender Blick zum Bahnhof und dann, als Abschluss der Zeremonie, ein schnelles, aber dennoch bezeichnendes, knetendes Reiben der Handflächen. In aufrechter Haltung bezog man danach zwischen Wagen und geöffneter Fahrertür seinen Posten und hielt Ausschau. Den potenziellen Fahrgästen, die man am schweren Gepäck bereits auf fünfzig Meter Entfernung als solche ausgemacht hatte, stürzte man sich auf den letzten drei Metern hilfsbereit entgegen, man verstaute die Koffer und eilte dann mit hüpfendem Schritt um den Fahrgast herum, um ihm zuvorkommend die Tür seiner Wahl zu öffnen. Ein abschließender Blick auf die zurückbleibenden Kollegen, den Stolz auf eine lukrative Tour verkündend, sowie ein nochmaliges Reiben der Handflächen beendeten für gewöhnlich das Szenario.

Sooft er diese mechanischen Abläufe, die sich Tag für Tag an jedem beliebigen Taxenstand wiederholten, auch schon beobachtet hatte, die Uniformität der Gesten versetzte ihn jedes Mal erneut in Erstaunen.

Erstaunlich waren auch die Beine der jungen Frau, die sich mit einer kleinen Reisetasche und einer Handtasche auf den Taxenstand zubewegte. Nicht die Beine an sich, die, nebenbei bemerkt, sicherlich ausgesprochen schön geformt waren, erregten seine Aufmerksamkeit, sondern vielmehr die Tatsache, dass die Frau trotz der hochsommerlichen Temperaturen eine Feinstrumpfhose trug. Er nahm sie deutlicher in Augenschein. Sie war noch weit von dem Alter entfernt, in dem Strumpfhosen als kosmetisch korrigierende Notwendigkeit getragen wurden. Vielleicht Mitte zwanzig? Seine Augen beobachteten sie wie durch den Sucher einer Kamera. Alles um sie herum verschwamm dabei in einer diffusen Unschärfe. Der Steckbrief der wahrgenommenen Einzelbilder setzte sich erst nach einem kurzen Augenblick zu einem körperhaften Ganzen zusammen. Eigentlich war sie eher unscheinbar: weder von besonderer Größe – so um die eins siebzig, schätzte er – noch von auffälliger Statur. Auch ihre dunkelblonden Haare, die etwas zerzaust bis über die Ohren reichten, hoben sie nicht unbedingt aus dem Meer der Passanten hervor. Sie trug das schlichte Kostüm einer jungen Geschäftsfrau. «London, siebzehn Grad, Regen», schoss es ihm in den Kopf. Der Rock endete eine Handbreit über dem Knie. Es gab eigentlich nichts, was seine besondere

Aufmerksamkeit begründet hätte – nur die Strumpfhosen. Oder waren es Strümpfe?

Langsam schritt sie am Spalier der wartenden Taxen entlang und musterte die Fahrer. Für einen Moment trafen sich ihre Blicke.

«Sind Sie frei?», fragte sie.

Ihre Stimme hatte er sich ganz anders vorgestellt. Eher mit dem zickigen Tonus einer aufstrebenden Jungmanagerin. Sie trug Schuhwerk, das sehr teuer aussah. «Ich bin nicht der erste Wagen», antwortete er und deutete auf die Fahrzeuge vor ihm.

«Ich möchte aber mit Ihnen fahren. Ich glaube, ich habe die freie Auswahl», entgegnete sie in höflichem Tonfall.

«Das kann aber vielleicht ein paar Minuten dauern», antwortete er und verwies auf seinen erbost blickenden Vordermann, der die schmale Gasse neben seinem Auto demonstrativ mit der geöffneten Beifahrertür versperrt hielt.

«Das macht gar nichts», sagte sie. «Ich habe es nicht besonders eilig.»

Wenn das keine Aufforderung war. Vielleicht half da ein Griff in die Trickkiste. Noch bevor sein Vordermann Gelegenheit hatte, ihm mit pöbelnder Stimme einen Vortrag über mangelnde Kollegialität und die ungeschriebenen Gesetze der Taxifahrerzunft zu halten, rief er ihm zu: «Kannst du mich bitte vorbeilassen? Die Dame möchte zur Bremer Reihe!» Angesichts dieser traurigen Heiermann-Tour klappte die Wagentür wie automatisch zu.

Sie öffnete die Tür hinter ihm, warf ihre Reisetasche auf die Rückbank und ging um das Taxi herum, um auf dem Beifahrersitz neben ihm Platz zu nehmen.

«Ziemlich schmutzig, der Bahnhof», bemerkte sie und wischte mit einem Finger über den Staub auf ihren Schuhen. «Nicht gerade eine Visitenkarte für die Stadt.»

«Sie sind sicherlich aus Münster?!»

«Wie kommen Sie darauf?», fragte sie erstaunt.

«Leute aus Münster beschweren sich immer über dreckige Bahnhöfe», sagte er und grinste sie an. Er hätte auch Bielefeld oder Erlangen sagen können. Aber tatsächlich, die kritischsten Worte über das Ambiente des Bahnhofs hatte er von Fahrgästen gehört, die sich sofort und voller Stolz mit einem Hinweis auf den sauberen heimatlichen Bahnhof – «picobello» – als aus Münster stammend geoutet hatten. Für gewöhnlich konterte er dann mit dem Witz mit den Kirchenglocken und dem Regen oder dem mit den Münsteranern und den Pferdeäpfeln, was ihm für den Rest der Fahrt das ersehnte eisige Schweigen bescherte.

«Nein, aus Schwäbisch Gmünd», entgegnete sie. «Wieso haben Sie das eben mit der Bremer Reihe gesagt?»

«Weil wir ansonsten hier gestanden hätten, bis sich die Schlange vor uns aufgelöst hat. Die Graupen stehen hier über eine Stunde und sind nicht begeistert, wenn ein Fahrgast in eine Taxe einsteigt, die sich gerade erst eingereiht hat. Aber noch weniger begeistert sind sie, wenn sie nach stundenlanger Warterei nur mal gerade um die Ecke fahren sollen.»

«Graupen?»

«Taxen ohne Funk.» Er schaltete das Funkgerät wieder ein und vernahm ein leises Knacken aus dem in der Kopfstütze versteckten Lautsprecher.

Sie klappte die Sonnenblende herunter und warf einen kontrollierenden Blick in den kleinen Spiegel. Ihr Gesichtsausdruck ließ erkennen, dass sie mit dem Zustand ihrer Frisur nicht zufrieden war. Mit skeptischem Blick pflügten ihre Finger durchs Haar. Sie hatte einen ziemlich breiten Mund und eine zierliche Nase. Augenfarbe Hellbraun. Die wenigen Sommersprossen konnte man zählen.

Der Hintermann hupte nervös und fuchtelte entnervt mit den Händen.

«Also, wo soll's hingehen?», fragte er und ließ den Motor an.

«Moment, bitte.» Sie kramte hektisch in einer hoffnungslos überfüllten Handtasche. Endlich zog sie eine zerknickte Visitenkarte heraus. «Pension Wagner. Borsteler Chaussee.»

Der Daimler fädelte sich zügig in den um diese Tageszeit bereits zäh fließenden Verkehr ein.

«Pension Wagner», wiederholte er. «Kenn ich gar nicht.» Das Fahrziel passte überhaupt nicht zu ihrer Erscheinung. Ihrer geschäftsmäßigen Kleidung nach zu urteilen, hätte er eher ein Bürogebäude oder ein großes Hotel im Zentrum der Stadt als Ziel vermutet. Pension Wagner war vermutlich nicht mehr als ein oder zwei Gästezimmer in einem spießigen Einfamilienhaus mit Hollywoodschaukel. Er sah eine lebenslustige Witwe mit weiß gefärbter Duttfrisur und einem gleichfarbigen Pudel vor sich. Die Räume mit schwülstigen Leuchtern, Kamin, Häkeldecke und gesammelten Reiseandenken aus Capri und Ancona. Dazu eine Unmenge von unzerstörbarem Grünzeug: Gummibäume, Sukkulenten und hässliche Bürogewächse, die auf gekachelten Nierentischen vor einer gerafften Gardine ihr Dasein fristeten.

«Dauert die Fahrt länger?», unterbrach sie den Horrorfilm seiner Phantasie.

«So ungefähr zwanzig Minuten», antwortete er.

«Verdammt heiß hier», entgegnete sie und löste den Anschnallgurt, um sich ihr Jackett auszuziehen. Sie griff zwischen den Rückenlehnen hindurch nach ihrer Reisetasche und kramte umständlich darin herum. Schließlich zog sie einen Laptop hervor, legte ihn sich auf den Schoß und klappte ihn auf. Der Apple-Startton erklang. Nach einer Weile erschien die verkleinerte Fassung eines Gemäldes in Farbe auf dem Bildschirm.

«Ziemlich teures Modell», stellte er fest. In diesem Moment

bemerkte er, dass ihr Rock durch die Bewegungen etwas hochgerutscht war und den Spitzensaum halterloser Strümpfe freigab.

«Verstehen Sie etwas davon?», fragte sie und schaute ihn an.

Sein Blick wanderte die wenigen Zentimeter zum Bildschirm empor und musterte das Gemälde. «Ich hab's mal studiert», antwortete er beiläufig und widmete sich wieder dem Straßenverkehr. Natürlich hatte sie seinen Blick registriert, dessen war er sich sicher. Wenn eine Frau solche Strümpfe anzog, dann achtete sie auch darauf, ob man es bemerkte.

«Ach so», stellte sie lapidar fest. «Und selbst in der Computerbranche kriegt man heutzutage keinen Job mehr?»

«Ich hab Kunstgeschichte studiert», sagte er, ohne den Blick von der Straße zu wenden. «Ein schöner Modigliani.»

«Na, so was», antwortete sie und lächelte zum ersten Mal. «Ich bin auch Kunsthistorikerin.»

«Wo haben Sie studiert?»

«In Rom und Tübingen. Und Sie?»

«Hier.»

«Ah, ja», sagte sie.

Mit einem Studium in Rom war das natürlich nicht zu vergleichen. Wie sie aussah, hatte sie ein Graduiertenstipendium und mindestens ein «summa cum laude», vielleicht sogar einen Onkel im Vatikan vorzuweisen. Er selbst hatte die Kunstgeschichte nach Ende der Studienzeit an den Nagel gehängt. Sein Professor hatte ihm zwar die Promotion nahe gelegt, aber das hätte seinen Marktwert als Jobsuchender nur marginal gesteigert, wie ihm schnell deutlich geworden war, nachdem ihm viele seiner ehemaligen Kommilitonen von ihren Erfahrungen berichtet hatten. Stellen für Kunsthistoriker gab es eben wenige, und die wurden offenbar grundsätzlich mit Sachunkundigen besetzt.

Der Wagen hielt vor einem kleinen Einfamilienhaus mit liebevoll angelegtem Friedhofsgarten. *Pension Wagner* stand in schmiedeeisernen Lettern quer über die Hauswand geschrieben. «Macht sechsunddreißig vierzig. Brauchen Sie eine Quittung?»

«Ja bitte», antwortete sie und kramte erneut in ihrer Handtasche. «Ich habe morgen früh einen Termin. Würden Sie mich fahren?»

«Wohin geht die Fahrt?»

«Nach Wedel!»

«Und zu welcher Uhrzeit?», erkundigte er sich, während die Geldscheine in sein abgewetztes Portemonnaie glitten.

«Um zehn Uhr habe ich den Termin. Wie lange werden wir brauchen?»

«Sehr sympathisch», dachte er, denn bei dem Wort *früh* hätte er eher *sechs Uhr morgens* vermutet und die Tour von der Funkzentrale an einen weniger morgenmuffeligen Kollegen vermitteln lassen. Aber zehn Uhr war akzeptabel. «Ich stehe Viertel nach neun vor der Tür», antwortete er. Dann lud er die Reisetasche aus, wendete und fuhr in Richtung Alster.

Termin in Wedel

Zwei Minuten nach der verabredeten Zeit betätigte er kurz die Hupe, wie er es immer tat, damit die Fahrgäste nicht bereits vor Beginn der Fahrt den fortgeschrittenen Stand des Taxameters kommentierten. Bis auf die Bluse trug sie dieselbe Kleidung wie am Vortag. Große Variationsmöglichkeiten ließen ja schon die Maße ihrer Reisetasche nicht zu. Wahrscheinlich blieb sie nur für den einen Tag in der Stadt. Unter dem Arm trug sie eine schmale Aktentasche, die am Vortag offenbar auch in der Reisetasche Platz gefunden hatte. Die unförmige Handtasche hatte sie natürlich auch wieder dabei. Die Frisur wirkte heute ein wenig aufgeräumt.

«Guten Morgen. Warten Sie schon lange?» Ihre Stimme wirkte bereits vertraut.

«Wir fahren zwar gegen den Strom des Berufsverkehrs», antwortete er, «aber ich weiß nicht, wie pünktlich Sie sein müssen.» Er warf seine Lederjacke auf die Rückbank und ließ den Wagen an.

«Was ich gestern schon fragen wollte», hob sie an und stockte dann, als wenn ihr die Frage zu persönlich erschien.

«Ja?», ermutigte er sie.

«Warum fahren Sie Taxi? Sie sind doch gar nicht so der Typ Taxifahrer.» Erwartungsvoll blickte sie ihn an.

«Vielen Dank für das Kompliment, wenn es eins sein soll», entgegnete er. «Aber ich glaube, wenn es einen Berufsstand gibt, bei dem sich die unterschiedlichsten Charaktere zusammenfinden, dann ist es das Taxigewerbe. Vielleicht sind es die persönlichen Freiheiten, die relative Unabhängigkeit und die Tatsache, dass man die lieben Kollegen zwar ständig um sich weiß, sich aber nicht mit ihnen unterhalten muss.»

«Verdient man denn genug?»

Er lächelte. «Mehr, als die meisten denken. Aber das ist natürlich eine Frage der Ansprüche.»

«Ja, aber Sie sind doch kein Student mehr?»

«Eine Familie hab ich nicht zu ernähren, wenn Sie das meinen. Augenblicklich fühle ich mich ganz wohl in diesem Job.»

Sie wirkte nicht sehr überzeugt. Taxifahren war ja auch für ihn nicht mehr als eine bequeme Möglichkeit, Geld zu verdienen, ohne die persönlichen Freiheiten einbüßen zu müssen, die er von früher her gewohnt war. Aber im Moment konnte er in seinem eigentlichen Beruf nicht arbeiten. Was man von ihm verlangte und erwartete, war ihm schon seit geraumer Zeit nicht mehr möglich. Er wollte nicht mehr als Legionär der Informationsgesellschaft umherziehen. Wollte nicht mehr den gierigen Blick auf das Elend all derer ermöglichen, die ihr Leben nicht unter dem Schutzmantel existenzieller und wirtschaftlicher Sicherheiten führen konnten. Er war es leid, das Elend der Welt so aufzubereiten, dass es die Menschen in ihrem widerwärtigen Voyeurismus befriedigte. Seit zwei Jahren hatte er jeden Auftrag abgelehnt.

«Und Sie?», fragte er nicht ohne Neugier. «In welcher Branche sind Sie tätig? Kunsthandel? Versicherung?»

Sie hatte den Computer wieder auf dem Schoß aufgeklappt und verglich nun eine Fotografie, die sie aus einem Stapel von Geschäftspapieren hervorgezogen hatte, mit einer ähnlichen Abbildung auf dem Bildschirm. Die Zeichnung auf dem Foto zeigte skizzenhaft den nackten Oberkörper einer jungen Frau. Den Kopf hatte sie in den Nacken geworfen, und der Mund schien wie zum Schrei geöffnet. Der Hals war lang und kräftig. Mit den Händen umfasste sie kraftvoll ihre emporgestreckten Brüste.

«So ähnlich», antwortete sie, ohne den Blick von der Zeichnung zu wenden.

«Auch ein Modigliani?», fragte er.

Sie nickte.

Sicherlich war sie Sachverständige einer Kunstversicherung, und sie befanden sich gerade auf dem Weg zu jemandem, der diskret einen Modigliani versichern lassen wollte. Als er den Wagen nach einigen Minuten vor der angegebenen Adresse stoppte, revidierte er seine Vermutung. Das Haus war klein, unscheinbar und etwas heruntergekommen. Jemand, der einen Modigliani besaß, wohnte anders.

Sie schien ähnlich darüber zu denken. «Sind Sie sicher, dass wir hier richtig sind?», fragte sie und räumte ihre Unterlagen in die Mappe.

Er nickte, während er noch einmal Straße und Hausnummer verglich. Es war eines dieser schlichten Behelfsheime aus Kriegszeiten, von denen noch eine Reihe in den Hamburger Randzonen standen. Die meisten von ihnen hatten ihre ursprüngliche Gestalt durch zahlreiche Um- und Anbauten fast völlig verloren. Dieses dagegen schien seit Kriegsende unberührt, es wirkte zwischen den prachtvoll aufgemotzten Einfamilienhäusern in der Straße mehr als ärmlich. Der Garten war ungepflegt und verwildert. Auf dem hinteren Teil des Grundstücks, das mit grünem Maschendraht umzäunt war, stand ein alter Bauwagen.

Sie blickte ihn fragend an.

«Haben Sie sich irgendwie anders vorgestellt, oder?», entfuhr es ihm. Sie zögerte, auszusteigen, und er sagte: «Wenn Sie wollen, komme ich mit.»

«Das wäre schön.» Die Erleichterung über sein Angebot war ihr anzusehen.

Von weitem wirkte das Haus unbewohnt. Der Vorgarten roch in der Sonne intensiv nach Heu und Wiesenblumen. Eine Gruppe hellblauer Schmetterlinge schwebte tänzelnd durch das kniehohe Gras. Als sie dem Eingang näher kamen, wurde der Duft vom Teergeruch heißer Dachpappe überlagert. Hinter dem Klingelschild lugte ein abgerissenes Kabel hervor.

«Tomasz Wiegalt», entzifferte er den fast unleserlichen Schriftzug. «Ist der Name richtig?»

«Ja», antwortete sie einsilbig.

«Dann müssen wir uns wohl anders Gehör verschaffen», sagte er und klopfte gegen die Tür, die sich unter dem Druck seiner Faust mit leichtem Knarren öffnete.

Sie schauten sich ratlos an.

«Hallo!», rief er mit lauter Stimme. «Herr Wiegalt!?»

«Sieht nicht so aus, als wenn jemand da wäre», bemerkte sie kopfschüttelnd.

«Sie waren doch angekündigt?»

«Natürlich. Ein fester Termin», bestätigte sie. «Wir haben per E-Mail korrespondiert.»

«Per E-Mail?», fragte er entgeistert. «Die Bude hier wirkt eher so, als wenn der Kontakt zur Außenwelt noch per Mittelwelle hergestellt würde.» Beherzt drückte er die Tür ganz auf und trat ein.

«Dürfen wir das denn?» Sie folgte dicht hinter ihm.

«Ich weiß nicht», entgegnete er. Gemeinsam tauchten sie in das Dunkel des Hauses ein. Der süßlich brandige Geruch, der ihnen entgegenschlug, weckte unschöne Erinnerungen in ihm und ließ eine böse Ahnung aufsteigen. Sie betraten einen großen Raum, in dessen Mitte ein überdimensionierter Schreibtisch stand. Durch die kleinen verstaubten Fenster fiel ein zaghafter Schimmer morgendlicher Sonne, der sich mit dem Strahl der Schreibtischlampe zu einem seltsamen Zwielicht vermischte. Wer ließ denn an einem Sommertag die Schreibtischlampe an? Zwei Stühle, eine kleine Liege und mehrere Bücherregale vervollständigten die Einrichtung.

«Hallo», riefen beide wie aus einem Mund. «Ist hier jemand?»

Auf dem Schreibtisch herrschte kreative Unordnung. Bücher stapelten sich übereinander.

«Wir scheinen aber richtig zu sein», sagte er und zog ein Buch aus dem Stapel. «Ein Bildband über Modigliani!»

«Ein Ausstellungskatalog», korrigierte sie. «Paris 1981. Hab ich auch.»

Er legte das Buch zurück auf den Stapel und griff nach der Kamera, die wie ein Briefbeschwerer auf einem Haufen unterschiedlicher Zettel und Formulare lag. «Ganz edles Modell», sagte er. «Eine Nikon. Allein das Objektiv ist ein kleines Vermögen wert.»

«So was lässt man doch nicht rumliegen, wenn die Tür offen steht», sagte sie, während er die Kamera behutsam auf den Tisch zurücklegte. «Wir sollten verschwinden.»

«Kein Computer weit und breit», stellte er fest. Sein Blick richtete sich auf die beiden Türen, die vom Raum abzweigten. «Mal sehen, was die bescheidene Hütte noch für Kostbarkeiten bietet. Vielleicht hängt ja doch noch irgendwo ein Modigliani herum.» Er öffnete die kleinere der beiden Türen, es war eine Abstellkammer. «Sehr übersichtlich», murmelte er und öffnete die andere Tür, ließ sie aber ebenso schnell wie die erste wieder ins Schloss fallen.

«Ach du Scheiße», sagte er und stand einen Moment lang mit offenem Mund da. Dann rannte er plötzlich wie von Furien getrieben hinaus in den Flur und drehte alle Sicherungen aus dem schwarzen Bakelitkasten neben der Eingangstür.

«Was ist los?», rief sie.

Seine Blicke suchten den Raum nach einem Telefon ab. «Sieht so aus, als wenn wir jetzt gehörig Ärger bekämen.» Er griff zum Hörer und wählte eine Nummer.

«Ich hab doch gesagt, wir können hier nicht einfach reingehen.» Mit diesen Worten öffnete sie die zweite Tür und blieb im gleichen Augenblick wie angewurzelt stehen. Ihr

Unterkiefer senkte sich langsam. Zum Schrei kam es aber nicht mehr. Er hatte gerade noch genügend Zeit, sie aufzufangen.

«Hallo, hallo, so melden Sie sich doch», tönte es vom anderen Ende der Leitung. «Hier spricht die Polizei. Melden Sie sich bitte.» Er legte sie auf dem Sofa ab, schob ihr ein Kissen unter die Beine und griff zum Hörer des Telefons, der vom Schreibtisch baumelte. Die Adresse war ihm ja bekannt.

«Nein», antwortete er, nachdem er in knappen Worten die Situation geschildert hatte. «Ein Notarzt wird nicht mehr benötigt.»

Tomasz Wiegalt saß aufrecht in der Badewanne, das Gesicht der Tür zugewandt. Aus dem weit aufgerissenen Mund hing blau die Zunge. Die leblosen Hände hielten den Wannenrand fest umschlossen.

«Wohl mit 'nem Tauchsieder verwechselt», murmelte der Polizeibeamte, der den Föhn aus der Badewanne zog. Es war die Art von Humor, die den täglichen Umgang mit dem Tod erst erträglich machte.

Er hatte das Phänomen am eigenen Leibe erlebt. Schützend hielt er seinen Arm um sie gelegt und streichelte beruhigend ihre Hände. Sie zitterte noch immer am ganzen Körper, aber zumindest hatte sie wieder ein wenig Farbe bekommen.

«Nur ein kleiner Schock», erklärte er dem Polizisten auf die Frage, ob ein Arzt notwendig sei. Auch sie schüttelte verneinend den Kopf.

«Darf ich Sie dann um Ihre Personalien bitten?», begann der Beamte seine Routine.

«Grit Hoffmann.» Sie reichte ihm eine Visitenkarte.

«Ich bräuchte schon einen Ausweis», bat er freundlich.

«Bitte.» Sie nestelte das Dokument aus ihrer Handtasche.

«Margriet Hoffmann, wohnhaft in Schwäbisch Gmünd,

Sartorigasse 2, geboren am 10. Juni 1968», las er laut vor und machte sich entsprechende Notizen. «Moment, das ist ja heute Ihr Einunddreißigster», entfuhr es ihm. «Herzlichen Glückwunsch», stammelte er nach einer Pause etwas verlegen.

«Ja, heute. Danke», antwortete sie und ließ den Personalausweis wieder in ihre Handtasche fallen.

«Und Sie?», fragte der Beamte zu ihm gewandt.

«Bin der Taxifahrer», antwortete er und reichte dem Polizisten automatisch seinen Ausweis. «Zart, Anselm Amedeus. Mit e, wie Modigliani.» Er war sich sicher, dass ihre Blicke ihn in diesem Moment ungläubig musterten.

«Wie, was bitte?», hakte der Beamte nach.

«Ach, schon gut», erwiderte er.

«Geboren am 11. September 1959?»

«Sieht ganz so aus, nicht?»

«Sind Sie mit dem Toten bekannt gewesen?», fragte der Beamte zu ihr gerichtet.

«Nein.» Sie schüttelte den Kopf.

«Was wollten Sie von Herrn Wiegalt?»

«Ich bin Mitarbeiterin der Firma ArtSave. Steht auf der Visitenkarte», entgegnete sie. «Herr Wiegalt hatte um einen Termin gebeten.»

«Bezüglich?», unterbrach der Polizist.

«Eines Versicherungsschadens», antwortete sie.

«Ah, Versicherungsvertreterin!» Das schien ihm etwas zu sagen. Zumindest nahm die Fragerei damit ein Ende.

«Bitte heute Nachmittag um vierzehn Uhr hier einfinden!», klang es in einem gemäßigten Befehlston. Der Polizist reichte ihnen eine Karte der zuständigen Polizeidienststelle und erhob sich. Nach einigen Schritten drehte er sich um und verharrte in einer Geste, die er sich offensichtlich von Inspector Columbo abgeschaut hatte. «Übrigens, was ich noch fragen wollte ...» Tatsächlich senkte er den Kopf und stützte ihn auf den Zeigefinger der rechten Hand. «Wie sind Sie beide hier reingekommen?»

Sie schaute etwas betreten zur Seite, so, als hätte sie sich eines Verbrechens schuldig gemacht.

«Die Tür war offen», half er ihr und ergriff das Wort. «Ich habe diesen komischen Geruch wahrgenommen und mir gedacht: Besser, wir schaun mal rein.»

«Ach so», antwortete der Polizeibeamte und machte zwei Feuerwehrleuten Platz, die einen großen Zinksarg durch die Haustür manövriert hatten.

«Sie haben sich Ihren Geburtstag sicherlich anders vorgestellt?», waren seine ersten Worte, nachdem sie einige Kilometer schweigend hinter sich gebracht hatten.

Sie saß stumm neben ihm und schüttelte immer noch ungläubig den Kopf.

«Große Party in Schwäbisch Gmünd, oder so?», fragte er.

«So viele Menschen gibt es da nicht», antwortete sie abwesend.

«In Schwäbisch Gmünd?» Irgendwie hatte er das Bedürfnis, sie ein wenig aufzuheitern.

«Nein, die mit mir Geburtstag feiern wollen.»

«Was werden Sie jetzt tun?»

«Ich weiß nicht.» Sie blickte ihn hilflos an.

«Dann sollten wir jetzt sehen, dass wir das Beste aus so einem verkorksten Geburtstag herausholen, oder?»

«Was schlagen Sie vor?»

«Dass wir uns duzen, ich bin Zart.»

«Grit», entgegnete sie automatisch.

«Ich weiß», antwortete er amüsiert.

«Woher?» Ein zaghaftes Lächeln auf ihren Lippen signalisierte Bereitschaft, dem Geschehen des Tages mit Humor zu trotzen. «Und warum Zart?», fragte sie.

«Kommt von *zärtlich*!», lachte er.

«Oder von Mozart?»

«Ich kann nicht mal Noten lesen», gestand er. «Aber wenn man den gleichen Vornamen trägt, fühlt man sich den Namensvettern schon automatisch irgendwie nahe.»

«Wie Modigliani», ergänzte sie.

«So ist es. Verrätst du mir, was es mit Wiegalt auf sich hatte?»

«Das wüsste ich selber gerne.» Sie zog ein Handy aus der Aktentasche und wählte eine Nummer.

Er versuchte, sich auf den Straßenverkehr zu konzentrieren, lauschte aber dennoch ihren Worten.

«Ja, hier Hoffmann. Ist Herr Hirtmeyer da? – Nein? Dann richten Sie ihm doch bitte aus, die nötige Diskretion kann nicht eingehalten werden, meine Kontaktperson ist tot. – Ja, tot», wiederholte sie. «Ja, furchtbar. Ich werde der Polizei Angaben machen müssen. – Was heißt ‹nur das Notwendigste›? – Also nur das, ja. – Man soll sich an die Geschäftsleitung wenden? Ja, verstanden, ich kenne keine Einzelheiten. – Ja, sicher – keine Informationen zur Sache, das habe ich verstanden. Aber er soll mich bitte sofort anrufen, wenn er wieder im Hause ist. – Ja, bitte. Ich bin unter meiner Handynummer zu erreichen. Auf Wiedersehen.» Mit einem undefinierbaren Gesichtsausdruck warf sie ihr Handy in die Handtasche. Dann wandte sie sich Zart zu: «Es geht nicht um Versicherung, es geht um Wiederbeschaffung», erklärte sie.

«Abhanden gekommener Kunstwerke?»

«Genau.»

«Dann bist du eine Detektivin?!»

«Wenn du so willst. Die meisten Sachen sind ungemein hoch versichert. ArtSave arbeitet mit den Versicherungen zusammen.»

«Ist das keine Sache für die Polizei?», fragte er.

«Wenn ArtSave eingeschaltet wird, eher nicht. Viele Eigentümer wollen nicht, dass ihr Name an die Öffentlichkeit dringt.»

«Aus steuerlichen Gründen», sagte er und grinste.

«Die Interessenlage ist sehr unterschiedlich. Das Diebesgut wird häufig zurückgekauft, weil das Interesse am Erhalt und Besitz eines Kunstwerks stärker ist als der Wunsch, den Dieb zu bestrafen oder dingfest zu machen. Wenn die Polizei eingeschaltet wird, ist das manchmal nicht möglich. Da zahlt man lieber den Marktwert zweimal.»

«Also besteht deine Klientel aus reichen Sammlern?»

«Nicht unbedingt», erwiderte sie. «Auch Museen gehören zu den Auftraggebern. Keiner weiß doch wirklich genau, wie viele Kunstwerke da auf die eine oder andere Weise verschwinden. So mancher Zettel ‹Zeitweise entliehen› ist dadurch zu erklären. Auf diese Art des Diebstahls hat sich eine ganze Branche spezialisiert. Man merkt es bereits an der Professionalität, mit der die ans Werk gehen. Die legen Wert darauf, dass die Kunstwerke keinesfalls beschädigt werden, nicht etwa aus dem Rahmen herausgeschnitten werden, oder so. Und eine andere Branche hat sich eben auf die Vermittlung der Wiederbeschaffung spezialisiert.»

«Das nennt man Marktwirtschaft – Angebot und Nachfrage», kommentierte Zart. Grit zuckte mit den Schultern.

«Die Szene boomt. Kaum ein Museum kann sich eine adäquate Bewachung mehr leisten.»

«Ist das ein Wunder, bei der Personalpolitik heutzutage?» Zart runzelte die Augenbrauen. «Es wird ja niemand mehr eingestellt. Erst sind die ganzen staatlichen Museen in Stiftungen umgewandelt worden, und jetzt setzen Unternehmensberater den Verantwortlichen den Floh ins Ohr, man müsse in erster Linie die Personalkosten senken. Das betrifft natürlich nicht nur die wissenschaftlichen Mitarbeiter der Museen, sondern auch das Sicherheitspersonal. Arbeitest du auf Provisionsbasis?»

«Nein. Aber ich bekomme so eine Art Erfolgsbonus.»

«Und dies hier ist dein erster Auftrag?»

Erschrocken blickte Grit ihn an. «Merkt man das?»

Zart nickte. «Das macht dich sympathisch.»

Einen charmanten Augenaufschlag konnte Grit nicht unterdrücken. «Wiegalt hat ArtSave wegen unserer Looser-Liste eine E-Mail geschickt.»

«Looser-Liste?»

«Wir veröffentlichen auf Wunsch Abbildungen von allen Kunstwerken, mit deren Wiederbeschaffung ArtSave betraut wurde, in einer Datenbank im Internet. Absolute Diskretion wird garantiert.»

«Soweit das im Internet möglich ist», kommentierte Zart. «Man kann also annehmen, dass er im Besitz eines gesuchten Kunstwerkes war oder über dessen Verbleib etwas wusste.»

«Ersteres scheidet aus, sonst hätte er uns wohl kaum seine Adresse mitgeteilt. Aber bei einer erfolgreichen Wiederbeschaffung erhält der Hinweisgeber einen für jedes Kunstwerk auf der Liste ausgewiesenen Betrag.»

«Das Internet macht's möglich. Damit dürften die Todesumstände von Herrn Wiegalt klar umrissen sein.»

«Meinst du, dass jemand ...» Grit blickte Zart erschrocken an.

«Das wird die Polizei schon herausfinden. Der Gedanke scheint mir aber nicht ganz abwegig. Um welche Summen geht es denn so?»

«Das ist unterschiedlich. In der Regel ist die Summe abhängig vom Marktwert des Objekts. Aber häufig gibt es gar keinen Marktwert, da das Objekt unverkäuflich ist oder nie im Handel war.»

«Und bei diesem Modigliani?»

«Eine Zeichnung – Marktwert nicht bekannt.»

«Und? Wie hoch ist das Kopfgeld?»

«Für eine Zeichnung sehr hoch.»
«Nun sag schon.»
Einige Sekunden lang schwieg Grit. Dann sagte sie: «Eine halbe Million.»
«Was?», stammelte Zart. «Eine halbe Million für einen Tipp?» Er blickte auf den Taxameter, der seit dem Morgen ununterbrochen weitergelaufen war. Einhundertdreizehn Mark und sechzig Pfennig zeigte das Display an. Er schüttelte ungläubig den Kopf und stellte die Uhr ab. «Klingt verlockend. Vielleicht sollte ich das Metier wechseln.»
«Du kannst dir vorstellen», fügte Grit hinzu, «was der Auftraggeber für einen Rückkauf oder für die Wiederbeschaffung rauszurücken bereit wäre?»
«So ungefähr.» Er blickte Grit prüfend an. «Wie viel?», fragte er.
«Das wird von ArtSave natürlich nicht veröffentlicht.»
«Sonst gäbe es wohl noch eine Branche mehr.»
«Genau», erwiderte Grit. «Das und der Name des Auftraggebers sind die bestgehüteten Geheimnisse von ArtSave.»
«Und?», bohrte Zart weiter. «Ein Museum oder eine Privatperson?»
«Ich weiß es wirklich nicht.» Es klang ehrlich.

«Und was machen sie jetzt?», fragte Grit und schaute am Mast empor, wo eine Reihe Wimpel und Fähnchen der Reihe nach auf und nieder tanzten.
«Sie spielen die Nationalhymne.»
«Ich hab sie mir nicht so groß vorgestellt», sagte sie und schaute ehrfürchtig dem vorüberziehenden Containerschiff nach.
Es war tatsächlich eines von der Größe, dessen Anblick auch in einer Hafenstadt wie Hamburg nichts Alltägliches ist. Für einen Augenblick verschwand das gegenüberliegende Fluss-

ufer hinter dem mächtigen Rumpf. Dann ertönte eine undefinierbare Melodie aus den Richtlautsprechern und warf das Stakkato eines Militärmarsches vom eisernen Rumpf des Schiffes als Echo zurück. Der Name des Heimathafens war eine unaussprechliche Ansammlung von Konsonanten, und Zart fragte sich, ob auch nur einer der Filipinos, die er als Besatzung auf dem Schiff vermutete, wusste, welchem Kontinent die Billigflagge zuzuordnen war. Grit saß ihm gegenüber und rührte in ihrem Milchkaffee. Er hatte ihr Erstaunen über die Größe der Schiffe natürlich erwartet. Es war immer das Gleiche. Niemand, der das erste Mal aus dem Binnenland nach Hamburg kam, hatte auch nur eine ungefähre Vorstellung von den Ausmaßen der großen Pötte. Aus irgendwelchen Gründen vermochten selbst Fernsehbilder den wahren Maßstab nicht zu vermitteln. Noch imposanter erschienen einem die Schiffe, wenn man einmal in einem Trockendock unter dem Rumpf eines solchen Riesen gestanden hatte. Allein die Ruderanlage hatte die Höhe eines viergeschossigen Hauses.

Zart betrachtete sie. Ihr offen gezeigtes Staunen stand keineswegs im Einklang mit ihrer Erscheinung. Normalerweise hätte er von jemandem, der schon durch seine Kleidung den Eindruck welterfahrener Professionalität vermitteln wollte, mehr Selbstkontrolle erwartet. Nicht so Grit. Er beobachtete, wie sie in dem Salatteller herumstocherte, den der Kellner gerade vor ihr abgestellt hatte. Nein, dem vorherrschenden Typ von Kunsthistorikerinnen, die er während des Studiums kennen gelernt hatte, gehörte sie nicht an. Allesamt langweilige Kulturschnepfen waren es gewesen, entweder vom Typ nordische Schönheit in Kaschmirpulli und mit Perlenkette, wobei bei diesen großbürgerlichen hanseatischen Kreisen selbst eine genauere Betrachtung nicht erkennen ließ, ob man Mutter oder Tochter gegenübersaß, oder aus dem gesamten Bundesgebiet zugereiste *Top-Abiturientinnen*, deren Numerus clausus sie zur Kontaktsuche unter ihresgleichen zwang, da die aufgesetzte Unternehmungslust und Gruppendynamik jeden ernsthaften Bewerber spätestens nach dem zweiten Bier völlig desillusioniert hatte.

Vor nicht ganz einer Stunde hatte er ihren Körper in den Armen gehalten. Leicht wie eine Feder war sie ihm vorgekommen. Es war, als hätten die Geschehnisse des Tages sie in seine Obhut gebracht. Sie hatte offenbar nichts dagegen, ihren Geburtstag mit ihm zu verbringen. In zwei Stunden hatten sie sich allerdings ohnehin auf dem Polizeirevier einzufinden.

«Ich kriege nichts runter», murmelte Grit und schob den Salatteller zur Seite. Dann kramte sie in ihrer Aktentasche und zog das Foto heraus, das sie am Vormittag in der Taxe studiert hatte.

«Ist das die gesuchte Zeichnung?», fragte Zart, nachdem sie ihm die Fotografie wortlos über den Tisch gereicht hatte.

Sie nickte, und er betrachtete den Akt. «Hübsch.»

Sie blickte ihn kritisch an. «Hübsch, aha. Meinst du das Blatt oder die Frau?»

«Beides», antwortete Zart.

«*Hübsch* passt ja wohl nicht ganz, finde ich», entgegnete Grit ernst.

«Dann sagen wir eben ...», er zögerte. «Lustvoll und genießerisch.» Er reichte Grit die Fotografie zurück.

«*Ekstatisch* fällt mir dazu ein.» Sie betrachtete das Bild mit prüfendem Blick. «Findest du die Frau attraktiv?»

«Was man von ihr sieht, schon. Es wirkt, als wenn es ein Ausschnitt wäre.»

«Der Busen ist zu klein.» Sie rückte sich selbst in aufrechte Positur und zog ihre Bluse straff über ihre Brust. «Genau wie bei mir.»

Was hatte das jetzt zu bedeuten?

«Modigliani bevorzugte üppigere Formen», erklärte sie.

«Seine Modelle hatten gewiss keinen mächtigen Busen», sie formte eine imaginäre Brust vor sich, «aber im Verhältnis zu den gestreckten Körpern, den langen Hälsen und seiner Betonung der Vertikalen scheint er der weiblichen Brust doch stets ihre natürlichen Proportionen zu lassen. Kennst du dich gut aus in seinem Œuvre?»

«Nur das übliche Standardwissen eines Kunsthistorikers», entgegnete Zart.

«Mal ein Seminar gemacht?»

«Nein, immer nur durch die Propyläen geblättert.» Er fand es in dieser Situation unangemessen, zu erwähnen, dass er als Sohn eines Sammlers zwischen lauter Originalen – auch wenn sich seines Wissens kein Modigliani darunter befand – groß geworden war. «Aber ich weiß jemanden, der sich sehr intensiv mit Modigliani beschäftigt hat. Willst du ihn kennen lernen?»

«Ist ja jetzt wohl nicht mehr nötig», seufzte Grit und steckte das Foto ein. «Erstaunlich, dass wir uns ausgerechnet im Zeichen des großen Amedeo kennen gelernt haben.» Sie leerte ihre Tasse und stand auf.

«Ach, Sie sind das Geburtstagskind», empfing sie der Dienst habende Polizeibeamte und rief seine Kollegen. Nachdem man sie in ein nüchternes Dienstzimmer gebeten und ihnen Stuhl und Kaffee angeboten hatte, wiederholten Grit und Zart die Angaben, die sie bereits am Vormittag gemacht hatten. Ein großer, dicker Kommissar stellte die Fragen, und ein kleiner, unscheinbarer Assistent versuchte, dem Redeschwall auf einer uralten Schreibmaschine zu folgen. Vergebens grübelte Zart darüber nach, an welches «Tatort»-Gespann ihn die beiden erinnerten. Pausenlos kamen irgendwelche Mitarbeiter ins Zimmer geschneit, legten Mappen in ein Fach, nahmen Ordner heraus oder hefteten kleine Kärtchen mit Hilfe von Nadeln an eine große Pinnwand. Den knappen Bemerkungen nach zu urteilen, waren alle damit beschäftigt, sämtliche Informationen über den Toten in diesem Zimmer zusammenzutragen. Grit wich allen Fragen nach den Gründen ihres Besuches geschickt aus. Zart fand, dass sie sich ausgezeichnet und sehr glaubhaft dumm stellen konnte. Warum hatte man sie nur angewiesen, der Polizei gegenüber keine detaillierten Angaben zu machen? Er überlegte, ob sie sich damit nicht strafbar machte.

«Wir haben ein Handy mit gespeicherten Namen und Telefonnummern gefunden. Können Sie mir sagen, ob Ihnen der eine oder andere Name bekannt ist?» Der Kommissar schob Grit einen Zettel zu.

«Wie kommen Sie darauf? Ich kannte den Mann doch gar nicht.» Grit warf einen kurzen Blick auf die Namen, schüttelte energisch den Kopf und reichte die Liste an Zart weiter.

«Sie machen ja ein ganz schönes Aufheben um so einen Badeunfall», sagte der, während er die Namen studierte.

«Von einem Unfall gehen wir momentan eher nicht aus», entgegnete der Kommissar. «Sie haben angegeben, dass die Haustür offen stand. Also, ich frage Sie, wer steigt in die Badewanne, wenn die Haustür offen steht? Außerdem, der Mann hatte stoppelkurzes Haar! Da gab's nix zu föhnen.»

«Vielleicht ist er irgendwie in die Wanne gerutscht, Herr Kommissar?», bemerkte Zart. Er hatte gerade einen Namen auf der Liste gefunden, den er sogar sehr gut kannte.

«Hauptkommissar», tönte es barsch. «Da machen Sie sich mal lieber keine Gedanken drüber. Dafür sind wir ja da.»

«Hat Herr Wiegalt alleine gelebt?», wollte Zart wissen.

«Sie meinen, wegen dem Föhn? Soweit wir wissen, lebte er alleine, ja.»

Wegen *des* Föhnes, korrigierte Zart in Gedanken. «Und was hat er beruflich gemacht?»

«Restaurator. Restaurator aus Polen. Hat fürs Denkmalschutzamt gearbeitet.»

«Ach so», antwortete Zart. Das passte zu dem Namen, den er auf der Liste erkannt hatte. Er behielt es für sich.

«Und nun?», fragte Grit, als sie vor der Wache standen. «Was machen wir jetzt?»

«Du hast ja gehört, was der Herr Hauptkommissar gesagt hat: *zur Verfügung halten*! Was auch immer das heißen soll. Wahrscheinlich meint er, wir dürfen das Land nicht verlassen. Hatten wir auch nicht vor, oder?» Er blickte Grit an.

«Bedeutet das, ich darf Hamburg nicht verlassen?»

«Mmh.» Zart versuchte, ein ernstes Gesicht zu machen. «Natürlich nicht. Du würdest dich verdächtig machen; es besteht natürlich äußerste Fluchtgefahr – vielleicht wirst du zur Fahndung ausgeschrieben? – Verhaftet? – Eingelocht?»

Grit blickte ihn groß an. «Gefoltert?», flüsterte sie. Dann mussten sie lachen.

«Warum hast du ihn nicht gefragt?»

Grit zog eine Grimasse. «Ist doch alles Quatsch! Er hat unsere Adressen aufgenommen, und das war's. Wir können eh nichts zu den Ermittlungen beisteuern.»

«Zu den Ermittlungen der Polizei sicher nicht. Aber vielleicht zu deinen. Du erinnerst dich an die Adressenliste?»

Grit nickte. «Kennst du etwa jemanden darauf? Warum hast du nichts gesagt?»

«Und du? Warum hast du nichts von dem Modigliani erwähnt?» Er grinste. «Ja, ich kenne da einen – nein, sagen wir, ich kannte ihn gut. Wir haben zusammen studiert. Er arbeitet für die Kulturbehörde. Beim Denkmalschutzamt, genau wie Wiegalt. Vielleicht sollte ich ihn mal anrufen.»

«Denkst du, er könnte etwas über den Modigliani wissen?»

«Vielleicht hast du ja noch eine Chance, an deine Provision heranzukommen. Wie hoch ist die eigentlich?»

«ArtSave nimmt zwei Prozent der Wiederbeschaffungskosten plus Spesen. Der Agent erhält fünf Prozent von den zwei Prozent.»

Zart schüttelte den Kopf. «Ich war nie gut in Prozentrechnung.»

«Nimm einfach mal an», erklärte Grit geduldig, «der Eigentümer zahlt zehn Millionen für den Rückkauf. ArtSave stellt ihm also zweihunderttausend plus Spesen in Rechnung. Fünf Prozent davon sind zehntausend für mich.»

Zart hob die Augenbrauen und machte ein Gesicht, als wenn er einen Luftballon aufblasen würde. «Wie wär's», sagte er, «wenn wir heute Abend ein Geburtstagsessen für dich arrangieren?»

«Auf Spesenkasse?», fragte Grit und lächelte verschmitzt.

«Ich kann dir ja ein paar Taxiquittungen geben.» Die Augenbrauen senkten sich. «Nein, Scherz beiseite. Ich lade dich ein – bei mir, äh, zu mir. Spaghetti oder so. Einverstanden?»

«Die Idee klingt gut», sagte Grit und griff zu ihrem Handy. «Ich muss aber erst noch mit meinem Chef telefonieren.»

«Tu das.»

Herr Hirtmeyer war immer noch nicht im Hause, und die Polizei hatte sich auch noch nicht mit ArtSave in Verbindung gesetzt. Sie hatten also einen kleinen Vorsprung, was den Modigliani betraf. Grit ließ ihrem Chef ausrichten, dass sie unter Umständen noch etwas länger in Hamburg bleiben werde.

«Dann lass uns jetzt zur Pension fahren», sagte sie, nachdem sie das Telefonat beendet hatte. «Ich möchte mich zumindest noch umziehen.»

«Wieso?», fragte Zart und warf einen musternden Blick auf ihre Kleidung. «Sieht doch einwandfrei aus!»

Grit blickte kritisch an sich herunter. «Ich dachte, es soll ein Geburtstags- und kein Geschäftsessen werden.»

«Ach so.» Zart fragte sich, welche Auswahl an Kleidung sich wohl in ihrer zierlichen Reisetasche unterbringen ließ. «Wenn du willst, kannst du dich auch bei mir einquartieren. Genug Platz ist da.» Und bevor sie Gelegenheit zur Antwort hatte, fügte er noch hinzu: «Ich meine, das wäre praktischer, wenn wir morgen zusammen auf Spurensuche gehen.»

«Soso.» Ihr Blick hätte alles Mögliche bedeuten können. «Das Problem ist dabei nur, dass ich dann nur einen Beleg für eine Übernachtung abrechnen kann. Wäre mir irgendwie unangenehm, weil ja jeder bei ArtSave weiß, dass ich mehrere Tage …» Sie vollendete den Satz nicht.

«Du kannst ja offiziell dort wohnen bleiben», entgegnete Zart. «Ich will damit nur sagen, dass ich nach einer Flasche Wein nicht mehr Auto fahre. Entscheide dich einfach später, du kannst dir ja immer noch ein Taxi rufen.»

Als sie die Gartentür der Pension hinter sich schloss, hatte sie ihre Reisetasche in der Hand. Sie trug eine schwarze Hose, schwarze Collegeschuhe und einen schwarzen Rolli. «Ich wär dann so weit», sagte sie und lächelte ihn an. Na prima, dachte er, und sein Blick fiel auf das Außenthermometer des Wagens. Es stand knapp über dreißig Grad. Erst die Strümpfe und jetzt das. Was um alles in der Welt konnte jemanden dazu veranlassen, bei solchen Temperaturen einen Rollkragenpullover zu tragen? Er stand ihr allerdings sehr gut.

In der Höhle des Löwen

«Ich hätte nicht geglaubt, dass Hamburg eine so grüne Stadt ist», sagte Grit, als sie den Stadtpark passierten.

«Na ja, nicht überall. Hamburg ist ein Schachbrett.» Zart deutete auf die Bürohochhäuser der City-Nord, die sich hinter der anderen Straßenseite auftürmten. «Die Gegensätze dieser Stadt sind so scharf umrissen wie die schwarzen und weißen Felder. Nur, dass Hamburg eben nicht schwarz-weiß, sondern rot-grün kariert ist.»

«Meinst du das politisch?»

«Auch. Nein, die Politik folgt gewissermaßen den städtebaulichen Vorgaben. Mit Rot ist der Backstein gemeint. Du findest ihn überall in der Stadt und annähernd in jeder Form.»

«Wohnst du weit von hier?», fragte Grit.

«Gleich da vorne hinter der Kanalbrücke.»

«Am Wasser?»

«So ungefähr.» Er hoffte, Grit würde nun nicht annehmen, dass er in einer Alstervilla residierte.

«Sieht eher wie ein altes Gewerbegebiet aus», bemerkte sie, nachdem sie den Stadtpark hinter sich gelassen hatten.

«War es auch mal. Am Anfang des Jahrhunderts reihten sich hier die Unternehmen und das produzierende Gewerbe.» Zart machte mit der linken Hand eine ausholende Bewegung. «Die Kanäle der Alster stellten die Verbindung zur Elbe her. Die meisten Gewerbebetriebe gibt es aber schon lange nicht mehr, vereinzelt vielleicht noch ein paar Bootsbauer und so. Hamburg ist seit Jahrzehnten eine Dienstleistungsstadt.»

Das Taxi bog in eine schmale Zufahrt ein und rollte langsam zum Kanal hinunter. Am Ende des Weges stand ein Sammelsurium unterschiedlicher Gebäude.

«Und hier wohnst du?» Ihre Stimme klang eher ungläubig als enttäuscht.

«Da!» Zart deutete auf einen dreigeschossigen Bau, der den Hof wie ein Riegel zum Ufer hin begrenzte. «Das war mal eine Kleinmotorenfabrik. Habe ich vor ungefähr zwanzig Jahren mit zwei Freunden gekauft. Die wohnen hier aber schon lange nicht mehr.»

«Gekauft?», wiederholte Grit und betrachtete das Ensemble, das neben dem Hauptgebäude aus zwei Baracken, einer Lagerhalle, einem Schuppen und einem antiquierten Lastkran bestand.

«Wir waren Studenten damals. Nachdem *Diva* in den Kinos lief, wollte natürlich jeder ein Loft haben.» Zart bemerkte ihre Skepsis. «Schau's dir erst mal von drinnen an. Ist gar nicht so ungemütlich.»

«*Diva* kenne ich gar nicht», sagte Grit.

«Kein Wunder, ist ja schon einige Zeit her. Aber du kennst bestimmt die blaue Welle, die sich endlos in einem stetig schwankenden Plexiglasgehäuse bewegt?»

Grit nickte.

«Die stammt auch aus dem Film. Hatten wir damals natürlich alle.»

«Woher hattet ihr denn so viel Geld?», fragte Grit.

«So was wollte doch niemand haben. Das war alles voller Ratten und spottbillig. Die Preise für solche Immobilien haben erst angezogen, als auch der hinterletzte Dorfmakler den Trend hin zu großen und hohen Räumen erkannt hatte. Wenn ich daran denke, was die Leute, die heute für eine Etage in der Speicherstadt Schlange stehen, abdrücken sollen, kann ich nur lachen. Kostet natürlich noch mehr, wenn man keine Lust hat, beim Ausbau selbst Hand anzulegen. Das lässt man alles schön vom Innenarchitekten und Raumausstatter machen. Die können von der Küchenzeile bis zur Badewanne inzwischen auf Konfektionsware im Loftstyle zurückgreifen.»

Zart öffnete die alte Tür, von der an mehreren Stellen bereits die grüne Farbe abblätterte. Sie stiegen ein schmales steinernes Treppenhaus empor, durch das sich ein eisernes Treppengeländer hinaufzog. Die einzelnen Geschosse wurden von schweren Eisentüren flankiert. Dazwischen befanden sich hochgeklappte Laderampen. Sie mussten sich ducken, um sich an den mächtigen Seilwinden, die darüber schwebten, nicht den Kopf zu stoßen. Schließlich erreichten sie die Endetage. Zart griff hinter einen alten Feuerlöscher, zog einen Schlüssel aus seinem Versteck und öffnete den rechten Flügel der massiven Tür. Dahinter erstreckte sich ein riesiger, lichtdurchfluteter Raum. Die Fenster reichten von der Decke, dessen Gebälk von eisernen Trägern durchzogen war, bis zum steinernen Fußboden, auf dem hölzerne Podeste, deren Anordnung den Laufstegen in japanischen Gärten nachempfunden war, ein imaginäres Labyrinth formten. In der Mitte des Raumes stand ein Tisch, dessen Länge Grit auf mindestens fünf Meter schätzte. Er wirkte zierlich in der Flucht des Raumes. Eine provisorisch wirkende Küchenzeile begrenzte den Blick am hinteren Ende der Halle. In der leichten Sommerbrise, die durch zwei geöffnete Fenster hereinströmte, tanzten von der Decke herabhängende Stoffbahnen wie überdimensionale Paravents in rhythmischer Bewegung.

Grit war sprachlos. Nicht allein angesichts des Raumes, der sich wie eine Traumlandschaft in gleißendem Licht vor ihr ausbreitete, sondern mehr noch wegen der jungen Frau, die annähernd unbekleidet inmitten einer weitläufigen Kissenlandschaft saß und sie anblickte.

«Hi, Bea!», begrüßte Zart die Frau, die sich rasch erhob und dabei ihren Kimono schloss. «Was machst du hier?» Er warf seine Lederjacke, unverzichtbares Accessoire des Taxifahrers, auf den Boden. Noch bevor die Frau Gelegenheit zur Antwort hatte, fügte er in völlig selbstverständlichem Ton hinzu: «Grit, das ist Bea – Bea, Grit.»

Die Frauen starrten einander an. Grit verunsichert, in Gedanken damit beschäftigt, wie sie sich am besten aus der Affäre ziehen konnte. Bea mit einem musternden Blick, dem allem Anschein nach kein noch so kleines Detail von Grit entging.

«Ach, Zart», sagte Bea schließlich. «Ich dachte, wir könnten heute die Fotos machen, die du mir versprochen hast. Ich wusste ja nicht, dass du …» Ihr Blick fiel erneut auf Grit.

Zart hatte sich ein Bier aus dem Kühlschrank geholt und betrachtete amüsiert die beiden Frauen. «Bea ist Tänzerin. Sie wohnt zwei Etagen weiter unten. Wir kennen uns schon recht lange.»

«Ah so. Hi, Bea!» Grit schien entschlossen, sich ihre Irritation nicht anmerken zu lassen und die Frage herunterzuschlucken, welche Form von Freundschaft wohl vorlag, wenn man die Wohnung des anderen mitbenutzte.

«Lass uns die Fotos ein andermal machen, Bea. Ich will dich nicht rausschmeißen, aber ich habe Grit ein Dinner for two versprochen.»

«Na klar, wenn das so ist.» Bea klang keineswegs beleidigt.

«Nein, *so* ist das nicht», stellte Zart klar. «Grit hat heute Geburtstag.»

«Also, wegen mir …», versuchte sich Grit einzumischen.

«Nein, nein, ist schon klar», unterbrach Bea und lächelte Grit breit an.

«Versteh mich nicht falsch», entgegnete Grit. «Ich habe Zart heute erst kennen gelernt und wusste nicht, dass ihr …»

«Verabredet?», ergänzte Bea. «Waren wir gar nicht.»

«Grit will damit sagen», rief Zart, der inzwischen nach hinten zur Küchenzeile gegangen war, «dass unser Verhältnis rein beruflich ist!»

«Ja!», bestätigte Grit spürbar erleichtert und bemerkte, dass Bea sie musterte. Sie war etwa Mitte dreißig und etwas größer als Grit. Das bronzefarbene drahtige Haar trug sie streng hinter dem Kopf verknotet. Auffällig waren ihre kräftigen Wangenknochen und ihre kleinen Ohren. Die Nase, fand Grit, hatte den aristokratischen Knick einer Primaballerina. Dazu passte auch der lange, sehnige und muskulöse Hals. Beas breite Schultern zeichneten sich unter dem Kimono ab, den Rest musste Grit sich denken, sie vermutete aber, dass Bea dort ebenso sportlich und attraktiv gebaut war. Zumindest ihre Beine waren geformt, als kämen sie direkt aus einem Anatomieatlas.

«Du siehst gar nicht aus wie eine Fotografin», schloss Bea ihre Prüfung.

«Wieso Fotografin?», fragte Grit.

Bea lächelte. «Hat Zart also mal wieder tiefgestapelt und sich als Taxifahrer ausgegeben? Na ja – macht er öfter.» Sie deutete auf die großformatigen Fotos, die an den Wänden hingen. «Seit er nur noch Bäume und Landschaften fotografiert, nimmt er sich selber nicht mehr so ganz ernst.»

«Ich wusste nicht ...» Grit starrte gebannt auf die Fotografien.

«Dass Zart ein gefragter Fotograf ist?» Nach einer kurzen Pause fügte sie etwas leiser hinzu: «Na ja, zumindest war.»

«Davon hat er mir nichts erzählt.»

«Die Magazine haben sich um ihn gerissen», setzte Bea mit gesenkter Stimme fort. Mit einem raschen Blick vergewisserte sie sich, dass Zart, der an der Küchenzeile mit einigen Töpfen hantierte, auch wirklich außer Hörweite war. «Dann hat er eine Fotoreportage auf dem Balkan gemacht. Kroatien, Bosnien – alles im Krieg. Er spricht nicht gerne darüber. Seither fotografiert er nur noch Bäume.» Sie machte eine Pause und blickte Grit an, als hätte sie gerade eines der Geheimnisse preisgegeben, die nur von Frau zu Frau weitergereicht werden. «Solltest du wissen.»

«Warum?», fragte Grit bewusst arglos. Sie fand, Bea war ihr etwas zu nah gekommen, und machte einen Schritt zurück.

«Weil mit Zart», Bea setzte wieder ihr breites Stewardessenlächeln auf, «nie etwas *rein beruflich* ist!» Dann wendete sie sich der Tür zu, hob eine Zeitschrift wie zum Gruße und verschwand mit einem flüchtigen «Wir sehn uns».

Grit atmete tief durch. Dann widmete sie ihre Aufmerksamkeit den Fotografien. Neugierig schritt sie die Wände ab und betrachtete die Bilder genauer. Die filigranen Eisenrahmen entsprachen in Form und Größe den Fenstern auf der anderen Seite des Raumes. Es wirkte dadurch, als wäre jedes Bild für sich ein ausschnitthafter Blick durch die Wand.

«Ich wusste nicht, dass du als Fotograf arbeitest», rief sie Zart zu, den die Zubereitung des Essens anscheinend völlig in Anspruch nahm.

«Hab ich mal!», erwiderte er, ohne aufzublicken. «Augenblicklich ist das mehr ein Hobby.»

«Schade. Die Bilder sind toll!» Die anmutige Silhouette einer Weide, deren Äste in morgendlichen Nebel gehüllt waren, hatte Grit in ihren Bann gezogen.

«Toll reicht nicht», rief Zart zurück. «Es ist schwer, mit solchen Sachen Geld zu verdienen. Bäume will niemand haben.»

Grit folgte den Fotografien und umschritt andächtig den Küchenbereich, der wie eine Altarwand fast am Ende des Raumes lag. Auf der Rückseite stand ein hohes Bücherregal mit großformatigen Kunstbänden, Monographien und Portfolios. Sie neigte den Kopf, um die Texte auf den Buchrücken lesen zu können. Es gab eine Abteilung Alter Meister, ein Fach voller Impressionisten, Brücke-Maler und Expressionisten. Das Gros bildete eine stattliche Anzahl von Bildbänden bekannter Fotografen, unter anderem von Cartier-Bresson, Felix H. Man, Man Ray und Rodtschenko. Grits Finger streiften die

Einbände und folgten dem Alphabet. Am Ende des Regals fand sie, was sie vermutet hatte. Sie zog zwei Bücher hervor: *Abgeschminkt – Blicke hinter die Kulissen* sowie *Akte und Portraits – Fotografien von Anselm Zart*. Neugierig blätterte sie durch die Seiten. Den Bildunterschriften entnahm sie, dass Zart ziemlich weit rumgekommen sein musste: Bali 1987, Key West 1989, Buenos Aires 1991, Rio 1991, Oslo 1992. Grit blätterte schneller. Die Reise ging mehrfach um den Globus. Hin und wieder stolperte sie über ein bekanntes Gesicht aus der Modewelt oder Prominente aus Politik und Film. Sie klappte das Buch zu und fragte sich, was um alles in der Welt einen erfolgreichen Fotografen dazu veranlassen konnte, den Blick durch die Kamera mit dem durch die Frontscheibe einer Taxe zu tauschen.

«Suchst du etwas über Modigliani?», rief Zart ihr aus der Küche zu. «Da hab ich nichts! Du musst dich bis morgen gedulden. Ich kenne da jemanden, der so ziemlich alles über sein Œuvre weiß. Professor Günther Wachholt – schon mal gehört?»

«Kann sein. Kommt mir bekannt vor», rief Grit und stellte die Bücher zurück ins Regal.

«Während des Studiums hatte ich ziemlich engen Kontakt zu ihm. Er wird sich sicher freuen, wenn wir ihn besuchen und um seinen fachmännischen Rat fragen – muss inzwischen so um die siebzig sein.»

Grit blickte auf das große Bett, das am Ende des Raumes auf einem Podest stand. Es war weit und breit die einzige Schlafgelegenheit. Sie hatte so etwas noch nie gemacht, einfach mit jemandem mitzugehen, den sie gerade mal wenige Stunden kannte.

Sie war ja auch sonst nicht gerade ein Partygirl, eher die Kunsthistorikerin wie aus dem Bilderbuch: Studium in Rom und Tübingen, diverse Auslandsaufenthalte, darunter New York – Arbeit in der renommierten *Gallery of Modern Graphics*, das gab schon was her. Es brauchte ja niemand zu wissen, dass die Galerie ihrer Patentante gehörte und sie nur während eines Besuchs in den Sommerferien dort gejobbt hatte. Vom New Yorker Nachtleben hatte sie jedenfalls rein gar nichts mitbekommen. Und Rom? Natürlich hatten ihr die ganzen gut aussehenden Kerle vom Campus hinterhergepfiffen. Zusammen mit Ricarda hatte sie die Pfiffe genossen und geflirtet, was das Zeug hielt. Aber wehe, eine Vespa steuerte mal auf sie alleine zu. Wenn sie ehrlich war, kannte sie Rom nur bis zum Einbruch der Dunkelheit. Ja, zusammen mit Ricarda! Aber Ricarda war inzwischen verheiratet und hatte drei Kinder. Drei Kinder! Mit neunundzwanzig! Und außerdem lebte sie in Mailand und war im Moment nicht verfügbar. Und Grit nahm nicht mal die Pille. Verdammt!

Der dröhnende Klang eines ostasiatischen Gongs riss sie aus ihren Träumen.

«Gehst du mal an die Tür, das wird Mike sein!», rief ihr Zart zu.

Mike?, dachte Grit. Erst Bea, jetzt Mike! Wie viele denn noch? Aber wennschon, der Tisch war ja groß genug. Außerdem empfand sie die Vorstellung, den Abend in größerer Runde zu verbringen, eher als beruhigend. Bevor sie die Haustür zum Hof erreichte, hatte sie ihre Meinung darüber allerdings schon wieder revidiert.

Grit gegenüber stand ein breitschultriger Riese in Jeans und Lederjacke, auf dem Kopf so eine Art gestrickten Kaffeewärmer, darunter eine riesige Sonnenbrille.

«Hi», sagte er grinsend, und seine Zähne blitzten auf im schwarzen Gesicht. «Ich bin Mike, der Nachtfahrer. Sagst du Zart, ich nehm mir die Karre jetzt schon?»

«Ja, äh», stotterte Grit. «Geht klar.»

Als Grit wieder oben war, hatte Zart bereits den Tisch gedeckt. Sie staunte nicht schlecht. Hatte sie einen Teller Miracoli erwartet? Das Arrangement auf dem Tisch war wirklich sehr einladend. Sogar zwei Kerzenleuchter hatte Zart aufgestellt.

«Machst du das öfter?», fragte Grit verblüfft.

Zart zuckte die Schultern. «Zufrieden? Dann nimm Platz.» Er band sich die Schürze ab.

Grit rückte den Stuhl auf der Kopfseite des Tisches ab und setzte sich. «Das war Mike. Ich soll dir ausrichten, er nimmt sich den Wagen jetzt schon. Der Junge sieht ja beeindruckend aus.»

«Hält sich für die Wiedergeburt von Bob Marley», kommentierte Zart lachend. «Aber ein genialer Computer-Freak.» Er öffnete eine Weinflasche, schenkte ein und nahm an der anderen Kopfseite des langen Tisches Platz, dass sie sich wie Burgherr und Burgfräulein gegenübersaßen. «Auf deinen Einunddreißigsten!» Er hob sein Glas.

«Vielen Dank», erwiderte Grit. «Mit einem solchen Festessen hatte ich nicht gerechnet.»

«Geht ja aufs Spesenkonto», entgegnete Zart lakonisch. «Kleine Entschädigung für den verkorksten Tag. Ich bin ja nicht ganz unschuldig an dem ganzen Schlamassel. Ohne mich wärst du da ja nie reingegangen.»

«Ich habe noch nie vorher einen Toten gesehen», erklärte Grit. «Du etwa?»

«Man gewöhnt sich nie an den Anblick», antwortete Zart, nachdem er den Mund geleert hatte. «Lass uns von was anderem reden. Überlegen wir lieber, wie wir den morgigen Tag gestalten.» Er stand auf und räumte die leeren Teller ab – die Vorspeiseteller, wie sich herausstellte, als er vom Herd zurückkehrte. «Voilà, die versprochenen Spaghetti! Pasta alla Zart. Con vongole, aglio e parmigiano grattu giato.»

«Jetzt übertreibst du aber.»

«Warte mit dem Lob bis zur Nachspeise», antwortete er und zündete die Kerzen an. Es war erst kurz nach neun und noch ziemlich hell draußen.

Ja, ja, die Nachspeise. Grit dachte an nichts anderes.

«Ich denke», begann Zart, während er eine mundgerechte Portion Spaghetti geschickt um die Gabel wickelte, «wir sollten erst einmal Mark einen Besuch abstatten. Dr. Markus Vogler, Referent beim Denkmalschutzamt. Ich habe zusammen mit ihm studiert.»

«Ist das der Name, der auf der Liste stand?»

«Genau. Mal sehen, was er uns über Tomasz Wiegalt erzählen kann.» Zart machte eine Pause und betrachtete Grit mit nachdenklichem Blick. «Bist du eigentlich auch promoviert?», fragte er schließlich.

Grit schüttelte den Kopf. Sie hatte natürlich promovieren wollen, sogar ein Thema für ihre Doktorarbeit hatte sie im Kopf gehabt. Aber das Angebot von ArtSave war einfach zu verlockend gewesen, und Hirtmeyer, der auch keinen Titel trug, hatte ihr sogleich signalisiert, dass eine zu starke akademische Fixierung in der Praxis eher von Nachteil sein könnte. Und dass er große Stücke auf sie hielt, hatte er dadurch zu verstehen gegeben, dass sie bereits nach einem halben Jahr selbständig eine Kontaktaufnahme durchführen durfte. Und da musste sie gleich auf eine Leiche stoßen! Warum meldete sich Hirtmeyer nicht bei ihr? Morgen würde sie es noch einmal versuchen.

«Vielleicht können wir danach noch zu Professor Wachholt rausfahren und ihm das Foto von der Zeichnung zeigen. Er lebt ziemlich zurückgezogen auf einem alten Gutshof in der Nähe von Bergedorf.»

«Ist das weit von hier?», fragte Grit. «Ich meine – musst du denn nicht arbeiten?»

Zart lächelte sie an. «Das ist das Schöne, wenn man Taxi fährt», erklärte er. «Man kann arbeiten, wann man will.»

«Und momentan hast du ...»

«Andere Prioritäten», ergänzte Zart. «Du hast mich neugierig gemacht. Ich will jetzt wissen, was es mit dem Modigliani auf sich hat.» Er erhob sich und trug abermals die geleerten Teller in die Küche. «Willst du einen Grappa?», rief er ihr von dort aus zu.

«Au ja!», rief sie zurück. «Aber nur einen ganz kleinen.»

«Natürlich nur einen ganz kleinen», wiederholte Zart, der urplötzlich wieder dicht neben ihr stand und ein annähernd leeres Schnapsglas auf den Tisch stellte. «Frauen laufen sonst Gefahr» – er füllte die rhetorische Pause mit einem ominösen Grinsen –, «willenlos zu werden. Aber ...» – Erneut machte er eine Pause und zauberte mit einer flinken Bewegung der anderen Hand einen kleinen Teller hinter dem Rücken hervor – «dafür habe ich das hier: Feigen, gefüllt mit Whisky-Mandel-Zabaione!» Er reichte Grit die Nachspeise und machte eine alberne Verbeugung: «Ein altbewährtes Aphrodisiakum.»

Grit musste lachen. Sie probierte. Keine Frage, das Dessert war ebenso köstlich wie der Grappa. War es jetzt nicht an der Zeit, dachte sie, dass Zart für ein wenig Musik sorgte? Stattdessen saß er nur da, den Kopf auf die gefalteten Hände gestützt, und betrachtete sie über den Tisch hinweg. Die wenigen Sekunden des Schweigens kamen ihr vor wie eine Ewigkeit. Grit lehnte sich zurück und wischte sich flüchtig mit der Serviette über die Lippen.

«Satt?», fragte Zart.

«Allerdings.» Grit schob ihren Dessertteller demonstrativ beiseite und leerte das Weinglas. Es war das dritte. Sie hatte genau mitgezählt. Wenn sie jetzt nicht aufhörte, würde sie keine Kontrolle mehr über sich haben, das wusste sie genau.

«Hast du dich entschlossen?», fragte Zart, und Grit schreckte zusammen. Sah man ihr ihre Gedanken an?

«Ob du hier bleiben willst?», präzisierte er.

Hätte er das nicht etwas romantischer fragen können? «Platz ist ja reichlich da», stammelte Grit, «aber ...» Sie wusste nicht, wie sie es auf den Punkt bringen sollte.

«Ach, du meinst das Bett?»

Ja, genau das meinte sie.

«Das ist kein Problem. Du kannst es dir gemütlich machen. Ich geh runter und schlaf unten.»

«Zu Bea?», rutschte es ihr heraus. Im gleichen Augenblick hätte sie sich am liebsten die Hand vor den Mund gehalten.

Zart lächelte sie viel sagend an. «Nein, runter ins Studio. Da gibt es noch ein Bett. Du bist also ganz ungestört.»

So war das also. Er wollte gar nichts von ihr. Was hatte sie sich denn da eingebildet?

Bevor Zart hinunter ins Studio gegangen war, hatte er Grit noch auf die Toilette hingewiesen, die nur vom Treppenhaus aus zu erreichen war. Nun stand sie vor dem großen Spiegel, der neben dem Bett an der Wand lehnte. Sie zog sich Hose und Slip aus, schlüpfte aus ihrem Pullover und betrachtete sich. Dann zog sie sich rasch ihren Pyjama an und streckte sich auf dem Bett aus. Ihre Blicke kreisten durch den Raum. Die Fenster hatten keine Vorhänge. Schützend zog sie die Beine unter der Bettdecke an. Das Objekt ihrer Begierde lag genau ein Stockwerk tiefer und dachte wahrscheinlich gerade belustigt daran, was er sich da für eine prüde Wachtel an Land gezogen hatte. Grit schloss die Augen. Nein, so war es nicht. Was phantasierte sie sich da für einen Quatsch zusammen? Sie hatte ihn doch angesprochen. Ganz gezielt hatte sie ihn ausgesucht. Auf den ersten Blick hatte er genau ihren Vorstellungen entsprochen: höflich und charmant, gebildet, humorvoll … Sie hielt inne. Nein, so war es auch nicht. Das hatte sie ja noch gar nicht wissen können. Wenn sie ehrlich war, musste sie zugeben, dass sie ihn nur aus einem einzigen Grund angesprochen hatte: weil sie ihn attraktiv fand. «Eine dämliche Kuh bin ich», flüsterte sie ins Kopfkissen und zog ihre Knie näher zu sich heran, wild entschlossen, den morgigen Tag besser zu nutzen.

Erste Einblicke

Hätte sich Grit am nächsten Morgen an ihr Vorhaben erinnert, so hätte sie es gleich in die Tat umsetzen können. Sie war von einem plätschernden Geräusch wach geworden und hatte einige Sekunden gebraucht, um sich in der ihr ungewohnten Umgebung zu orientieren. Durch eines der großen Fenster erblickte sie Zart, der splitternackt auf dem Vordach stand und duschte. Sie schob die Bettdecke beiseite und näherte sich dem Fenster. Er hatte ihr den Rücken zugekehrt. Mit einem Klopfen an die Scheibe machte sie auf sich aufmerksam und trat diskret zurück in den Raum. Kurz darauf kam Zart, ein Handtuch um die Hüften geschlungen, durch das geöffnete Fenster hereingestiegen.

«Guten Morgen! Ausgeschlafen?», fragte er.

«Ich habe geschlafen wie eine Tote. Wie spät ist es?»

«Keine Ahnung!», entgegnete Zart.

«Eine ungewöhnliche Dusche hast du», sagte Grit und deutete auf das Vordach.

«Meine Sommerbrause. Solltest du auch versuchen! Herrlich erfrischend!»

Etwas verlegen schaute Grit zum Fenster.

«Ich hab leider keine andere. Aber wenn du nicht magst, bei Bea unten steht eine Badewanne …»

«Nein, nein», fiel ihm Grit ins Wort. «So eine Sehenswürdigkeit muss ich ausprobieren. Warm genug ist es ja.»

Zart lächelte sie an. «Wird dir gefallen», bemerkte er. «Ich hol dann mal Brötchen.»

Nur mit einem Handtuch bewaffnet, stieg Grit auf das Vordach. Vor ihr breitete sich das Ufer des Kanals aus. Auf der anderen Seite schirmte dichter Baumbewuchs das Gelände ab.

Weit und breit war niemand zu sehen, vor dessen Blicken sie sich hätte verbergen müssen. Also riss sie sich zusammen und tat, als wäre es die natürlichste Sache der Welt, frühmorgens nackt auf einem Fabrikdach zu stehen und zu duschen. Sie reckte ihren Körper unter dem prickelnden Wasserstrahl. Mutig drehte sie sich um und warf einen flüchtigen Blick zum Fenster. Es war niemand zu sehen.

«Na, wie war die Dusche. Hab ich dir zu viel versprochen?», fragte Zart, während er eine Tüte Brötchen auf den bereits gedeckten Frühstückstisch stellte.

«Herrlich! Könnte man sich dran gewöhnen», entgegnete Grit und überlegte, wie viel Zeit ihr dafür wohl bliebe. Während des Frühstücks dachte sie darüber nach, wo sich Zart wohl im Winter duschte.

Der Weg zum Denkmalamt entpuppte sich als kurzer Fußmarsch. Die drei Häuserblocks, von denen Zart gesprochen hatte, waren zwar untertrieben gewesen, aber tatsächlich dauerte es keine Viertelstunde, bis sie die ehemalige Arbeitsstätte von Tomasz Wiegalt erreicht hatten.

Einen Parkplatz konnte man hier, auch damit hatte Zart Recht behalten, wirklich nicht finden. Die Straßenzüge des Viertels waren in einer noch autofreien Zeit geplant worden. Zu beiden Seiten erhoben sich viergeschossige Mehrfamilienhäuser mit kleinen Vorgärten. Die Fußwege waren so schmal, dass man sich zwischen Laternenmasten und den Außenspiegeln parkender Autos hindurchschlängeln musste. Zwischen den «Parkplätzen» boten die Straßen gerade genug Platz für die Durchfahrt in eine Richtung, und das auch nur, wenn nicht gerade die Müllabfuhr ihre Arbeit verrichtete. Das war in diesem Moment aber der Fall.

Das Schauspiel, das sich Grit und Zart bot, war so spektakulär, dass sie mehrere Minuten stehen blieben und es fasziniert beobachteten. Im Rückwärtsgang versuchten Autofahrer, die vor ihnen blockierte Straße wieder zu verlassen. Die Wagen der in dieser Disziplin weniger geübten Fahrer eierten dabei hilflos nach rechts und links, wobei sie den geparkten Fahrzeugen immer wieder gefährlich nahe kamen. Diejenigen, die der Mut zum Rückwärtsrangieren im Zentimeterabstand zum Nebenmann verlassen hatte, versuchten nun, ihre Fahrtrichtung durch eine kurze Strecke im Vorwärtsgang wieder zu begradigen, was allerdings unmöglich war, wenn routiniertere Fahrer bereits bis an die Stoßstange ihres Hintermanns aufgeschlossen hatten. Es dauerte keine drei Minuten, bis sich die ganze Schlange nervös hupender und in alle Richtungen wild gestikulierender Fahrer hoffnungslos festgefahren hatte. Die ersten Fenster der umliegenden Häuser öffneten sich, Anlieger traten auf ihre Balkone, um über den Lärm zu schimpfen. Andere kamen sogar auf die Straße, um nach dem Wohlbefinden des eigenen Autos zu sehen oder kluge Ratschläge zu erteilen. Als vor den Eingängen demonstrativ die ersten Klappstühle aufgestellt wurden, den Leuten von der Müllabfuhr sogar Kaffee angeboten wurde, beschlossen Zart und Grit, bevor sich das Spektakel zu einem Straßenfest ausweiten würde, ihren kurzen Weg fortzusetzen.

Das Denkmalamt befand sich am Ende der Straße. Größe und Lage des Treppenhauses sowie die Anordnung der Zimmer, die zu beiden Seiten eines langen Flures aufgereiht waren, verrieten noch die ursprüngliche Bestimmung des Gebäudes. Vor nicht ganz hundert Jahren war es einmal als Schule erbaut worden. Weder die Kriegszerstörungen noch der provisorische Wiederaufbau hatten den Geist des Gemäuers vertreiben können. Mit etwas Phantasie hatte man noch die Horden von Schulkindern vor Augen, die an den Reihen eiserner Garderobenhaken vorbei durch die Gänge strömten und sich dicht gedrängt das Treppenhaus hinunter zum Pausenhof schoben.

Die kläglichen Versuche, dem Besucher auf den Gängen einen Einblick in die Arbeit und auf die Ergebnisse der staatlichen Denkmalpflege zu geben, wirkten mehr wie eine Strategie der Abschreckung. Fotos von minderer Qualität und verblichene Fotokopien waren mit offensichtlich nicht dokumentenechtem Kleber lieblos auf Schautafeln gepappt worden, vor Jahrzehnten, wie es den Anschein hatte. Materialproben und wissenschaftliche Dokumentationen, Diagramme und eine Vielzahl improvisierter Arbeitsgeräte lagen wenig aussagekräftig in Vitrinen und Schaukästen ausgestellt. Zusammen mit den Plankommoden und Regalen aus den unterschiedlichsten Epochen staatlichen Verwaltungsdesigns verdeutlichte das Ganze auf erschreckende Weise den Mangel an öffentlichen Geldern. Der graue Linoleumbelag des Fußbodens war überzogen mit einem Ornament aus Schlieren und Brandlöchern. Die Flucht der Gänge wurde durch feuersichere Türen aus eloxiertem Aluminium begrenzt. Im Übergang zum Gewölbe offenbarte sich lustlose Handwerkerarbeit.

Davor komplettierten, als wenn es noch irgendjemand gewagt hätte, sich in einem öffentlichen Gebäude eine Zigarette anzustecken, ein obligatorischer Aschenbecher sowie der anscheinend unverzichtbare Schirmständer – beides unbenutzt – den Charme der Behörde. Alles in allem ließen Ausstattung und Zustand der Räume den Auftrag des Amtes in einem grotesken Licht erscheinen.

In der ersten Etage trafen Zart und Grit auf den Wegweiser durch den Dschungel der Etagen: eine schwarze Stecktafel, auf der die winzigen weißen Plastikbuchstaben dem Suchenden gleichzeitig die hierarchischen Strukturen des Amtes vergegenwärtigten.

«Da haben wir ihn!» Zarts Finger tippte auf die Tafel. «Dr. Markus Vogler. Zi. 211! Wir müssen noch eine Etage höher.»

«Haben Sie einen Termin mit Dr. Vogler?» Die Mitarbeiterin, die die Tür öffnete, machte den Eindruck einer vom Sommerschlussverkauf völlig entnervten Schuhverkäuferin.

«Nein, wir kommen privat!», entgegnete Zart.

«Ach so!» Gnädig winkte sie die beiden durch die Absperrung und schloss hinter ihnen die Tür, als handele es sich um die Schleuse zu einem Hochsicherheitstrakt. «Da vorne rechts. Sie kennen sich aus?»

«Ja, danke!», brummte Zart mürrisch, bevor die Frau in einem der Zimmer verschwunden war. So lang war der Flur nun auch nicht.

Die Tür war angelehnt, und Zart steckte vorsichtig den Kopf durch den Spalt. «Muss ich eine Nummer ziehen?», fragte er.

«Mensch, Zart! Wie komm ich zu der Ehre? Herein, herein!» Markus Vogler war sichtlich überrascht. Er erhob sich von seinem schäbigen Behördenschreibtisch und rückte Sakko und Krawatte zurecht. «Da hast du aber Glück, dass du mich hier antriffst! Normalerweise bin ich ...»

«Sicher viel beschäftigt», schnitt Zart ihm das Wort ab und deutete auf den Arbeitsplatz, auf dem sich ein Stillleben aus Thermoskanne, Kaffeebecher und Butterbrotpapier ausbreitete. «Ich bin nicht allein hier.» Er drehte sich Grit zu, die noch hinter der halb geöffneten Tür stand. «Grit Hoffmann.»

«Ja, prima. Setzt euch doch», sagte Markus Vogler. «Wir haben uns ja eine Urzeit nicht gesehen. Lass mich überlegen, wie lange ist das her?» Er kratzte sich demonstrativ am Hinterkopf. Dann fuhr seine Hand durch das schüttere Haar. Er war etwa so groß wie Zart und spindeldürr. Das knochige Gesicht wirkte ausgemergelt. Der modische Zweireiher war mindestens eine Nummer zu groß. Selbst die lederne Weste darunter verhalf seinem Körper zu keinerlei Volumen. Mit einer eckigen Bewegung streckte er Grit seine Hand entgegen.

«Genau sechs Jahre», antwortete Zart. «Seit der Sache mit Saskia.»

«Ach ja. Genau.»

Der Tonfall vager Erinnerung, fand Grit, klang recht bemüht. Was auch immer *die Sache mit Saskia* war, sie war immer noch, wenn auch nicht hochaktuell, so doch latent vorhanden.

«Inzwischen hast du dich ja ganz schön gesteigert. Vom Volontär zum Referenten. Wie viele Treppchen musst du denn noch nehmen?»

«Das ist in diesem Haus die oberste Etage», entgegnete Vogler. «Zurzeit sind alle anderen Räume besetzt. Gronwolt ist ein Sesselkleber. Vielleicht wechsle ich Anfang nächsten Jahres ins Kulturamt.»

«Zu Hübelheimer? Das war ja schon immer dein Traum. Bist du deswegen nicht sogar in die Partei eingetreten?»

«Ich sag nur I a.»

«Er meint die Bezüge», erklärte Zart.

«Sei's drum!», versuchte Vogler, das Thema zu wechseln. «Was kann ich für dich …» Er warf einen Blick auf Grit. «Was kann ich für euch tun?»

«Wir sind eigentlich wegen Wiegalt gekommen», erläuterte Zart ohne Umschweife sein Anliegen.

«Wegen Wiegalt? Was habt ihr denn mit dem zu tun gehabt. Die Polizei war gestern schon hier – tragisch, sehr tragisch», fügte er hinzu. Es klang aber nicht so, als wenn Vogler den Tod seines Mitarbeiters als wirklich bestürzend empfunden hätte.

«Wir haben ihn gefunden! Hat die Polizei nichts erwähnt?»

«Ich wusste nicht … man sagte mir, eine Versicherungsvertreterin …» Etwas verlegen blickte Markus Vogler zu Grit.

«Ja, ich hatte einen Termin mit Wiegalt, es ging um die … um die Restaurierung eines Gemäldes.»

«Eines Gemäldes?» Vogler schaute überrascht. «Wiegalt war Fachmann für Stucksanierung. Na ja, wie dem auch sei, ich weiß nicht, was ich euch zu Wiegalt sagen könnte. Er war ein

Einzelgänger. Hier im Amt hatte eigentlich keiner einen Draht zu ihm. Außerdem war er noch nicht lange hier.»

«Seit wann denn?»

«Ungefähr seit einem Jahr. Fing mit 'ner halben IV-b-Stelle an. Dann hat er auch Sachen für die Inventarisation gemacht. Ich weiß nur, dass er vorher in Danzig gearbeitet hat. Seine Referenzen waren ausgezeichnet.»

«Hast du mit ihm zusammengearbeitet?», fragte Zart.

«Nicht direkt.»

«Was hat er denn zuletzt gemacht?», fragte Grit neugierig.

«Schwer zu sagen. Sein Zimmer ist versiegelt.»

«Du kannst es doch bestimmt herauskriegen, oder?» Zart blickte Vogler mit einem schmeichelnden Lächeln an. «Ist doch schließlich deine Abteilung hier.»

Die Strategie schien aufzugehen. Mit gewichtiger Miene schritt Vogler zu einem Computerterminal, der auf einem kleinen Beistelltisch neben zwei kümmerlichen Bürogewächsen stand. Nachdenklich, als gälte es, den Code der Nasa zu knacken, kratzte er sich am Kinn, dann huschten seine spinnenähnlich behaarten Finger über die Tastatur. «Wolln doch mal sehen», murmelte er wie ein Oberarzt bei der Visite. «Mal sehen, was unter seinem Kürzel eingetragen ist. — Aah, hier haben wir ja was», schnarrte er nach kurzer Zeit triumphierend. «Zwei Bibliotheksverzeichnisse. Er hat sich was geliehen. Nee, das suchen wir nicht ... Hier hab ich's: Altona Elbvororte LP! Das ist eine Leerstandprüfung. Mal sehen. Nein, kein Eintrag.»

«Leerstandprüfung bedeutet, dass Wiegalt damit beschäftigt war ...»

«Ich weiß!», unterbrach Grit Zarts Erklärung.

«Kannst du uns die Leerstände ausdrucken?», fragte Zart.

«Hmm! Darf ich eigentlich nicht», entgegnete Vogler. Dann merkte er offenbar, dass seine Wortwahl ein Eingeständnis mangelnder Kompetenzen war, und versuchte es im Behördenplural zu korrigieren: «Wir können eigentlich nicht ...»

«Ich will die Häuser ja nicht besetzen», fiel ihm Zart ins Wort.

«Wenn sich das rumspricht, dass wir in der Gegend Leerstände ...»

«Ich weiß», unterbrach ihn Zart erneut. «Aber du hast doch auch mal in einem Abbruchhaus gewohnt.»

«Das sind keine Abbruchhäuser, sondern Kulturdenkmäler!» Das letzte Wort hatte Vogler mit der ganzen Würde und Weihe seines Amtes ausgesprochen.

«Hast du vergessen Markus, wir sind hier in Hamburg. Da ist der Unterschied nicht so groß!»

«Okay, okay! Ist ja gut. Ich mach dir einen Bildschirmdruck – keine Datenabfrage. Wird vom System nicht registriert.» Es klang, als wolle der Referent eine Diskussion über die Grundsätze der Denkmalpflege unbedingt vermeiden.

«Mannomann», stöhnte Zart, «ich hab den Laden hier noch als studentische Hilfskraft erlebt! Da gab's bloß Karteikästen. Konnte man sich raussuchen, was man wollte.»

«Ja, ja, die Zeiten ändern sich», entgegnete Vogler und zog ein Blatt aus dem Drucker. «Was willst du eigentlich damit?» Er reichte Zart den Ausdruck.

«Ich schick's als E-Mail an die Hafenstraßler!», antwortete Zart und warf einen flüchtigen Blick auf das Papier. Dann faltete er den Bogen und gab ihn Grit, die ihn in ihrer Tasche verschwinden ließ.

«Mach keinen Scheiß damit, ja?», sagte Vogler.

«War 'n Scherz», beruhigte ihn Zart, «die gibt's doch schon lange nicht mehr. Keinen Kontakt mehr zur Szene, was?» Er warf seinem ehemaligen Studienfreund einen milde abschätzigen Blick zu. «Na ja, mit Zweireiher und so ... ist wohl nix mehr mit Arbeit vor Ort.»

«Wie gesagt, die Zeiten ändern sich», sagte Vogler und rückte seine seidene Krawatte zurecht.

«Vielen Dank für deine Mühe jedenfalls.» Zart erhob sich und machte Anstalten, zu gehen.

«Hat mich gefreut. War ja nur 'ne Kleinigkeit. Sehen wir uns mal?»

«Bestimmt!», erwiderte Zart. «Wir werden dich auf dem Laufenden halten.»

Vogler griff in sein Sakko und reichte erst Zart, dann Grit eine Visitenkarte.

«Nee, nee, die behalt mal.» Zart legte die Karte zurück auf den Schreibtisch. «Ich weiß ja, wie du heißt und wie ich dich erreichen kann. Hast du übrigens noch Kontakt zu Saskia?»

«Eigentlich nicht. Weißt du nicht, dass ich Doro geheiratet habe? Ich dachte, ich hätte dir eine Anzeige geschickt.»

«Dorothea van Düren? Hast du nicht!», entgegnete Zart mit gespielter Empörung. «Weder eine Anzeige noch eine Einladung. Ist ihr Vater nicht Kulturbeauftragter im Staatsministerium oder so was? Da hast du's ja gut getroffen.» Er lächelte Vogler freundlich an. «Aber sag mal, was heißt *eigentlich*?»

«Na ja, man sieht sich eben hier und da mal. Du weißt ja, Saskia ist überall dort anzutreffen, wo was los ist.»

«Und da bist du natürlich auch?» Er streckte Vogler die Hand entgegen.

Grit hatte den Eindruck, dass der Denkmalpfleger froh war, seine Besucher so schnell verabschieden zu können. Irgendwie hatte es den Anschein, als hätte ihn das Wiedersehen mit Zart alles andere als gefreut. Warum er ihnen mit Zahnschmerzengesicht so bereitwillig Auskunft gegeben hatte, war ihr ein Rätsel. Wahrscheinlich hatte es mit dieser Saskia zu tun. Aber abgesehen davon war ihr Markus Vogler einfach unsympathisch, und sie konnte sich nicht vorstellen, dass Zart anders über ihn dachte.

«Igitt, was für ein Reptil», flüsterte sie Zart zu, noch bevor sie den Korridor verlassen hatten. «Und das ist ein Freund von dir?»

«Hab ich das behauptet?»

«Er hat mich die ganze Zeit gierig angestarrt.» Grit zog die Tür zum Gang hinter sich ins Schloss.

Zart hob die Augenbrauen und warf Grit einen viel sagenden Blick zu. «Kann ich verstehen.»

Grit tat, als hätte sie das überhört, und setzte sich auf das hölzerne Treppengeländer, um darauf bis zum ersten Treppenabsatz herunterzurutschen. Auf dem Podest machte sie eine Drehung, klatschte albern in die Hände und setzte die Abfahrt auf die gleiche Weise bis zum Erdgeschoss fort.

«Und was nun?», fragte sie, nachdem auch Zart das Portal erreicht hatte.

«Wir waren bei gierigen Blicken stehen geblieben», antwortete Zart und stellte sich neben sie. «Diesen Geierblick hat Markus schon immer gehabt.»

«Geierblick trifft es gut», bestätigte Grit.

«Markus ist der typische Karrierist», erklärte Zart. «Auch wenn er es noch nicht so richtig geschafft hat. Bisher hat er jede nur denkbare Gelegenheit genutzt, um die Karriereleiter emporzusteigen – ein Emporkömmling, wie er im Buche steht. Nur leider fehlt ihm eine Kleinigkeit, um an die Spitze zu gelangen.»

«Und das wäre? Charakter kann es nicht sein, der fehlt ja so einigen.»

«Markus hat fachlich kein Format, keine inhaltliche Qualifikation.»

«Aber er hat doch studiert und promoviert.»

«Schon, aber das war für ihn nur eine Durchgangsstation, ein notwendiges Übel auf dem Weg nach oben. Er war schon als Student vor allem damit beschäftigt, möglichst vielen Leuten in den Arsch zu kriechen und sich damit die nötigen Türen zu öffnen. Und dann noch die gute Doro. Doro van Düren öffnet alle Türen.» Zart schüttelte den Kopf. «Das passt. Dorothea van Düren kam schon zu Studienzeiten mit Papas Jaguar in die Uni. Markus hat sich wohl ausgerechnet, ihr Vater würde ihn in die höheren Ränge der Kulturbürokratie einführen. Aber ohne wirkliche Qualitäten ist eben trotz aller Beziehungen auf irgendeiner Stufe Schluss. Und jetzt sitzt er da mit seinem Parteibuch in diesem Stinkebüro und kommt nicht weiter.»

«Er hätte Politiker werden sollen», fasste Grit zusammen.

«Du sagst es», erwiderte Zart. «Und ich bin mir auch sicher, er landet irgendwann auf ebendieser Bühne.»

«Was meinst du, warum hat er uns so bereitwillig Auskunft gegeben?»

«Einerseits hat er es genossen, vor uns den Wichtigen zu markieren, andererseits, da bin ich mir sicher, verspricht er sich davon irgendwelche Vorteile. Der denkt jederzeit in der Kategorie *Eine Hand wäscht die andere*. Das war schon immer so. Vielleicht hat er auch ein Auge auf dich geworfen?» Zart grinste Grit an. «Er hält sich nämlich für unwiderstehlich.»

«Ach ja?» Grit schüttelte sich demonstrativ. «Und was, wenn ich fragen darf, war die Sache mit Saskia?»

«Die beiden hätten sich hervorragend ergänzt. Sie sind sich in vielem sehr ähnlich.»

«Hast du mit Saskia irgendwas Ernstes gehabt?»

«Kann man so sagen. Zumindest so lange, bis klar wurde, dass sie nicht an meinem Leben teilhaben wollte, sondern nur darauf aus war, ihren beruflichen Vorteil daraus zu ziehen. Sie hat als Journalistin gearbeitet. Inzwischen ist sie da wohl auch richtig erfolgreich.»

«Und was hatte Markus Vogler mit ihr zu tun?»

«Er war anscheinend schon immer scharf auf sie. Das ist mir

zu der Zeit aber nicht aufgefallen, ich war wohl zu sehr mit meinen Reportagen beschäftigt. Im Nachhinein habe ich dann erfahren, dass Markus sie immer dann angebaggert hat, wenn ich irgendwo unterwegs war. Um ihr zu imponieren, hat er damals mit seinen Kontakten zu Ed Boylen geprahlt – Markus hat immer in alle Richtungen gute Kontakte. Das ist sein einziges Potenzial.»

«Ed Boylen?», wiederholte Grit. «Sagt mir nichts.»

«Klein-Turner genannt. Boylen ist der Chef von RealityPress.»

«Sagt mir immer noch nichts.»

«RealityPress ist eine der großen Bild- und Nachrichtenagenturen. Sie bedient in erster Linie Magazine der Boulevard- und Regenbogenpresse – so eine Art CNN für Arme», erklärte Zart. «Um an Boylen heranzukommen, ist Saskia dann mit Markus in die Federn gesprungen. Als sie Ed Boylen an der Angel hatte, war Markus natürlich nicht mehr angesagt.»

«Und du auch nicht», folgerte Grit.

Zart nickte. «Anfangs sind mir die Zusammenhänge gar nicht bewusst gewesen, denn Saskia hat mir über RealityPress sehr lukrative Aufträge zugespielt. Dann hab ich irgendwann begriffen, dass es meine Fotoreportagen waren, die ihr den stetigen Aufstieg bei RealityPress gesichert haben. Inzwischen ist sie fest mit Boylen liiert. War ja auch nahe liegend.»

«Blöde Kuh!», entfuhr es Grit. Den Rest des Weges gingen sie schweigend nebeneinander her. Grit spürte, dass Zart mit seinen Gedanken ganz woanders war.

«Viel können wir damit wohl nicht anfangen.» Zart legte die Liste auf den Esstisch und stellte sich vor eines der großen Fenster. «Es sind alles sehr noble Objekte, aber das bringt uns nicht weiter. Leerstände eben», fasste er zusammen. «Und in leeren Villen hängen keine Bilder. Wir sollten erst einmal mehr über das Bild herausfinden. Ich werde mal bei Wachholt anrufen.» Er griff zum Telefon.

Grit hatte sich inzwischen die Schuhe ausgezogen und es sich auf den Kissen vor dem Fenster bequem gemacht. Während Zart telefonierte, blätterte sie flüchtig durch die Zeitschriften, die Bea gestern studiert hatte, Foto- und Modemagazine. Von Zeit zu Zeit warf sie Zart einen Blick zu, der außerhalb ihrer Hörweite stand. Anscheinend beobachtete auch er sie während des Gesprächs über den Hörer hinweg. Jedenfalls gab er ihr plötzlich Handzeichen, kam näher und deutete auf die Zeitschrift, die aufgeschlagen vor ihr lag. Sie betrachtete das Bild auf der Seite, konnte jedoch nichts Außergewöhnliches darauf entdecken und zuckte mit einem fragenden Gesichtsausdruck mehrmals die Schultern. Zart fuhr sich, immer noch in das Gespräch vertieft, mit der Hand durch die Haare, zeigte dann abwechselnd auf das Foto und auf sie, wobei er heftig nickte. Sie betrachtete das Bild erneut. Was las sie denn da eigentlich? Sie blätterte zurück: *Dreißig aktuelle Frisuren für den Sommer*. Das durfte ja wohl nicht wahr sein. Was nahm der sich eigentlich raus? Aber bevor sie Zart einen bösen Blick zuwerfen konnte, hatte der sich schon wieder umgedreht. Grit betrachtete das Foto abermals, jetzt mit besonderer Skepsis. Na ja, wahrscheinlich hatte Zart nicht so Unrecht. Wenn sie ehrlich war, konnte sie ihre momentane Frisur auch nicht leiden. Entschlossen riss sie die Seite aus dem Heft.

«So.» Zart hatte aufgehört zu telefonieren. «Wir können kommen. Wachholt freut sich. Aber ich habe ihm noch keine Details verraten. Bist du so weit?»

«Nein», antwortete Grit energisch und wedelte mit der herausgerissenen Seite.

«Schon verstanden!», entgegnete Zart lachend. «Nach Bergedorf ist es eine ziemliche Strecke. Wir werden einen kleinen Umweg über die City machen.»

Es war ein überraschend kurzer Zwischenstopp. Zart hatte eigentlich eine mehrstündige Sitzung befürchtet und sich sicherheitshalber mit einem Buch bewaffnet. Probleme, einen Parkplatz zu finden, hatte er keine. Mit der Taxe konnte er jederzeit den letzten Platz an einem der Taxenstände besetzen und jeden Neuankömmling an seinem Wagen vorbeiwinken.

Aber schon nach einer Dreiviertelstunde befanden sie sich auf der Schnellstraße in Richtung Bergedorf.

Es war erstaunlich, was der Meister aus den Überresten von Grits Dauerwelle gezaubert hatte. Auch wenn das Ergebnis deutlich von der mitgebrachten Vorlage abwich, Grit schien zufrieden, und Zart hatte auf jeglichen Kommentar verzichtet, was gleichbedeutend damit war, dass auch ihm das Resultat zusagte.

Von Bergedorf aus führte die Wegstrecke in Richtung Lauenburg. Zweimal musste sich Zart auf dem Plan orientieren, dann hatten sie die richtige Abzweigung gefunden. Nachdem sie zwei kleine Dörfer passiert hatten, bog Zart in einen Hohlweg ein, der sie direkt auf das Landgut von Professor Wachholt führte. Das große Tor in der Steinmauer und der Kiesweg, der in einem leichten Bogen zwischen alten Linden verlief, kündigte weitläufige Besitztümer an. Rechts und links des Weges lagen mehrere Remisen und Stallungen hinter dichtem Gestrüpp verborgen. Überraschenderweise hatte das alte Herrenhaus aber eher bescheidene Ausmaße.

Günther Wachholt empfing seinen Besuch passend im Habit eines schrulligen Landadeligen. Im ersten Moment hatte Zart ihn für den Gärtner oder einen Hausangestellten gehalten, und er war doch sehr erschrocken, als er seinem akademischen Lehrer gegenübertrat. Die siebzig hatte Wachholt bestimmt schon überschritten. Zart erinnerte sich an die rauschenden Feste, die sie als Studenten in Wachholts Stadtwohnung gefeiert hatten. Er selbst hatte, obwohl sie sich hervorragend verstanden, immer eine gewisse Distanz gewahrt, weil, wie jeder im Seminar wusste, sich Wachholt in jedem Semester gerne einen Lieblingsstudenten aussuchte, den er nicht nur mit wissenschaftlicher Betreuung überschüttete. Ganz bewusst war Zart daher bei seinem ersten Besuch in Begleitung von Saskia erschienen.

Wachholts englische Maßanzüge waren nun schlabberigen Cordhosen und einem ungebügelten Freizeithemd gewichen. Das ergraute Haar trug er so kurz wie seine Bartstoppeln. Die faltige Haut war von der Sonne gegerbt. In der linken Hand hielt er ein halb gefülltes Weinglas.

«Es freut mich, Anselm, Sie nach so langer Zeit wieder zu sehen.» Die sonore Stimme seines ehemaligen Professors hatte die Zeit unbeschadet überstanden. Auch an der intimen universitären Anrede hatte sich nichts geändert. Mit Vornamen und *Sie* sprachen die alten Professoren unter den Studenten nur an, wen sie schätzten.

«Es sind ja schon einige Jahre verstrichen», setzte Wachholt fort, «und es interessiert mich sehr, zu hören, was aus Ihnen geworden ist. Außerdem habe ich hier in meinem Domizil nur sehr selten Besuch.» Nach einer rhetorischen Pause, die er mit einem bescheidenen Augenaufschlag füllte, wendete er sich Grit zu. «Ihre charmante Begleitung ...» Wachholt machte die Andeutung einer Verbeugung und deutete zur Eingangstür. «Aber kommen Sie doch erst einmal ins Haus. Darf ich Ihnen etwas zu trinken anbieten?»

Zart und Grit entschlossen sich, es dem Gastgeber gleichzutun, und entschieden sich, obwohl es erst drei Uhr am Nachmittag war, ebenfalls für einen Rotwein. Wachholt hatte sie in sein Studierzimmer geführt, welches, wie er betonte, in letzter Zeit immer mehr verwaise, da er nur noch selten Zeit zur Forschung finde. Zart war hingegen überzeugt davon, dass sich Wachholts Leben ausschließlich in diesem Raum abspielte.

Um seinen Gästen einen Platz anbieten zu können, mussten erst mehrere Stapel Bücher aus den tiefen Ledersesseln geräumt werden. Nachdem sie Platz genommen hatten, erzählte Zart ohne große Umschweife von ihrem Anliegen.

Wachholt beugte sich interessiert vor, als Grit ihm das Foto von der Zeichnung reichte. «Ja, das ist es!», verkündete er nach einigen Sekunden intensiven Betrachtens.

«Kennen Sie das Bild etwa?», fragte Grit aufgeregt.

«Das Bild nicht», entgegnete Wachholt und reichte ihr die Fotografie zurück. «Aber das Foto!»

Zart und Grit warfen sich fragende Blicke zu.

«Vor einigen Wochen» – Wachholt lehnte sich in seinem Sessel zurück – «habe ich dieses Foto schon einmal in den Händen gehalten.»

«Vor einigen Wochen?», fragte Grit ungläubig. «Das kann eigentlich nicht sein.»

«Doch, doch», bestätigte Wachholt. «Ganz bestimmt! Ich habe es dann ...» Er sprach nicht weiter, erhob sich und ging zu einem der Schreibtische im Raum. Nachdem er sich eine Brille auf die Nase geschoben hatte, wühlte er sich durch das scheinbar ungeordnete Chaos auf dem Tisch. «Nein», erklärte er und schüttelte den Kopf. «Ich dachte, ich hätte noch eine Kopie.» Mit bedächtigem Schritt und in Gedanken versunken kam er zurück und ließ sich wieder in den Sessel fallen.

«Eine Zeichnung von Modigliani ...»

«Ja, ja», unterbrach er Grit. «Das ist die Frage. Wie gesagt, ich kenne das Bild nicht. Wenn es wirklich ein Modigliani ist, dann existiert das Blatt womöglich nicht mehr. Das hab ich Quast auch gesagt.»

«Quast, der Peep-Show-Galerist?», fragte Zart.

«Ja, ja. Hartmut Quast», wiederholte Wachholt noch immer in Gedanken versunken.

«Hartmut Quast gehört die Galleria Erotica, das ist so ein

Rotlicht- und Erotik-Museum in Hamburg», erklärte Zart zu Grit gewandt. «Haben Sie das Foto von Quast bekommen?»

Wachholt nickte. «Ja. Er hat mich vor einiger Zeit angerufen und mich nach pornographischen Zeichnungen von Modigliani gefragt. Irgendjemand muss ihm den Floh ins Ohr gesetzt haben, dass solche Blätter existieren, und er wollte meinen Rat als Fachmann – für Modigliani!», fügte er hinzu und lachte, «nicht für Pornographie. Er hat mich jedenfalls gefragt, ob ich etwas über die Existenz solcher Blätter wüsste, was ich verneint habe. Ich habe ihm nur gesagt, dass er sie, wenn es echte wären, wohl kaum bezahlen könnte.»

«Da hat er sicher nur gelächelt?», bemerkte Zart.

«Stimmt», bestätigte Wachholt. «Sein Publikum setzt sich zwar vorrangig aus komischen Vögeln und Erotomanen zusammen, aber sicher sind darunter auch schwerreiche Sammler, denen die Urheberschaft über alles andere geht. Da geilt man sich weniger an den Crudités als an der Signatur auf.» Er warf Grit einen vorsichtig abschätzenden Blick über den Brillenrand zu.

«Hat man ihm die Blätter denn angeboten?», fragte Grit.

«Er hat es nicht so formuliert, aber ich nehme es an, denn nach nicht einmal zwei Wochen hat er mir dann dieses besagte Foto geschickt.»

«Wann, sagten Sie, war das?», wollte Grit wissen.

«Lassen Sie mich nachdenken.» Professor Wachholt schob die Unterlippe vor und rieb sich die Handflächen. «Sie sitzen einem alten Mann gegenüber», sagte er und machte ein spitzbübisches Gesicht. «Da funktioniert das Gedächtnis nicht mehr so auf Abruf. Ich denke … ja, das muss Anfang April gewesen sein.» Er nickte. «Ja, Anfang April!»

Grit wühlte aufgeregt in ihren Unterlagen. Schließlich zog sie ein Schriftstück hervor und überflog es. «Seltsam», murmelte sie. «Das kann eigentlich gar nicht sein. Hier!» Sie deutete auf das Blatt. «Wir haben das Foto erst am 3. Mai im Internet veröffentlicht. Am 24. Mai hat Herr Wiegalt Kontakt mit uns aufgenommen.»

«Das mag ja sein», entgegnete Wachholt. «Aber so alt, dass ich mich um einen ganzen Monat vertue» – er lächelte Grit höflich zu und räusperte sich –, «so alt bin ich dann doch noch nicht. Wenn ich auch den Tag nicht mehr weiß, es war bestimmt vor dem 20. April!» Er verriet den beiden nicht, warum er sich bei diesem Datum so sicher war. «Und ich muss gestehen, dass mir die Sache natürlich keine Ruhe gelassen hat. Ich habe ein bisschen nachgeforscht ... nein, nicht geforscht», korrigierte er sich, «eher gestöbert. Darf ich die Aufnahme bitte noch einmal sehen?»

Er stand auf und befestigte das Foto an einer Magnetleiste an der Wand. Dann griff er scheinbar wahllos zu einem Stapel Bücher. Es waren großformatige Kunstbände, die er auf einem langen Tisch nebeneinander ausbreitete. Während er sie aufschlug, forderte er Zart und Grit auf, zu ihm an den Tisch zu treten. Nachdem Wachholt noch einige Postkarten und Kunstdrucke neben dem Foto an der Wand befestigt hatte, trat er einige Schritte zurück und deutete mit ausgebreiteten Armen auf die Abbildungen. «Das ist eine mehr oder minder willkürliche Auswahl, ein beispielhafter Querschnitt seiner Aktdarstellungen, Zeichnungen und Gemälde. Fällt euch etwas auf?»

Zart fiel vor allem auf, dass Wachholt sie gerade mit *euch* angesprochen hatte. Es erinnerte ihn an seine Studienzeit. Immer wenn Wachholt Konventionen über Bord warf, war das ein Zeichen, dass er ganz tief in die Materie eintauchte. Meistens hatte er dann bereits ein bestimmtes Ziel vor Augen. Jetzt galt es nur noch, seinen Gedankengang nachzuzeichnen.

«Es sind fast alles Dreiviertelakte», rief Grit.

«Ganz genau», bestätigte Wachholt. «Sehr gut beobachtet. Modigliani begrenzt die Darstellung der Körper bevorzugt in diesem Maß. Entweder diagonal ausgerichtet» – er tippte mit dem Finger in rascher Folge auf einige Buchseiten –, «seltener horizontal, etwa *Le grand nu* von 1919.» Er zeigte auf einen Kunstdruck und zog dann zwei Blätter hervor. «Und dann gibt es die sitzenden Akte, wobei die Körperausrichtung mehr der Vertikalen angenähert ist, die Perspektive außerdem durch einen geringeren Abstand zum Modell und damit durch stärkere Aufsicht verschoben erscheint.» Er legte zur Demonstration zwei Lineale auf die entsprechenden Abbildungen. «Aber nirgendwo», sagte er mit erhobener Stimme und schob ein leeres Blatt Papier auf eines der Bilder, «nirgendwo ist der Körper direkt oberhalb der Scham abgeschnitten. Nur hier!» Mit diesen Worten deutete er auf die Fotografie, die Grit ihm gegeben hatte.

«Auch wenn ich kein Spezialist derlei ekstatischer Verzückungen bin» – Wachholt warf Zart einen flüchtigen Blick zu –, «so bin ich mir doch sicher, dass es sich hier um einen Ausschnitt handelt.»

Zart spürte stille Genugtuung. Das hatte er auch vermutet, als er die Fotografie das erste Mal gesehen hatte.

«Immerhin», setzte Wachholt sein kunsthistorisches Privatissimum fort, «zeigt das Foto ja nichts, was man als pornographisch bezeichnen könnte. Man muss also annehmen, dass das, was Quasts Interesse oder das eines seinem Gebiet nahe stehenden Sammlers wecken könnte, unterhalb des Bildrands dieses Fotos verborgen bleibt. Aber zur Sache: Ich habe mich also gefragt, vorausgesetzt, es handelt sich wirklich um ein Blatt von Modigliani, wer sein Modell gewesen sein könnte. Wie gesagt, der Forschung sind zwar eine Vielzahl von Aktbildern bekannt, aber hier handelt es sich wohl mehr um eine intime Aktskizze, die zumindest nicht als Vorlage für ein Gemälde gedient hat.» Wachholt schob die aufgeschlagenen Bücher zu zwei Gruppen zusammen. «Modigliani hatte ja seinerzeit schon genug Probleme, seine aus heutiger Sicht schon geradezu schulbuchfähigen klassischen Akte einem Publikum präsentieren zu können. Ihr seid sicherlich informiert über den Skandal, den seine Ausstellung bei Berthe Weill – übrigens Modiglianis einzige Einzelausstellung – ausgelöst hat?»

Zart und Grit nickten im Gleichtakt.

«Die Bilder wurden wegen der offenen Darstellung von Schamhaaren beschlagnahmt.» Wachholt schüttelte betrübt den Kopf. «Von daher kann ich kaum glauben, dass er noch Gewagteres zur Schau stellen wollte. Andererseits können wir ahnen, was sich hinter dem Bildrand befindet. So viel Geheimnisse birgt der weibliche Körper nun auch nicht.»

Ein wenig pikiert blickte Grit auf die versammelten Nackten.

«Konzentrieren wir uns also auf die Frage», fuhr Wachholt fort, «wer sein Modell war. Gehen wir davon aus, dass das Blatt eine persönliche Skizze ist, dann kommen nur zwei Personen infrage. Entweder Béatrice Hastings», Wachholt deutete auf die Abbildungen auf der linken Tischseite, «zu der er mehrere Jahre eine Liebesbeziehung hatte, oder Jeanne Hébuterne, die er geheiratet hat.» Er nahm das Foto und hielt es über die Abbildungen auf der anderen Tischseite.

«Schwierig zu sagen», bemerkte Grit. «Das Gesicht ist nicht zu erkennen, weil sie den Kopf nach hinten geworfen hat. Außerdem erscheint mir die Zeichnung im Gegensatz zu den übrigen Bildnissen sehr realistisch. Wenn ich mich entscheiden müsste, würde ich auf Jeanne Hébuterne tippen.»

«Warum ist es denn wichtig, wer auf dem Blatt zu sehen ist?», fragte Zart.

«Abwarten, mein Lieber, abwarten», beschwichtigte ihn Wachholt. «Es gibt nämlich eine Quelle, aus der hervorgeht, dass Dedo, wie Modigliani von seinen Freunden genannt wurde, eine Reihe intimer Zeichnungen angefertigt hat. Im Nachlass von Jean Cocteau findet sich ein Briefwechsel mit ihm, in dem sich Cocteau über die spießbürgerliche Doppelmoral auslässt. Er nimmt Bezug auf das Desaster bei der Vernissage in der Galerie von Berthe Weill und sichert seinem Freund weiterhin volle Unterstützung zu. In diesem Zusammenhang erwähnt Cocteau eine Reihe eigener Zeichnungen, deren Darstellung bei Veröffentlichung seiner Meinung nach eine noch größere Welle der Empörung auslösen würde. Modigliani schreibt ihm daraufhin, er wäre interessiert, die Blätter zu sehen, und auch er selbst hätte gerade entsprechende Zeichnungen von Jeanne Hébuterne gemacht. Inzwischen wissen wir, dass Cocteaus Zeichnungen eine kleine Sammlung homoerotischer Capricci sind.» Wachholt zog ein Buch aus einem der Regale und reichte es Zart. «Im Gegensatz zu den Arbeiten von Cocteau ist über die Blätter von Modigliani aber nichts weiter bekannt. Abbildungen gibt es nicht, zumindest sind sie der Forschung oder Wissenschaft nie zugänglich gewesen.»

«Und das nennen Sie *ein bisschen gestöbert*?», kommentierte Zart die Recherchen seines Professors und reichte das Buch mit Cocteaus Zeichnungen an Grit weiter.

Wachholt machte eine wegwerfende Handbewegung. «Das ist ja alles ein unglaublicher Zufall gewesen. Das Buch haben mir, kurz bevor mich Quast anrief, Freunde geschenkt. Dabei wurde die Frage laut, ob man nun nicht auch das filmische Œuvre Cocteaus aus einem anderen Blickwinkel betrachten müsse. Ich habe mich dann an die Arbeit gemacht und bin beim Überarbeiten des biographischen Materials auf ebendiese Quelle gestoßen.»

Zart blickte amüsiert zu Grit hinüber, die verlegen durch den Bildband blätterte. Cocteaus Phantasien richteten sich vornehmlich auf die Darstellung muskulöser Männer, die, bis auf Matrosenmützen und ähnliche Kopfbedeckungen unbekleidet, mit ihren überdimensionierten Penissen hantierten.

Als sich Grit Zarts Blick bewusst wurde, schlug sie das Buch hastig zu und gab es an Wachholt zurück.

«Das ist natürlich noch nicht alles», entgegnete der Professor und stellte das Buch zurück ins Regal. «Ich habe versucht, die Nachlassverteilung Modiglianis über das erste vollständige Werkverzeichnis von 1953 zurückzuverfolgen. Bei meinen Recherchen habe ich eine Notiz gefunden, aus der hervorgeht, dass eine Mappe erotischer Zeichnungen von Modigliani als Kommissionsware im Besitz der Galerie Max Perls war.»

Zart und Grit blickten Wachholt fragend an.

«Das sagt euch wahrscheinlich nichts, dafür seid ihr auch zu jung», entgegnete Wachholt. «Für Kunsthistoriker meiner Generation ist der Name Max Perls allerdings unauflöslich mit dem Beginn kunstgeschichtlichen Frevels im Nationalsozialismus verbunden. Es ist der Anfang eines Feldzuges gegen die Freiheit der Künste unter dem propagandistischen Kampfruf *Entartete Kunst*. Im Jahre 1935 sollte in der Galerie Max Perls in Berlin eine der bis dahin größten Kunstauktionen stattfinden. Unter den Werken waren Gemälde, Handzeichnungen und Graphiken von heute unschätzbarem Wert. Ein großer Teil der Auktionsware wurde allerdings auf Bestreben der Reichskammer der Bildenden Künste und der Reichskulturkammer noch vor Beginn der Verkaufsausstellung beschlagnahmt. Übrigens unter dem Vorwand des pornographischen Charakters der Bilder – eine viel sagende Parallele zu den Vorkommnissen während der Ausstellung bei Berthe Weill, nicht wahr?»

«Die Zeichnungen von Modigliani wurden beschlagnahmt? Was ist aus den Blättern geworden?», fragte Grit aufgeregt.

«Es wäre schön, wenn ich darauf eine Antwort wüsste», entgegnete Wachholt. «Sicher ist nur, dass die beschlagnahmten Werke in einem Sammellager, das die Reichskulturkammer in der Köpenicker Straße in Berlin eingerichtet hatte, gehortet wurden. Ab 1937 wurden Teile dieses Kunstschatzes als *Entar-*

tete Kunst verbrannt, kamen als Exponate zur gleichnamigen Ausstellung nach München oder wurden über die Schweiz ins Ausland verkauft.»

«Lässt sich der Weg nicht zurückverfolgen?» Grit trat nervös von einem Fuß auf den anderen.

«Schön wär's», erwiderte der Professor. «Das Problem dabei ist die unvorstellbare Menge von Arbeiten, über den Daumen gepeilt 15 000 Graphiken und über 6000 Gemälde, die in Berlin gelagert wurden, darunter Werke von van Gogh, Chagall, Braque, Picasso, Corinth, Liebermann, Vlaminck ..., die Liste ließe sich beliebig fortsetzen. Außerdem wurden die Werke mit der Begründung, sie seien von minderer Qualität, bei der Einlagerung nicht inventarisiert. Die einzigen Listen, die existieren, beziehen sich auf die Ausstellung in München von 1937 und auf die Auktion der Galerie Fischer in Luzern.»

«Na also!», entfuhr es Zart, aber Wachholt bremste seine Euphorie mit einem Kopfschütteln.

«Hab ich auch gehofft! Fehlanzeige! In den Münchner Verzeichnissen wird Modigliani nicht erwähnt, und im Verkaufskatalog von Theodor Fischer für die Auktion im Grand Hôtel National in Luzern sind zwar zwei Modiglianis aufgeführt, aber es handelt sich um Ölgemälde. Eins ging nach New York, das andere nach London. Beide Bilder wurden inzwischen an die Erben der ursprünglichen Besitzer zurückgegeben. Eins hängt jetzt im Louvre.»

«Und das alles haben Sie auch so nebenbei ...»

«Nein, das ist das Ergebnis der Arbeit der Koordinierungsstelle für die Rückführung von Kulturgütern. Sie wird getragen von der Stiftung Preußischer Kulturbesitz. Ich sitze selber als Kuratoriumsmitglied in einem Komitee der Stiftung. Vor einem Jahr gab es in Washington eine internationale Konferenz über so genannte Holocaust-Vermögen. Seither hat sich viel getan, und das Arbeitsfeld der Koordinierungsstelle wurde entsprechend ausgeweitet. Der größte Teil der beschlagnahmten Kunstwerke im Dritten Reich stammt ja aus jüdischem Besitz.»

«Interessant. Könnten die Arbeiten vielleicht über inoffizielle Kanäle ...»

Wachholt ließ Grit keine Gelegenheit, ihre Vermutung auszusprechen. «Eben!», unterbrach er sie. «Das vermuten ... nein, das hoffen wir ja. Es wäre überaus tragisch, wenn alle als *entartet* klassifizierten Werke, die nicht über die Schweiz ins Ausland verkauft werden konnten, vernichtet worden wären. Allerdings gibt es bisher nur wenige Anhaltspunkte, die dagegen sprechen.» Er seufzte. «Anders verhält es sich mit den konfiszierten Werken alter Meister, deren kultureller Wert von den Nazis ganz anders eingeschätzt wurde. Auch hier stammen die größten Teile aus jüdischem Besitz, allen voran die großen Kunstsammlungen, welche die Familien Rothschild, Seligman, Kann und de Benzion bei ihrer Emigration oder Flucht aus Frankreich zurücklassen mussten. Bilder von Velázquez, Rembrandt, Vermeer, Rubens oder Goya wurden ja ganz anders eingeschätzt als etwa die der Expressionisten oder Brücke-Maler. Der geraubte Kunstschatz sollte unter den Spitzen des Reiches aufgeteilt werden, etwa für die Privatsammlung Göring oder das geplante Führermuseum in Linz ...»

«Alles schön und gut», unterbrach Zart, der seinen alten Lehrer kannte und einen mehrstündigen Vortrag befürchtete, «aber welche Rolle spielt dabei die Zeichnung von Modigliani?»

«Wenn es denn eine ist!» Wachholt hob den Zeigefinger. «Wenn es sich wirklich um ein Blatt aus der Modigliani-Mappe, die 1935 in Berlin beschlagnahmt wurde, handelt, dann wäre es der erste Hinweis darauf, dass Bilder als entartet eingestufter Künstler, die nicht über die Schweiz verkauft werden konnten, das Autodafé der Nazis überlebt haben könnten.»

«Sie glauben also», fragte Grit, «dass die Existenz der Zeichnung einen Hinweis auf den Verbleib anderer Bilder geben könnte?»

«Ein Hoffnungsschimmer sozusagen!» Wachholt nickte und begann, die Bücher auf dem Tisch zusammenzuräumen. «In Absprache mit den Kultusministern der Länder bereitet die Koordinierungsstelle gerade die Identifizierung aller Kunstgegenstände ungeklärter Herkunft vor. Dabei sollen alle Erwerbungen staatlicher Museen und ähnlicher Institutionen im Zeitraum zwischen 1933 und 1945 überprüft werden. Weltweit!»

«Wie soll das umgesetzt werden, wenn man nicht weiß, wonach man suchen soll? Sie haben doch selbst gesagt, es gibt kaum Verzeichnisse», fragte Zart.

«Die Beweislast ist umgekehrt!», erklärte Wachholt. «Die Institutionen sollen selbst Rechenschaft über ihre Erwerbungen in diesem Zeitraum ablegen. Das dauert natürlich seine Zeit, vor allem, wenn man den Kostenfaktor berücksichtigt. Die staatlichen Museen haben ja jetzt schon kaum genügend Mitarbeiter, ihren eigentlichen Auftrag zu erfüllen.»

«Außerdem setzt dieser Beschluss ja wohl auch die Bereitschaft aller Institutionen zur Mitarbeit gegen ihre individuellen Interessen voraus», ergänzte Zart.

«Genau!», bestätigte Wachholt. «Da ist es natürlich nahe liegend, dass man jedem Hinweis nachgeht, der das Verfahren abkürzen könnte. Wenn also ein Kunstwerk auftauchen würde, das eigentlich gar nicht mehr existieren dürfte, dann hätte man berechtigte Gründe anzunehmen, dass auf dem gleichen oder einem ähnlichen Wege auch andere ...»

«Verstehe», unterbrach Grit. «Haben Sie das diesem Galeristen auch gesagt?»

«Quast? Natürlich nicht! Ich habe das Foto an Professor Seligmann, den Leiter der Koordinierungsstelle, geschickt und ihm meinen Verdacht kurz skizziert. Ärgerlich ist natürlich, dass wir den Titel der Zeichnung nicht kennen.»

«Was Sie erzählen, klingt nach einer Lebensaufgabe», bemerkte Zart.

«Deren Ende ich sicherlich nicht mehr erleben werde. Aber ich hoffe, ich konnte euch helfen.»

«Bislang haben sich mehr Fragen als Antworten aufgetan. Was sagt denn Quast dazu?»

«Er hüllt sich, was Verkäufer oder mögliche Käufer betrifft, in Schweigen. Als ich das letzte Mal mit ihm telefonierte, hat er mir außerdem gesagt, der Anbieter habe sein Angebot inzwischen zurückgezogen. Allerdings habe ich ihn über die Hintergründe nicht informiert. Vielleicht erreicht ihr ja etwas bei ihm?»

«Hmm.» Zart machte ein nachdenkliches Gesicht.

«So, jetzt aber zu euch.» Professor Wachholt nahm sein Weinglas und deutete auf die Sessel. «Was macht ihr, wenn ihr keine verschollenen Modiglianis sucht oder Leichen findet? Erzählt mir vom Leben in der Großstadt.»

«Ich habe das Gefühl, wir haben Ihnen da nichts voraus», bemerkte Grit und gab Zart hinter Wachholts Rücken mit einer flüchtigen Handbewegung ein heimliches Zeichen zum Aufbruch.

«Oh doch, bestimmt. Ich lebe hier in meiner kleinen Welt, abgeschieden von ... aber ich will nicht klagen. Übrigens, es ist spät geworden ...» Tatsächlich, es war kurz nach acht. Die Zeit war wie im Fluge verstrichen.

«Wie wär's, wenn ich uns ein paar Spiegeleier in die Pfanne haue?»

«Ein andermal gerne», erwiderte Zart. «Aber wir haben Ihre Zeit schon genug in Anspruch genommen, und außerdem» – er warf Grit einen auffordernden Blick zu – «haben wir um neun Uhr eine Verabredung in Hamburg.»

Mit dem Versprechen, Wachholt über alle Ergebnisse ihrer anstehenden Recherche unverzüglich in Kenntnis zu setzen, verabschiedeten sich Grit und Zart.

«Das war gelogen mit der Verabredung, oder?», fragte Grit, als sie im Auto saßen.

«Na ja», bemerkte Zart. «Mike wartet sicher schon seit zwei Stunden auf den Wagen. Wenn er Glück hat, war Bea da und hat ihm einen Kaffee gemacht. Vielleicht ist er aber auch völlig genervt wieder abgezogen. Übrigens hast du mir doch zu verstehen gegeben, dass du aufbrechen möchtest.»

«Wir müssen dringend mit Quast sprechen.»

«Was willst du ihm denn sagen? Wir sind doch nicht von der Polizei.»

«Wenn wir wissen wollen, wo die Zeichnung ist», sagte Grit bestimmt, «dann müssen wir wohl oder übel Kontakt zu ihm aufnehmen. Und das sollten wir schnell machen. Am besten gleich heute Abend.»

«Entspann dich.» Zart nahm die rechte Hand vom Lenkrad und strich besänftigend über Grits Oberschenkel. «Heute Abend läuft da nichts mehr. Die Galerie hat nur bis zwanzig Uhr geöffnet. Lass uns erst mal versuchen, einen Sinn in die ganze Sache zu kriegen. Die Geschichte passt irgendwie überhaupt nicht zusammen. Vor allem frage ich mich, was Wiegalt damit zu tun gehabt hat.» Seine Hand ließ er, wo sie war.

Grits Gedanken überschlugen sich. «Ich kann mir vor allem nicht erklären, warum Quast Wachholt bereits Anfang April ... Wie konnte er wissen ... und das Foto! Genau, das Foto ... das ist doch merkwürdig. Der gleiche Ausschnitt ... es sei denn ...» Sie griff nach Zarts Hand, umfasste sie kräftig und drückte sie mehrmals im Takt der Worte auf ihren Oberschenkel. Wärme breitete sich aus.

Zart fühlte, wie der Stoff unter seiner Handfläche langsam

warm wurde. Er spreizte die Hand. Grit machte keine Anstalten, sich der Berührung zu entziehen. Ganz im Gegenteil – ihre Finger glitten bereitwillig zwischen seine. Mit unmerklichem Druck dirigierte sie die Hand auf die Innenseite ihres Schenkels.

«Du solltest versuchen herauszufinden, wer der Auftraggeber von ArtSave ist.»

«Verdammt!», entfuhr es Grit. «Hirtmeyer! Ich habe vergessen, ihn anzurufen! Warte mal …» Sie drehte sich zur Rückbank und wühlte in ihrer Tasche. «Vielleicht erwische ich noch jemanden.»

«Es ist Viertel vor neun!», bemerkte Zart.

«Egal», entgegnete Grit und presste sich das Handy ans Ohr. «Manchmal … na ja, wenigstens die Mailbox.» Sie notierte sich einige Daten in ihr kleines Notizbuch und warf ihr Handy wieder in die Tasche. «Hirtmeyer ist übers Wochenende auf einem Kongress in Zürich.»

«Ich dachte, er wollte dich zurückrufen, sobald …»

«Ja, das dachte ich auch», sagte Grit. «Ich hatte sogar die Hoffnung, er würde sich vielleicht hierher bemühen.»

«Und nun musst du über's Wochenende mit mir vorlieb nehmen?!»

«Wenn's denn sein muss.» Grit hob die Augenbrauen und grinste.

«In Ordnung! Wir machen erst 'ne Hafenrundfahrt, dann ins Panoptikum, Creme-Törtchen auf dem Fernsehturm und abends zu Cats!»

«Sehr witzig!»

«Ach, kennst du schon? Na gut. Wie wär's dann mit ein bisschen Subkultur?»

«Ich will kein Touristenprogramm.»

«Also?», fragte er verheißungsvoll.

«Ich dachte an Ausschlafen …»

«Sehr gut!» Zart nickte.

«Bootsfahrt auf der Alster?»

«Klingt anstrengend.»

«Ich rudere.»

«Na denn!»

«Und vielleicht können wir dann noch in diese Galerie von ...»

«Ich seh schon», fiel Zart ihr lachend ins Wort. «Die Arbeit schweißt uns zusammen.» Als sie ausstiegen, kam Mike über den Hof.

«Wenn das man nicht einreißt mit den Ablösezeiten!» Er verschränkte die Arme vor der Brust, und Grit war sich sicher, dass er ihnen einen vorwurfsvollen Blick zuwarf. Genau konnte sie es nicht erkennen, denn trotz anbrechender Dunkelheit hatte Mike seine Sonnenbrille auf.

«Hi, Mike. Sorry, war 'ne Ferntour.» Zart schlug ihm freundschaftlich auf die Schulter.

«Und da hast du den Fahrgast gleich mitgebracht?»

«Sie hatte kein Geld, da hab ich sie als Pfand genommen.»

«Na, wenn das so ist», brummte Mike.

«Sag mal, kannst du für mich was rausfinden? Du kommst doch in jeden Server.»

«Willst du wissen, ob die Dame zahlungsunfähig ist?», fragte Mike und schob sich seine Sonnenbrille zurecht.

«So ähnlich.»

«Nur von deinem Anschluss!»

«Das geht klar», antwortete Zart. «Also bis nachher zum Frühstück!»

Mike wandte sich zur Taxe und schwenkte den Schlüsselbund zum Gruß. «Allah ist groß, und ich bring die Brötchen mit!», hörte man ihn brummen.

«Das ist ja ein komischer Heini», sagte Grit, als die Taxe vom Hof gefahren war.

«Du wirst deine Meinung ändern, wenn du ihn am Computer erlebst», antwortete Zart und schob sie zur Eingangstür.

«Du willst doch nicht ernsthaft den Server von ArtSave anzapfen?», fragte sie entsetzt.

«Nein, das macht Mike. Du willst den Modigliani? Dann musst du wissen, wer der Auftraggeber ist. Vielleicht birgt euer Computer eine Spur.»

«Wenn das rauskommt, bin ich den Job los», seufzte Grit.

Zart wollte sie gerade beruhigen, da öffnete sich die Tür, und Bea stand vor ihnen.

«Hallo, ihr zwei!», grüßte sie in einem seltsam unbestimmten Tonfall. Irgendetwas war vorgefallen. «Dein Onkel Ronald hat angerufen. Deiner Mutter geht's nicht gut. Du möchtest bitte kommen.»

«Welches Krankenhaus?», fragte Zart. Es klang eher beiläufig als erschrocken und keineswegs so, als mache er sich wegen dieser Nachricht ernsthafte Sorgen.

«Volksdorf!»

«Oh, nicht schon wieder! Da hätte mich Mike ja gleich mitnehmen können!», rief er wütend. «Als wenn ich nichts Wichtigeres zu tun hätte! Ich hab's so satt!», fluchte er. «Rufst du bitte in der Zentrale an und bestellst mir ein Taxi, Bea! Ich such mir nur noch ein paar Sachen zusammen!» Während er die Treppe hinaufstieg, fügte er in gemäßigtem Ton hinzu: «Tut mir Leid, Grit! Wird wohl nichts aus unserem Programm.»

Grit blickte Zart unsicher nach. «Ist doch klar», antwortete sie. Sie wusste nicht recht, was sie von seiner Reaktion halten sollte. Mit lautem Krachen fiel oben die eiserne Tür ins Schloss.

«Komm!», forderte Bea sie auf. «Ich mach uns einen Tee und erklär's dir!»

Beas Wohnbereich ähnelte dem von Zart, was Grit vor allem darauf zurückführte, dass beide Räumlichkeiten ähnliche Dimensionen hatten. Obwohl das sichtbare Dachgebälk, das Zarts Refugium einen eigentümlichen Charakter verlieh, fehlte, dominierte auch hier die hallenartige Weitläufigkeit. Im vorderen Bereich hatte sich Bea ihre Arbeitszone eingerichtet. Auf der linken Seite lag eine große Tanzfläche mit Parkettboden. Die Wände waren verspiegelt, und über die Längsseite teilte ein klassischer Handlauf die Wandfläche. Von der Decke hing ein überdimensionierter Lampenschirm aus Aluminium herab, dessen Lichtkegel wie eine dreidimensionale Projektion im Raum stand. Auf der anderen Seite erstreckte sich ein antiquiert wirkendes Fitnessstudio. Vor einer Sprossenwand stand ein alter Stufenbarren. Grit dachte mit Grausen an die Turnstunden ihrer Schulzeit zurück. Ein Blick auf dieses Marterinstrument genügte ihr, und die Schmerzen an Hüft- und Beckenknochen, welche vom ungewollten Kontakt mit den nur schwach federnden Holmen herrührten, waren wieder gegenwärtig.

An der Fensterseite stand ein großes Bett, das nur unzureichend von zwei mobilen Garderobenständern abgeschirmt wurde. Entlang der Rückseite des Raumes erstreckte sich eine improvisierte Küchenzeile. Grit blickte fasziniert auf die alte Badewanne mit Löwenfüßen und kupfernen Armaturen, die wie ein Altar auf einem Podest in der Mitte des Raumes thronte.

«Du musst dir keine Gedanken wegen Zart machen.» Bea schob das Telefon mit dem Fuß hinter einen Stapel Kleider. «Seine Mutter hat ein kleines Alkoholproblem, das zeitweise eskaliert.»

«Wie furchtbar», erwiderte Grit.

«Für Zart! Ja, da gebe ich dir Recht.»

Grits Augenmerk fiel auf die Fotografien, die an den Wänden hingen. Es waren überlebensgroße Tanz- und Aktbilder; Schwarzweißfotografien, deren Kontrast sich bei näherer Betrachtung im groben Korn der Vergrößerung aufzulösen schien. «Sind die von Zart?», fragte sie.

«Nein! Aber ich würde mich gerne von Zart so in Szene setzen lassen.»

Nachdem Bea einen Tee aufgesetzt hatte, trat sie zu Grit. «Ich kenn das mit Zart nun schon ein paar Jahre. Alkoholismus ist für die Familienmitglieder meist schlimmer als für den Betroffenen selbst. Vor allem die unvorhersehbare Wiederkehr, der Überraschungsfaktor macht auf Dauer aggressiv. Man darf kein falsches Mitgefühl haben.»

«Kennst du die Ursachen, die Gründe der Trinkerei?»

«Zart hat mal erwähnt, dass es nach der Trennung von ihrem Mann begonnen hat.»

«Zarts Vater?»

«Ja. Hast du ihn kennen gelernt?»

Grit schüttelte den Kopf.

«Ich hab ihn einmal getroffen. Da erschien er mir sehr umgänglich, aber das soll nichts heißen. Nach Zarts Schilderungen muss er sehr eigenwillig, sogar tyrannisch sein. Zart ist damals wohl, so schnell er konnte, von zu Hause ausgezogen.»

«Was macht sein Vater? Lebt er hier in Hamburg?»

«Was hat dir Zart eigentlich über sich erzählt?» Bea schenkte Tee ein, zog sich ein Kissen heran und ließ sich im Schneidersitz darauf nieder. «Du weißt wohl nur, dass er Taxi fährt?»

Grit zog sich die Schuhe aus und machte es sich ebenfalls auf einem Kissen bequem. «Und dass er Kunstgeschichte studiert hat und als Fotograf arbeitet», ergänzte sie.

«Gearbeitet hat!», korrigierte Bea. «Na, die Sache ist die: Zart stammt aus einer schwerreichen Reedersfamilie.» Nach einer Pause fügte sie hinzu: «Er ist übrigens der einzige Erbe. Wenn ihn sein Vater nicht inzwischen enterbt hat, ist er eine ausgesprochen gute Partie.» Als wenn sie eine bestimmte Reaktion erwarten würde, fixierte sie Grit.

«Ach ja?» Grit verbarg ihre Überraschung gekonnt.

«Sein Alter hat sich aber schon längst aus dem aktiven Geschäftsleben zurückgezogen und residiert in einer nicht gerade bescheidenen Elbvilla.»

«Und warum führt Zart dann nicht den Lebensstil eines Reedersohnes?»

«Da musst du ihn schon selbst fragen», bemerkte Bea.

«Hmm, mal sehen.»

«Also, wenn du dich auf was Längerfristiges einlassen willst ...»

«Wer sagt das?», unterbrach Grit.

«War nur so ein Spruch.» Bea schmunzelte.

Grits Blick fiel erneut auf eines der Fotos. «Warum fotografiert Zart keine Menschen mehr?»

«Es wäre schön, wenn ich es selber wüsste. Er spricht nicht darüber. Ich weiß nur so viel, dass es im Zusammenhang mit seinem letzten Auftrag stehen muss. Zart war als Bildberichterstatter in Bosnien. Danach hat er nur noch Bäume fotografiert.»

«War das ein Auftrag von RealityPress?», fragte Grit interessiert.

«Ja, ich glaube. Wieso?»

«Dann wird das wohl mit dieser Saskia zusammenhängen!»

«Saskia?», wiederholte Bea. «Ja, das kann sein. Kurz danach haben sie sich getrennt.»

«Hast du damals schon hier gewohnt?»

Bea nickte. «Wenn du denkst, das hätte etwas mit mir zu tun ...»

«Warst du mit Zart zusammen?»

«Als Saskia hier noch gewohnt hat? Nein!»

«Aber hinterher?», fragte Grit neugierig.

«Nein!» Bea schüttelte den Kopf. «Das heißt, wenn du wissen willst, ob wir miteinander geschlafen haben – das haben wir! – Aber die Chemie hat nicht gestimmt.» Sie warf Grit ein geheimnisvolles Lächeln zu.

«So genau wollte ich das gar nicht wissen!», log Grit und wechselte schnell das Thema: «Was meinst du, wann Zart zurückkommt?»

«Keine Ahnung!» Sie stand auf und ging zur Badewanne. Mit einer flüchtigen Bewegung drehte sie den Wasserhahn auf. «Willst du ein Bad nehmen?»

Grit schüttelte den Kopf und stand auf. «Vielen Dank für das Angebot, vielleicht komme ich darauf zurück.»

Bea stand über die Wanne gebeugt und testete mit dem Handrücken die Temperatur des Wassers. «Ich nehme jeden Abend ein heißes Bad. Kann ich nur empfehlen. Leistest du mir Gesellschaft?»

Grit kam sich überrumpelt vor. Ehe sie ihren Aufbruch hätte rechtfertigen können, hatte Bea sich ausgezogen und war in die Wanne gestiegen. Erwartete sie etwa, dass Grit ihr – wie eine Zofe der Herrin – beim Baden zuschauen würde? Oder sollte sie die Worte sogar als Aufforderung verstehen, mit in die Wanne zu steigen?

Noch bevor Grit sich darüber eine Meinung gebildet hatte, deutete Bea auf einen kleinen Hocker neben der Badewanne. «Reichst du mir mal den Schwamm?»

Es war Grit bereits gestern nicht entgangen, dass Bea sie aufmerksam gemustert hatte. Jetzt dachte sie darüber nach, ob sie die neugierigen Blicke vielleicht falsch interpretiert hatte, denn als Konkurrentin, das wusste sie nun, sah Bea sie nicht an. Sprachlos reichte sie ihr den Schwamm.

«Ahh!» Bea streckte sich genüsslich in der Wanne aus. «Das entspannt einen geschundenen Körper.»

Skeptisch, nicht ohne Neugier, beobachtete Grit sie.

«Der Tag war anstrengend genug. Ich habe sechs Stunden trainiert. Da freut sich der Körper.»

«Wo tanzt du denn eigentlich?»

«Früher war ich beim Ballett. Jetzt mache ich Choreographie und tanze beim Independent Ballroom.»

«Muss ich das kennen?», fragte Grit ehrfurchtsvoll.

«Nein, das ist eine kleine Gruppe, wir machen eher so experimentelle Sachen. Wäre allerdings schön, wenn wir bekannter wären.»

«Und womit bezahlst du die Miete?»

«Vormittags arbeite ich noch als Aerobiclehrerin in einem Fitnessstudio.»

«Ist das das Taxifahren für Tänzer?»

Bea musste lachen. «So ungefähr. Und womit verdienst du dein Geld?»

«Ich arbeite im Bereich Kunstkriminalität. Aber nicht bei der Polizei, sondern …»

«Mensch verdammt!», fiel ihr Bea ins Wort. «Jetzt hab ich das Wichtigste vergessen!» Hastig erhob sie sich und stieg aus der Wanne. «Die Polizei war ja heute hier!»

«Die Polizei?», fragte Grit. «Was wollte sie denn von uns?»

Bea kramte hinter dem Kleiderstapel nach dem Telefon. «Wieso von euch? – Von mir! Sie suchen nach Pawlik, einem unserer Tänzer!»

Die Wählscheibe des alten Telefons ratterte mit sattem Ton. Bea hielt den Hörer zwischen Schulter und Kinn geklemmt. Mit der Hand wischte sie sich flüchtig den Schaum vom Körper. «Nun geh schon ran, Pawlik!», flüsterte sie und wippte im Takt ihrer Worte unruhig mit den Beinen. «Immer noch nicht da!» Sie verdrehte die Augen und legte den Hörer auf. Dann fiel ihr Blick auf Grit, die verlegen zur Seite schaute, und sie warf sich einen Kimono über. «Man sucht ihn im Zusammenhang mit dem Tod eines Landsmannes», erklärte sie. «Ganz komische Sache, und Pawlik hat bestimmt nichts damit zu tun, aber seine Telefonnummer war im Handy des Toten gespeichert.»

Grit blickte Bea ungläubig an. «Ein Pole?», fragte sie.

«Ja, Pawlik hat natürlich geglaubt, man sei ihm auf die Schliche gekommen, weil er keine Arbeitserlaubnis hat, und ist erst mal untergetaucht. Wir haben morgen Generalprobe. Ohne Pawlik sind wir aufgeschmissen!»

«Wie heißt Pawlik mit Nachnamen?» Grit versuchte sich an die Namensliste im Kommissariat zu erinnern.

«Keine Ahnung. Wieso?»

«Das ist ja irre!», meinte Bea, nachdem Grit ihr detailliert von den Geschehnissen berichtet hatte. «Und du meinst, dieser Wiegalt ist vielleicht ...»

«... ein Freund von Pawlik!»

Eine Zeit lang blickten sich die beiden Frauen stumm an, dann fragte Bea: «Sag mal, habt ihr morgen schon was vor?»

«Eigentlich wollten wir in die Erotik-Galerie von diesem Quast, aber ich weiß natürlich nicht, in welcher Verfassung Zart ... Warum fragst du?»

«Um Zart mach dir mal keine Gedanken», besänftigte Bea sie. «Wir haben morgen Generalprobe auf Kampnagel. Wenn ihr Lust habt, könntet ihr ja ... Das ist hier gleich um die Ecke. Danach könnten wir zusammen zur Galleria Erotica gehen. Da läuft nämlich so eine Party.»

«Eine Party? Woher weißt du das?»

«Die haben vor einiger Zeit bei uns angefragt, ob wir dort tanzen», erklärte Bea. «Aber nachdem Quast uns das Programm erklärt hatte, war uns klar, dass man wohl mehr eine Stripnummer als eine Tanzeinlage erwartete.»

«Ob Zart bis dahin wieder aufgetaucht ist?» Grit blickte skeptisch auf ihre Uhr.

«Er ist bestimmt in ein paar Stunden wieder hier. Wenn du willst ...» Bea deutete auf das große Bett.

«Lieb gemeint», unterbrach Grit, bevor Bea ihr Angebot spezifizieren konnte, «aber ich brauch jetzt dringend Ruhe. Der Tag war aufregend genug. Ich muss das jetzt erst mal alles verdauen. Außerdem hat sich Mike morgen zum Frühstück angekündigt.» Hastig schlüpfte sie in ihre Schuhe.

«Wenn du irgendwas brauchst ...», rief ihr Bea nach.

«Ich komm schon klar. Vielen Dank.» Grit tastete nach dem Lichtschalter im Treppenhaus. Auf dem Weg nach oben fragte sie sich, ob sie vielleicht im Studio auf Zart warten solle, aber in Anbetracht seiner vermuteten Gemütslage ließ sie das lieber bleiben. Eine nächtliche Brise milder Sommerluft schlug ihr entgegen, als sie den großen Raum betrat. Die breiten Stoffbahnen an der Decke flatterten ruhelos im Wind hin und her. Erst jetzt merkte Grit, wie warm ihr war. Die letzten Stunden hatten sie in eine seltsame Stimmung versetzt. Irritiert zog sich Grit aus und kletterte auf das Vordach. Der kalte Wasserstrahl war erfrischend.

Paris 1941

«Mein lieber Martin, sag, dass das nicht dein Ernst ist!» Justus Dürsen, Assessor im Einsatzstab Kunsterfassung, kratzte sich nervös am Handrücken. Seit dem Umzug in den Keller des Jeu de Paume waren seine Hautreizungen stärker geworden. Dr. Frank, der zuständige Stabsarzt, hatte eine Stauballergie diagnostiziert. Wie lange Dürsen noch bei Martin Repsold, dem leitenden Kunstwissenschaftler des Einsatzstabes, arbeiten konnte, war daher ungewiss. Sicherheitshalber hatte er sich in der kunsthandwerklichen Abteilung beworben, aber es war fraglich, ob der Umgang mit Porzellan, Keramik, Fayencen und Majoliken weniger Hautreizungen hervorrufen würde als hier in der Abteilung Gemälde und Graphik. Dann bliebe ihm nur noch die Arbeit bei Bold, und das wollte er möglichst umgehen. Adolf E. Bold, der Leiter der Devisenfahndungsbehörde am Ort, war überzeugter Parteigenosse und ein ausgesprochener Choleriker. Außerdem war Bold eng mit Robert Scholz befreundet, dem Leiter des Sonderstabes Bildende Kunst. Wer für Bold arbeitete, wurde vollständig durchleuchtet. Spätestens bei der Durchsicht seiner Personalakte, dessen war sich Justus sicher, würde alles auffliegen. Magda hatte seiner Mutter damals zwar versichert, niemandem würde es auffallen, wenn er, um einen arischen Stammbaum zu erhalten, die Identität von Magdas verstorbenem Sohn Justus annähme, aber die laienhafte Korrektur betreffend die Augenfarbe würde den Spürnasen von Bold nicht entgehen, und dann säße er in der Zwickmühle.

«Ich versuche nur, einen der größten Kunstschätze Europas vor dem Zugriff nationalsozialistischer Demagogen und dem Scheiterhaufen zu bewahren!» Martin Repsold überflog die Erfassungsprotokolle und atmete tief durch. «Wir haben im Bereich Gemälde, Pastelle, Aquarelle und Zeichnungen insgesamt fast 5000 Posten! Glaub mir, es wird nicht auffallen!» Er spannte einen neuen Bogen in die große Schreibmaschine und stellte die Registratur sorgfältig auf die vorgegebenen Maße ein.

«Wie willst du es anstellen?» Dürsen schaute seinem Chef interessiert über die Schulter.

«Wir ändern einfach die einzelnen Titel! Es gibt bisher keine Herkunftsbezeichnungen. Niemand wird etwas merken.» Repsold drehte seinen Bürostuhl herum. «Reich mir mal die vorläufige Erfassungsliste.» Er nahm das Papier entgegen und zog mit dem Bleistift eine Linie entlang der Heftkante. Dann fuhr er mit der Spitze des Stifts entlang der aufgelisteten Künstlernamen. «Hier!», er stoppte und tippte auf eine Zeile, die er mit einem kleinen Kreuz markierte.

Dürsen beugte sich vor, um den Namen lesen zu können. «Pissarro», flüsterte er. «Wie kommst du gerade auf Camille Pissarro? Impressionisten und Pointillisten erzielen international hohe Preise. Das hat man selbst in Berlin inzwischen begriffen.»

«Pissarro war Jude!», entgegnete Repsold und deutete auf die Indexliste: «Gruppe Acht: Juden!», las er vor. «Also, alle Pissarros, die wir gefunden haben, raus aus dem Bestand. Denk dir irgendeinen französisch klingenden Namen aus, leg sie meinetwegen auch unter der Kategorie *Künstler unbekannt* ab.» Dann ging er die Liste durch und machte weitere Kreuze. «Dix, Grosz – Gruppe Fünf: Moralische Kunstentartung, Bordelle, Dirnen und Zuhälter», zitierte Repsold aus dem Index. «Alles, was wir Dix und Grosz zugeschrieben haben, kommt ebenfalls raus. – Hier!», er deutete auf den Index. «Präg dir die Kriterien ein. Wir müssen systematisch vorgehen. Gruppe Eins: Zersetzung des Form- und Farbempfindens», Repsold schüttelte grimmig den Kopf. «Was auch immer das heißen soll.»

Dürsen betrachtete die Liste. «Gruppe Drei: Politische Entartung», las er vor. «Soll ich jetzt alle Bilder raussuchen, die ...»

«Stell dir einfach vor, du bist ein Parteiideologe und suchst akribisch nach einem Grund, Kunstwerke, deren Gehalt dir oder der Partei nicht passt, zu klassifizieren. Dann geht alles automatisch», unterbrach Repsold seinen Mitarbeiter.

«Alle Expressionisten?», fragte Dürsen.

«Nicht nur die!» Repsold nickte. «Alle, die als *entartet* angesehen werden! Ich habe die Listen aus Berlin mitgebracht. In der dortigen Sammelstelle haben wir es übrigens genauso gemacht. Fast wäre die Sache allerdings aufgeflogen, weil niemand vorhersehen konnte, dass einige Arbeiten für die Ausstellung in München benötigt wurden. Alles andere haben wir über die Schweiz ins Ausland bringen können.»

«Und die Fotos?»

«Haben wir zusammen mit den Originaltiteln auf Mikrofilm kopiert.» Martin Repsold blickte seinen Mitarbeiter aufmunternd an. «Komm schon, Justus, du vergisst, wer wir sind. Wir sind die Fachleute! Man verlässt sich auf unsere Angaben. Wer sollte unsere Arbeit anzweifeln? Diese Idioten haben doch von Tuten und Blasen keine Ahnung! Es gibt über uns keine fachliche Kontrollinstanz!»

«Irgendwie hab ich kein gutes Gefühl bei der Sache. Wo sollen die Werke bleiben?»

«Perreaux wird sich darum kümmern.»

«Der arbeitet doch für Bold!»

«Genau! Aber er steht auf unserer Seite. Ich kenne ihn seit der großen Aktion in Luzern. Er ist übrigens im Auftrag von Bold häufiger in der Schweiz. Du glaubst gar nicht, was Bold alles beiseite schafft. Aber der wird sich nochmal gehörig umschauen, wenn er irgendwann an die Nummernkonten heranwill. Perreaux ist ganz raffiniert vorgegangen.» Repsold lächelte verschmitzt.

«Bold bereichert sich?», fragte Dürsen erstaunt.

«Und das wundert dich? Schließlich wurde ja alles von seiner Behörde konfisziert. Es sind ja nicht nur die Bestände aus dem Palais Rothschild und den Schlössern an der Loire. Das gesamte jüdische Barvermögen, das ihm bei der Durchsicht der Schließfächer in die Hände fiel, hat er abgezweigt. Millionen sind das.»

«Und die schafft Perreaux für ihn in die Schweiz?»

«Du sagst es!» Repsold zögerte. Schließlich fügte er hinzu: «Bold ahnt nicht, dass die Geheimnummern der Konten, die Perreaux ihm ausgehändigt hat, verschlüsselt sind.»

«Mann!» Dürsen schaute seinen Vorgesetzten erschrocken an. «Und wenn das rauskommt?»

«Dann ist Perreaux geliefert!», bestätigte Repsold. «Deswegen will er sich demnächst auch nach Übersee absetzen. Er hat ein Lagerhaus in Bordeaux angemietet. Offiziell ist es ein Zwischenlager der Devisenfahndungsbehörde. Über diesen Lagerschuppen werden wir den Transfer abwickeln.»

«Und wenn sich Perreaux mit den Kunstwerken absetzt?»

«Das kann er ruhig machen.» Martin Repsold lächelte seinem Mitarbeiter siegesgewiss entgegen. «Wir haben ein Abkommen», erklärte er. «Perreaux bekommt von mir die Bilder und die Originale der Erfassungslisten, dafür verwahre ich die versiegelten Umschläge mit dem Dechiffriercode der Kontonummern sowie die Mikrofilme mit den Inventarfotos. Nur mit den Fotos auf dem Mikrofilm und den Listen zusammen lassen sich die Kunstwerke später identifizieren und zuordnen.»

«Raffiniert!»

«Aber uns bleibt nicht mehr viel Zeit», bemerkte Repsold und tippte dabei auf das Erfassungsprotokoll. «Rosenberg hat mir die Leitung der Treuhandstelle Kattowitz angeboten. Im November werde ich meine Koffer packen.»

«Und wo willst du die Dokumente verstecken?», fragte Dürsen interessiert. «Ich meine …» Er hielt kurz inne und überlegte, ob Repsold seine Neugierde vielleicht missverstehen könne. Aber schließlich hatte er ihn in alles eingeweiht. «Ich meine, jetzt wo ich gewissermaßen ein Mitwisser bin …»

Martin Repsold blickte seinen Mitarbeiter skeptisch an. «Justus!», unterbrach er ihn. «Wir tun das nicht, um uns zu bereichern. Es ist ein Notprogramm zum Erhalt unersetzlicher kultureller Werte. Wenn alles vorüber ist …» Repsold stockte und machte eine hilflose Geste. «Ich weiß nicht, wie lange es noch dauern wird, aber ich bin überzeugt, dass ein solcher Raubzug, eine solche Plünderungsaktion, wie sie in den besetzten Gebieten auf dem ganzen Kontinent betrieben wird, nicht ungesühnt bleiben kann.» Er tat einen schweren Atemzug. «Ich hoffe es zumindest», fügte er schließlich hinzu.

Pistengänger

Zart sah müde aus. Allem Anschein nach hatte er ebenso wenig geschlafen wie Mike. Grit war vom Klacken der Dominosteine wach geworden. Schweigend saßen die beiden über den Küchentisch gebeugt und betrachteten das Labyrinth aneinander gereihter Steine. Auch Zart hielt sein Gesicht hinter einer Sonnenbrille verborgen.

«Guten Morgen, ihr Nachtschwärmer. Sieht so aus, als könntet ihr einen Kaffee vertragen.»

«Gute Idee. Morgen, Grit.» Zart blickte kurz auf und schob die Spielsteine auf einen Haufen. «Lass uns aufhören, Mike. Du schuldest mir jetzt ein Pfund, 'ne Innenraumreinigung und einen neuen Kotflügel.»

Grit trat ans Fenster und schaute auf den Hof. «Oje, das sieht ja gar nicht gut aus», bemerkte sie, als ihr Blick auf das zerbeulte Taxi fiel.

«Jetzt frag mich bitte nicht, wie ich das hingekriegt habe. Die Nacht war schon anstrengend genug!» Mike zückte einen Zwanzigmarkschein aus seinem Portemonnaie und hielt ihn Zart vor die Nase.

«Hatte ich nicht vor!», wiegelte Grit ab und schüttete eine ordentliche Menge Kaffeepulver in die Filtertüte.

«Nee, nee, den behalt man!» Zart schob den Geldschein zurück. «Hinterher kommst du noch auf die Idee, mir einen Stundenlohn für den Hack zu berechnen.»

«Könnte passieren», brummte Mike.

«Komm schon!», versuchte Zart, ihn aufzumuntern. «Vergiss die Schicht! Solche Nächte gibt's immer mal.»

«Fand ich aber ziemlich geballt heute.»

«Vergiss den kleinen Zwischenfall doch einfach!»

«Kleiner Zwischenfall?» Mike hob die Stimme. «Meinst du das ernst? Erst klemmt die blöde Tussi ihrem Köter den Schwanz in der Tür ein, und das Viech zerfleischt mich fast. Dann fingert mir so eine aufgebrezelte Schachtel an der Hose rum und will sich partout nicht davon abbringen lassen, zu überprüfen, ob dieses Gerücht über schwarze Männer auch wirklich zutrifft, sodass ich meinem Vordermann vor Schreck hintendrauf knalle. Und als wenn das noch nicht genug wäre, kotzt mir dieser Penner bei der Feierabendtour auch noch aufs Armaturenbrett! Ich glaub, ich hab insgesamt so um die sieben Mark verdient. Und da redest du von einem kleinen Zwischenfall?»

«Na, jetzt weiß ich ja alles!», bemerkte Grit beiläufig und nahm die Croissants aus dem Backofen. «Können wir dann frühstücken?» Grinsend stellte sie den Kaffee auf den Tisch. Auch Zart konnte sich ein Grienen nicht verkneifen.

Der Kaffee verfehlte seine Wirkung nicht. Nach wenigen Minuten hatte selbst Mike zu seinem Humor zurückgefunden. Auf Grits Frage, ob er bei seinem Crash vielleicht die Sonnenbrille aufgehabt habe, konterte er mit einem unmissverständlichen Kommentar zu seinen dunklen Rändern um die Augen und setzte zum Beweis die Brille ab, worauf Zart bemerkte, die schwarzen Ränder seien wirklich nicht zu übersehen. Nachdem sich das Gelächter gelegt hatte, stand Mike auf und holte sein Notebook, das er in eine alte Einkaufstüte eingewickelt hatte.

«Also», fragte er. «Wo soll die Reise hingehn?»

Zart blickte Grit auffordernd an, während Mike den Raum nach einer passenden Telefonsteckdose absuchte.

Grit zögerte einen Moment. «Einfach www.artsave.com oder looserlist.de», sagte sie schließlich.

«Hab ich», entgegnete Mike blitzschnell. «Und nun?»

«Kannst du feststellen, ob es einen Kontakt zwischen Art-Save und der Koordinierungsstelle für die Rückführung von Kulturgütern gab?», fragte Zart.

«Du meine Güte. Das klingt kompliziert.» Mikes Finger huschten über die Tastatur. «Hast du eine Ahnung, wo die sitzen?»

«Nein», antwortete Zart. «Aber ich habe einen Namen. Der Leiter heißt Seligmann.»

Grit schaute Zart verblüfft an. «Meinst du, Seligmann könnte der Auftraggeber von ArtSave sein?»

«Keine Ahnung!» Zart zuckte mit den Schultern. «Aber sicher ist doch, dass Seligmann im Besitz der Fotografie war, noch bevor ihr das Bild im Netz hattet. Wenn Wachholt Recht hat mit seiner Vermutung und das Foto nur einen Ausschnitt der Zeichnung zeigt, dann wäre es schon ein unglaublicher Zufall, wenn ArtSave ein anderes Foto mit exakt dem gleichen Ausschnitt bekommen hätte. Wir können aber den Weg der Fotografie erst weiter zurückverfolgen, wenn wir mit Quast gesprochen haben. Bis jetzt wissen wir nur, dass Quast, Wachholt und Seligmann die Fotografie in den Händen hatten. Was liegt also näher, als einen Kontakt zwischen Seligmann und ArtSave zu vermuten?»

«Es gibt keinen!», warf Mike ein. «Hier, ich hab's gefunden!» Er deutete auf den Bildschirm, der mit allerlei kryptischen Zeichen gefüllt war.

Zart verdrehte die Augen. «Verlang jetzt nicht von uns, dass wir daraus schlau werden.»

«Ich habe über den Namen den Server lokalisiert. Seligmann hat seine private Homepage über den gleichen Host laufen. Ich habe den Cache des FTP-Servers und den Proxy analysiert. Es gibt kein Transfer-Protokoll. Weder TCP/IP noch SMTP haben die passenden Adressen. Das konnte ich aber nur deswegen so genau bestimmen, weil ich in diesem Fall die

Adresse des Kontaktservers und damit die Terminierung des Uniform Resource Locators hatte.»

«Und was heißt das bitte auf Deutsch?!», fragte Zart.

«Es gab keine Verbindungen zwischen dem Server der Koordinierungsstelle und dem von ArtSave!»

«Versuch's mal mit Hamburg!», forderte Zart ihn auf.

«Zwischen ArtSave und Hamburg?»

«Ja!»

«Das ist 'ne ganze Liste.» Mike deutete auf den Bildschirm.

«Wahrscheinlich die einzelnen Abfragen der Looser-Liste. Das hilft uns nicht weiter.» Zart dachte nach. «Kannst du die Abfragen ausklammern?»

«Also nur die Korrespondenz?», fragte Mike. Seine Finger flogen förmlich über die Tasten. «Ja, warte mal – da bleiben zwei Einträge übrig.»

«Kannst du die Adressen rauskriegen?», fragte Grit.

«Nein, ich hab nur die Terminalnummern von ArtSave. Da bräuchte ich schon konkretere Angaben.»

«Sag mal», bemerkte Zart zu Grit gewandt, «hast du zufällig noch den Protokollbogen von deinem Kontakt mit Wiegalt?»

Grit blätterte in einem Schnellhefter und reichte Mike den Ausdruck.

«Da haben wir's ja! Die Nummer stimmt mit dem Datum des Übertragungsprotokolls überein: 24. Mai! Das ist der eine Kontakt, der hier dokumentiert ist», bestätigte Mike.

«Kannst du rausfinden, wann der andere Kontakt stattfand?», fragte Zart.

«Klar! Kein Problem – hier, am 2. Mai.» Mike reichte Grit den Bogen zurück.

«Keine Chance, die Adresse herauszubekommen?»

«Vom Absender nicht», erklärte Mike. «Ich kann nur sagen, dass der Empfänger einen anderen Terminal als am 24. Mai benutzt hat, und zwar einen mit Terminalschlüssel.»

«Am 3. Mai haben wir das Bild in die Looser-Liste eingesetzt», ergänzte Grit.

«Dann ist das hier der Auftraggeber!», folgerte Zart und deutete auf den Computer. «Wer benutzt bei euch Terminalschlüssel?»

«Ich weiß gar nicht, was das ist», gestand Grit.

«Ein Passwort oder ein Dongle, ohne den der gesamte Terminal gesperrt ist», erklärte Mike geduldig.

«Keine Ahnung. Hirtmeyer wahrscheinlich.»

«Dann sind wir so schlau wie vorher. – Schade.» Zart machte ein enttäuschtes Gesicht.

«Zumindest wissen wir jetzt, dass der Auftraggeber hier in Hamburg zu suchen ist.»

«War's das?», fragte Mike und klappte das Notebook zu. «Ich bin hundemüde.»

«Klar, Mike. Vielen Dank. Kannst den Wagen so stehen lassen, ich kümmer mich nachher selber drum.»

«Ciao. Wir sehn uns morgen Abend.» Mike griff nach seiner Lederjacke, klemmte sich die Plastiktüte mit dem Computer unter den Arm und schlurfte zur Tür.

«Faszinierend, was man so alles rauskriegen kann», sagte Grit, nachdem die Tür ins Schloss gefallen war. Sie räumte den Frühstückstisch ab und setzte sich zu Zart, der sich auf der Kissenlandschaft vor dem Fenster ausgestreckt hatte. «Alles in Ordnung mit dir?» Sie warf ihm einen fragenden Blick zu.

«Nur etwas müde», entgegnete Zart. «Tut mir Leid wegen gestern Abend. Ich war einfach nur sauer.»

«Schon in Ordnung. Bea hat mich aufgeklärt. – Sag mal, kannst du dich an die Liste bei der Polizei erinnern?»

«Nur schemenhaft, wieso?»

Grit erzählte Zart ohne Umschweife, was sie von Bea über Pawlik erfahren hatte.

«Unter diesen Umständen», beschloss Zart, «sollten wir auf jeden Fall zu dieser Probe gehen. Wenn er mit ihm befreundet gewesen ist, dann kann uns Pawlik vielleicht auch erklären, was Wiegalt mit der ganzen Geschichte zu tun hat. Ich kann mir da nämlich bislang keinen Reim drauf machen.» Plötzlich blickte er Grit prüfend an. «Warst du lange bei Bea?», fragte er.

«So um die zwei Stunden. Gegen Mitternacht bin ich nach oben gegangen. Wieso fragst du?»

«Nur so.» Zart räusperte sich verlegen.

«Also wenn du wissen willst, ob sie mich vernaschen wollte – da kann ich dich beruhigen. Ich habe ihr nur den Rücken geschrubbt.»

«Na ja», sagte Zart. «Es wäre nicht das erste Mal. – Hat sie dir gesagt, was sie proben?»

«Romeo meets Eva, oder so ähnlich.»

«Das klingt nach einem ihrer Nudistenprojekte.»

«Die tanzen nackt?»

«Mehr oder weniger.» Zart nickte.

«Bea hat vorgeschlagen, wir könnten danach zusammen in die Galerie von Quast gehen. Es läuft da irgendeine Party zu einer Ausstellung.»

«Das haben wir gleich.» Zart wühlte in einem Haufen Zeitschriften herum. «Da müsste irgendwo noch ein Programmheft sein. Ja, hier, klingt ja ganz scharf: *Horny Snake Skins* – Party zur Ausstellung des Fotografen Max Reinholt.»

«Kennst du den?», fragte Grit erwartungsvoll.

«Ja, er entfremdet seine Modelle, indem er mit einem Projektor Bilder auf ihre Körper projiziert.»

«Klingt interessant.»

«Erwarte nicht zu viel. Die Ausstellungen in der Galeria Erotica zielen auf ein ganz bestimmtes Publikum.» Zart rieb sich gedankenverloren an der Nase. «Vielleicht sollte sich Bea von Max fotografieren lassen.»

«Und warum willst du keine Fotos von ihr machen?»

«Weil Bea eine Tänzerin ist und kein Model.»

«Verstehe ich nicht.»

«Sie hat selbst eine zu genaue Vorstellung von dem Ergebnis. Du hast als Fotograf genau zwei Möglichkeiten», erklärte Zart. «Entweder du versuchst, die Realität abzulichten, wie du sie siehst, oder du inszenierst ein Bild. Man muss sich also entscheiden, ob man eine Reportage machen oder ein Kunstprodukt schaffen will.»

«Sind die Grenzen da nicht fließend?», schob Grit ein.

«Nein, überhaupt nicht! – Zumindest für den Fotografen zu Beginn seiner Arbeit nicht. Aus der Perspektive des Betrachters sieht das natürlich anders aus. Er kann die ästhetische Komponente eines Bildes losgelöst von seinem Hintergrund betrachten.»

«Der Fotograf muss deiner Meinung nach also darauf achten, dass seine Absichten auch nachvollziehbar sind?»

«Genau! Die Idee des Fotografen sollte im Idealfall am Foto ablesbar sein – zumindest in der Reportagefotografie. Bea will mich überhaupt nicht als Fotografen mit einer Idee, sie will, dass ich sie nach ihren Vorstellungen in Szene setze und knipse. Das Produkt ist in ihrem Kopf schon fertig.»

«Was hat sie denn für Vorstellungen?»

«Ihr schwebt eine Reihe artistischer Akte vor. Tänzerinnen sind von Natur aus ja exhibitionistisch, narzisstisch und egozentrisch. Hast du die Fotos unten an ihren Wänden gesehen?»

«Die sind doch toll – ich dachte erst, die wären von dir», sagte Grit.

«Die Bilder sind auch gut – jedes für sich. Aber gute Bilder entstehen nicht durch Ideen der Modelle, sondern durch Vorstellungen der Fotografen. Entweder ich fotografiere Bea so, wie ich sie sehe, dann sind es Fotos von der Tänzerin Bea, oder aber ich will eine Idee zum Thema Tanz umsetzen – dann bediene ich mich eines Modells, das ich entsprechend in Szene setzen kann. Das hat dann aber nichts mit Bea zu tun, verstehst du?»

Grit nickte. So ungefähr hatte sie begriffen, was Zart meinte. Sie wurde aber den Verdacht nicht los, dass es noch einen weiteren Grund dafür gab, dass Zart keine Fotos von Bea machen wollte. «Wie würdest du sie denn fotografieren?», fragte sie.

«Ehrlich gesagt, habe ich mir darüber überhaupt noch keine Gedanken gemacht», antwortete Zart.

«Auch wenn du mich jetzt für indiskret hältst», hakte Grit nach, «aber ich hab in den beiden Bildbänden von dir geblättert ...»

«Ach die.» Zart winkte ab. «Das ist schon etwas her – alles Auftragssachen.»

«Bekommst du keine Aufträge mehr?»

«Das ist es wohl weniger.» Er stieß einen Seufzer aus. «Weißt du, man liefert sein Material ab und hat dann keinen Einfluss mehr. Da siehst du deine Fotos dann plötzlich in irgendeinem Magazin, völlig aus dem Zusammenhang gerissen ... Mit der Zeit bin ich immer mehr zu einem Handlanger der Medien- und Informationsgesellschaft geworden. Es hat ein bisschen gedauert, bis ich begriffen habe, dass die an den Inhalten gar nicht interessiert sind. Alles, was zählt, sind Quote und Exklusivität. Anfangs glaubst du, du könntest mit deiner Arbeit etwas verändern, die Menschen aufrütteln, indem du die Dinge dokumentierst, die dich bewegen ... Ich habe irgendwie immer den richtigen Riecher gehabt und im entscheidenden Moment den Auslöser gefunden, die Kamera oft im richtigen Augenblick parat gehabt. Na ja, ich hatte ziemlich schnell ziemlich viel Erfolg und hab dann immer neue Herausforderungen gesucht. Es war wie eine Sucht. Ich habe das Geschehen um mich herum nur noch durch den Sucher meiner Kamera wahrgenommen. Aber irgendwann gelangst du an einen Punkt, der dir die Augen öffnet. In meinem Fall war es ein Auftrag über die Gräueltaten serbischer Milizen in Bosnien.» Zart machte eine Pause und blickte Grit an, als erwarte er eine Aufforderung von ihr, weiterzuerzählen, aber Grit zeigte keinerlei Regung. Für einen kurzen Moment vergrub Zart sein Gesicht zwischen den Händen, dann erzählte er weiter. «Zusammen mit einem norwegischen Kollegen habe ich mehrere Tage eine dieser paramilitärischen Einheiten begleitet.» Zart stockte erneut und schüttelte angewidert den Kopf. «Wir wussten nicht, worauf wir uns da eingelassen hatten. Die Gruppe bestand nur aus Fanatikern und Sadisten. Wir wurden Zeugen unglaublicher Massaker ... Es war beängstigend, denn man ließ uns anscheinend ungehindert unsere Arbeit machen – und wir haben sie gemacht. So lange, bis uns mit einem Mal schlagartig bewusst wurde, dass man die Grausamkeit extra für uns arrangierte. Immer wieder forderten sie uns auf, das Handeln aus nächster Nähe zu dokumentieren, so, als könne man sich auf den Fotos mit Heldentaten brüsten ... Nicht nur, dass wir als teilnahmslose Zeugen diesen Taten beigewohnt hatten, nein, da wurde extra für uns gemordet und gemetzelt. Hals über Kopf sind wir geflüchtet. Die Hälfte der Ausrüstung und des Filmmaterials mussten wir zurücklassen. Ich weiß nicht mehr, wie wir da rausgekommen sind, aber irgendwie haben wir es geschafft.» Zart holte tief Luft und sank zurück in die Kissen. Sein Blick schweifte ziellos durch den Raum, so, als gäbe es nirgendwo etwas, was seinen Gedanken einen Halt geben könne.

«Ich verstehe.» Grit machte ein nachdenkliches Gesicht.

«Das kannst du gar nicht!», rief Zart. «Ich wollte nicht, dass die Bilder veröffentlicht werden. Ich fühlte mich mitschuldig an dem, was darauf zu sehen war. Lange Zeit konnte ich überhaupt keine Fotos mehr machen. Jedes Mal, wenn ich durch den Sucher meiner Kamera schaute, hatte ich erneut diese Bilder vor Augen. Und dann hat Saskia die Negative ohne mein Wissen Ed Boylen gegeben ...» Zart erhob sich und drückte sein Gesicht an die Fensterscheibe.

Die Erregung, die in seinen Worten mitschwang, ließ Grit vermuten, dass Zart zuvor nur mit wenigen Menschen über diese Dinge gesprochen hatte. Es war wie eine Beichte.

«Aber das ist schon so lange her; ich weiß gar nicht, warum ich mich immer noch so sehr darüber aufrege.» Er drehte sich zu ihr um. «So, jetzt weißt du, warum ich kein Starfotograf mehr bin!» Ein gequältes Lächeln huschte über seine Lippen, dann rieb er sich die Augen. Er versuchte, ein Gähnen zu unterdrücken. «Wenn wir heute Abend zu dieser scharfen Party wollen, sollte ich mich wohl noch ein Stündchen aufs Ohr legen», sagte er. «Ich bin hundemüde.»

«Mach das!» Grit blickte zur Uhr. Mittag war längst vorüber. «Ich werde mich erst mal frisch machen.»

Warum hatte er Grit das alles erzählt? Nachdenklich lehnte sich Zart zurück und fuhr sich mit der Hand über die Bartstoppeln auf seinem Kinn. Sollte sie keinen falschen Eindruck von ihm bekommen? Er mochte sie. War es das? Aber er legte doch sonst nicht so viel Wert darauf, was andere Menschen über ihn dachten. Nein, sein Verhalten ließ nur einen Schluss zu: Er hatte sich in Grit verliebt.

Zart versuchte, sich die Vorgänge der letzten Tage vor Augen zu führen. Was war denn eigentlich geschehen? Richtig, das scheinbar unbedarfte Mädchen aus der Provinz hatte sich als faszinierendes und sehr anziehendes Geschöpf entpuppt. War sie sich ihrer Reize bewusst? Ganz schnell, eigentlich zu schnell, hatte sie erkannt, dass sie ihm mit den aufgesetzten Attributen einer weltgewandten Geschäftsfrau nicht imponieren konnte, und hatte die alberne Maskerade und alles Unnatürliche abgelegt. Es fesselte ihn, wie sie mit sich kämpfte, wie sie versuchte, ihre Unerfahrenheit und Unsicherheit zu überspielen, obwohl es eigentlich völlig überflüssig war. Ihr sinnliches Verlangen konnte sie nicht leugnen. Zarts Blick glitt entlang der alten Backsteinmauer und fiel auf Grit, die sich unter dem kalten Wasserstrahl reckte. Ahnte sie, dass er sie in diesem Moment beobachtete? Reizte es sie? Hatte sie sich ihm absichtlich zugewendet? Die Wasserperlen auf ihrer Haut glitzerten in der Sonne. Sie hielt die Augen geschlossen und genoss sichtlich das kühlende Nass. Während der Rückfahrt von Wachholt hatte sie vor Erregung gebebt. Und er selbst? Warum ging er nicht einen Schritt auf sie zu? Gelegenheiten gab es genug. Aber nicht jetzt, dachte Zart und erhob sich mühsam, nachdem er sich von dem verführerischen Anblick losgerissen hatte. Jetzt war er einfach zu müde.

Als sie Zart auf dem Bett ausgestreckt liegen sah, verspürte sie Lust, sich neben ihn zu legen. Das Handtuch glitt langsam zu Boden. Flüchtig betrachtete sie sich im Spiegel. Ihr Körper war von Wassertropfen benetzt. Ein leichter Windhauch drang durch das geöffnete Fenster. Grit zitterte. Sie spürte, wie sich eine Gänsehaut auf ihrem Körper ausbreitete. Einzelne Wassertropfen auf ihrer Brust und auf ihrem Rücken bahnten sich ihren Weg hinab. Gleichzeitig spürte sie die Wärme der Sonne auf der Haut. Grit ließ den Kopf nach hinten fallen und fuhr sich mit einem Kamm durch die nassen Haare. Sie dachte an die Frau auf der Zeichnung. Kleine Schweißperlen vermischten sich mit den letzten Wassertropfen und verdunsteten. Sie setzte sich auf die Bettkante. Behutsam strich sie mit ihrer Hand über seinen Rücken. Zart regte sich nicht. Er schlief tief und fest.

«Verflixtes Viech!» Mit einer schnellen Handbewegung vertrieb Zart die Wespe, die sich vom Duft seines Rasierwassers angezogen fühlte. «Hau endlich ab!» Er griff nach einer Zeitung und versuchte, den aufdringlichen Störenfried zum Fenster zu dirigieren.

«Meinst du mich?»

Zart drehte sich zur Tür. Er hatte nicht bemerkt, wie Grit hereingekommen war. «Na, was dachtest du denn? Nein, ich meinte diese hartnäckige Verehrerin hier.» Er deutete auf die Wespe, die an einer der Fensterscheiben emporkrabbelte, dann musterte er Grit. «Warst du einkaufen?»

«Eigentlich wollte ich nur einen Spaziergang machen – aber dann habe ich das Kleid hier gefunden. Ich dachte, wenn wir auf diese Party gehen ...» Sie blickte an sich herab. «Gefällt's dir?»

«Volltreffer!» Endlich trug Grit etwas der Jahreszeit und Temperatur Entsprechendes. Es war ein schlichtes, sehr kurzes und annähernd transparentes Baumwollkleid mit dünnen Streifen, geradem Abschluss und über Kreuz gelegten Trägern. Er schritt begutachtend um sie herum. Die Rückseite des Kleides war tief ausgeschnitten. Zart war sich sicher, dass sie ein kleines Vermögen dafür ausgegeben hatte. Erstaunlicherweise verhielt sich der Preis bei solchen Textilien immer entgegengesetzt zur verarbeiteten Stoffmenge.

«Nicht zu gewagt?», fragte Grit.

«Ich werd auf dich aufpassen», versicherte Zart lächelnd. «Hat Bea gesagt, wann die Probe anfängt?»

«Um sechs.»

«Gut, dann bleibt mir noch eine Stunde, um den Wagen wieder herzurichten. Sonst geht mir Mike an die Gurgel. Es reicht, wenn wir kurz vor sechs hier aufbrechen.» Er zog sich ein ausgedientes Sweatshirt über. «Kampnagel ist nur einen Katzensprung entfernt.»

Um die letzten Strahlen der Nachmittagssonne genießen zu können, hatten sie einen kleinen Umweg gemacht und waren am südlichen Ufersaum des Osterbekkanals entlanggegangen. Das große Gelände der ehemaligen Maschinenfabrik, deren Hallen schon seit Jahren als Ausstellungsflächen und Theaterspielstätten genutzt wurden, wirkte wie ausgestorben. Nur vereinzelt standen Autos auf dem als Parkareal genutzten Schotterplatz, dessen Mitte drei bunt bemalte, antiquierte Reisebusse wie eine Wagenburg einnahmen. Das Kartenhäuschen war unbesetzt. Nichts deutete auf eine Veranstaltung hin. Zart blickte auf seine Uhr. Spätestens in zwei Stunden, das wusste er, ging hier die Post ab.

«Wir müssen uns einfach auf die Suche machen», murmelte er, nachdem sie nirgendwo einen Probenplan hatten finden können.

Die erste Halle war menschenleer. In der zweiten war ein Beleuchter damit beschäftigt, ein Strahlergestell auszurichten. «Nächste Halle rechts – Hintereingang!», antwortete er etwas missmutig auf die Frage nach der Probenstätte des Independent Ballroom. Grit und Zart durchschritten einen langen, dunklen Gang, an dessen Ende sie Stimmen vernahmen. In der Cafeteria bereitete man sich anscheinend auf den Ansturm der nächsten Stunden vor, trocknete Gläser ab und stellte sie in Form kleiner Batterien zusammen, schleppte Bier- und Sektkisten herein, wischte die hellrosa Wachsdeckchen auf den kleinen Bistrotischen, kurzum, es herrschte hektisches Durcheinander. Hinter einem dicken Filzvorhang vernahmen Grit und Zart Töne klassischer Musik.

Grit lauschte andächtig. Sie hob und senkte ihren Zeigefinger wie einen Dirigentenstab im Takt. «Prokofjew! Romeo und Julia!», sagte sie. «Ich glaube, hier sind wir richtig!» Sie rückte den Vorhang beiseite und schob Zart vor sich her ins Dunkel der Halle.

Das Licht der Bühnenfläche blendete. Vorsichtig tasteten sich Grit und Zart entlang der Stuhlreihen nach vorne. Nach kurzer Zeit hatten sich ihre Augen an die Dunkelheit und die grellen Scheinwerfer gewöhnt. Das Geschehen auf der Bühne wirkte allerdings nicht wie eine Tanzprobe, sondern eher wie eine Lagebesprechung. Vor der Kulisse eines riesigen Balkons saßen die Akteure auf Stühlen im Kreis und führten eine lautstarke Debatte. Grit erkannte Bea, die einen schwarzen Mantel mit auffällig langem Pelzkragen anhatte. Als sie die beiden bemerkte, schritt sie ihnen entgegen, und Grit stellte fest, dass Bea gar keinen Pelz, sondern eine riesige Schlange als Kragen trug.

«Tja!» Bea zuckte ratlos mit den Schultern. «Romeo ist nicht da. Die Probe wird wohl ausfallen!»

Grit zuckte zusammen. Das Tier lebte ja.

Bea lachte. «Das ist Elysia. Sie hat eine Statistenrolle bei uns.» Liebevoll streichelte sie das monströse Reptil.

«Ich dachte, Horny Snakes gibt's erst bei Quast zu sehen!», bemerkte Zart.

«Tut mir Leid, dass ihr euch umsonst herbemüht habt», entschuldigte sich Bea. «Wir warten jetzt noch eine halbe Stunde, dann brechen wir die Probe ab, und ich werde mich auf die Suche nach Pawlik machen. Ich hab da so eine Vorstellung, wo er sich versteckt halten könnte.»

«Darf ich?», fragte Grit und streckte mutig die Hand in Richtung Schlange.

«Klar!» Bea hielt ihr das armdicke Ungetüm entgegen. «Elysia ist ganz lieb!», versicherte sie. «Und außerdem ist sie gerade schrecklich müde!»

Grit strich mit der Hand vorsichtig über die Haut der Schlange. «Kommst du zu Quast nach?», fragte sie.

«Du kannst Elysia ja mitbringen», schlug Zart vor. «Das wäre doch der absolute Knüller!»

Bea schüttelte den Kopf und nahm Grit das Tier ab. «Elysia brauchen wir noch für unsere Paradiesszene. Das Sündenbabel bei Quast würde sie bestimmt auf falsche Gedanken bringen», erklärte sie schmunzelnd.

Bea sollte Recht behalten. Die erste Artgenossin von Elysia, die Grit in der Galleria Erotica zu Gesicht bekam, hätte sicher einen nachhaltig schlechten Einfluss auf die Nachwuchsschauspielerin ausgeübt. Sie hatte mindestens Körbchengröße D und wirkte nicht so, als wolle sie sich an diesem Abend mit einer Statistenrolle begnügen. Ihre üppigen Formen hatte die dralle Blondine in ein hautenges, schlangenbedrucktes Lederkostüm gezwängt. Auch sonst tummelten sich, dem Motto des Abends entsprechend, allerlei Reptilien in der Galerie. Am Eingang musterten zwei finster dreinblickende Türsteher den Strom der Partygäste. Mit ihren polierten Glatzen und angedeuteten Kirgisenbärten wirkten sie auf Grit wie zwei Hunnen aus der Horde von Dschingis Khan.

«Es ist der Speicher einer ehemaligen Mälzerei», erklärte Zart auf Grits Frage nach den ungewöhnlichen Räumlichkeiten. Die Dielen des lackierten Pitchpinebodens gaben unter ihren Schritten leicht nach. Das eintönige Stakkato einer Trommel schlug ihnen aus einem Nebenraum entgegen. Grit betrachtete die unverputzten Mauerflächen der Halle. Langsam überkam sie das Gefühl, dass sich das Leben in Hamburg ausnahmslos in ausgedienten Fabriken, Lagerhallen ehemaliger Gewerbebetriebe und ähnlichen baulichen Relikten aus der Industriezeit des 19. Jahrhunderts abspielte.

Fasziniert blickte sie auf die provisorische Bühne, die man im Nebenraum aufgebaut hatte. Ein muskulöser Mann mit ledernem Lendenschurz schlug unaufhörlich auf eine große Buschtrommel ein. Seine eingeölte Haut glänzte. Ekstatisch zuckende Leiber bildeten hinter ihm eine Kulisse, die an die Rituale der Eingeborenen aus «King Kong und die weiße Frau» erinnerte. Über der Bühne schwebte eine riesige Dialeinwand, auf die in rascher Folge Fotografien projiziert wurden. Die grellen Blitze eines Stroboskops vermittelten den Eindruck, man betrachte die Tanzfläche einer Diskothek. Aber es gab keine wogende Menge. Die Zuschauer standen in kleinen Gruppen zusammen und verfolgten das Geschehen eher mit dem Habitus eines distanzierten Premierenpublikums.

Das allgemeine Interesse galt anscheinend mehr den ledernen Korsagen und Accessoires einiger extravertierter Fetischisten, die sich zwischen dem Publikum tummelten, als den Bildern des Fotografen an den Wänden. Die Blicke der Voyeure schwankten zwischen der Inszenierung auf der Bühne und den exhibitionistischen Darbietungen einiger Gäste. Grit beobachtete eine dunkelhäutige Frau mit einem Bustier aus poliertem Edelstahl, das aufmerksam von zwei Männern fortgeschrittenen Alters begutachtet wurde. Einer der beiden klopfte interessiert an das Metall. Der Trommler beendete seinen Auftritt mit einem akrobatisch anmutenden Wirbel. Nach einer kurzen Pause setzte verhaltener Beifall ein, dann wendete man sich wieder den optischen Reizen des Abends zu.

«Du wolltest doch hierher!», entgegnete Zart auf Grits fragenden Blick und reichte ihr einen der Sektkelche, die ihnen eine leicht beschürzte Schlangentänzerin auf einem Tablett entgegenhielt. Den nackten Oberkörper des Mädchens, der nur von einer dünnen Schicht Farbe bedeckt war, zierte ein phantasievolles Muster exotischer Schlangenhäute.

«Hast du Quast schon gesehen?», fragte Grit.

Zart deutete auf eine Gruppe, die etwas teilnahmslos vor einem der ausgestellten Bilder stand. «Der kleine Dicke mit der Glatze», flüsterte er ihr ins Ohr.

Zu ihrer Überraschung entdeckte Grit unter den fünf Krawattenträgern, die den Galeristen umringten, auch Markus Vogler.

«Wenn sich unser Kulturchef an einem solchen Abend die

Ehre gibt, dann kann Markus nicht weit sein», kommentierte Zart dessen Anwesenheit.

«Kulturchef?» Grit blickte Zart fragend an.

«Hübelheimer – neben Markus. Der Grauhaarige mit der Pfeife in der Hand!»

«Euer Kultusminister? Oder Senator oder wie das hier heißt. Bei einer solchen Veranstaltung?» Grit schüttelte überrascht den Kopf.

«Nein, besser noch als Senator», korrigierte Zart. «Hübelheimer ist Senatsdirektor!»

«Wieso besser?»

«Weil er der höchste Beamte der Kulturbehörde ist!», erklärte Zart. «Er kann so viel Mist bauen, wie er will – der Mann ist quasi unkündbar. Bei allen, die beruflich vom Wohlwollen der Kulturbehörde abhängig sind, hat er den Spitznamen *Kübeleimer*, weil alles, womit er sich nicht selbst brüsten kann, im Papierkorb landet.» Mit einem falschen Lächeln hob Zart sein Glas und prostete über die Distanz Markus Vogler zu, der ihn gerade erkannt hatte.

«Hört sich so an, als wenn du nicht sonderlich gut auf ihn zu sprechen wärst.» Grit wendete sich den gerahmten Ausstellungsstücken zu.

«Ich selbst hatte bislang nicht viel mit ihm zu schaffen, kenne aber aus dem Hamburger Kulturbetrieb viele Leute, denen er das Leben schwer gemacht hat. Es biedern sich schließlich nicht alle so an wie Markus Vogler. Und wer von öffentlichen Aufträgen abhängig ist, kommt an Hübelheimer nicht vorbei. – Um mit Quast allein zu sprechen, werden wir wohl bis zum Ende der Veranstaltung warten müssen.» Zart schob sich hinter Grit, die eines der Bilder studierte, und legte seine Hände auf ihre Schultern. Unwillkürlich lehnte sie ihren Kopf an seine Brust. «Wie findest du die Sachen?», fragte er.

«Mmh.» Grit spürte Zarts Atem an ihrem Hals. «Ich weiß

nicht recht – einiges ist ganz gelungen, wenn auch irgendwie schwülstig, überfrachtet. Die Aufnahmen, die sich auf bloßgelegte Geschlechtsteile konzentrieren, finde ich geradezu peinlich.» Sie deutete auf ein Foto, auf dem die rasierte Scham eines Modells mit dem Bild einer Giftschlange mit weit aufgerissenem Maul überblendet war. «Das ist doch Kitsch hoch drei. Ich frage mich, was diese Zurschaustellung kurioser Intimitäten mit Erotik zu tun hat. Es wirkt eher so, als ob das Thema Schlangenhäute für den Fotografen eine Alibifunktion hat.» Grit merkte, wie Zart sie fast unmerklich etwas dichter an sich zog. Sie konnte nicht leugnen, dass sie erregt war. Sicherheitshalber, als wolle sie ausschließen, dass ihre Erregung von den wollüstigen Phantasien auf den Bildern herrührte, schloss sie die Augen und schmiegte sich an Zart.

«Grüß dich, Zart, mein Lieber! Lange nicht gesehn!»

Erschrocken drehten sich die beiden um. Die schrille Stimme gehörte zu einer hoch gewachsenen Frau mit markanten Gesichtszügen und straff gezogenem Pferdeschwanz, die ihre Hand auf Zarts Schulter gelegt hatte. In der anderen Hand hielt sie ein halb volles Bierglas, das sie lässig schwenkte. Grit war sofort klar, dass es sich nur um Saskia handeln konnte.

«Ist das dein neues Modell?», säuselte die Frau, machte eine affektierte Handbewegung und warf Grit einen arrogant herablassenden Blick zu.

Grit gab Zart keine Gelegenheit, zu antworten. «Aber ja doch, meine Liebe!», näselte sie die Frau mit einer Blasiertheit an, als wenn sie ihr Leben lang auf eine solche Situation gewartet hätte. «Das alte ist ihm verrostet!» Sie fixierte die Frau, der vor Überraschung die Worte fehlten. «Und außerdem hatte es keinen Kat!» Dann drehte sie sich zu Zart, dem vor Erstaunen der Unterkiefer herabhing. «Du entschuldigst mich einen Augenblick, ich will mir nur rasch was zu trinken holen.» Im Vorübergehen tippte Grit auf den Oberarm der Frau, auf dem die

Tätowierung einer Schlange zu sehen war. «Und *so* etwas», bemerkte sie spöttisch, «haben wir ja heute Abend auch schon gewagter gesehen.»

Grit triumphierte. *Das* war ein Abgang gewesen, wie sie ihn sich in ihren kühnsten Phantasien nicht besser hätte ausmalen können. Der blöden Ziege wäre fast das Glas aus der Hand gefallen. Hoffentlich nahm Zart ihr das Verhalten nicht übel. Aber schließlich hatte nicht sie den arroganten Tonfall der Konversation angestimmt. Blöde von der Seite brauchte sie sich nicht anmachen zu lassen. Nach dem, was Zart ihr über Saskia erzählt hatte, war es nur gut, wenn sie mal eine kalte Dusche bekam. Eigentlich schade, dachte sie, dass Mike nicht dabei gewesen war. Er hätte sich bestimmt köstlich amüsiert.

Grit folgte den Hinweisschildern zu den «Restrooms». Über eine schmale Abseite gelangte sie schließlich zur Kellertreppe, deren hölzerne Stufen unter ihren Schritten knarrten. Grüne Leuchtschilder wiesen den Weg in ein unterirdisches Labyrinth. Von der Party war hier unten nur noch das dumpfe Wummern der Techno-Beats wahrzunehmen. Mit jedem Schritt wurde es stiller. Plötzlich hielt sie inne und lauschte. Stöhnte da nicht jemand? Vom Kellerflur zweigten mehrere Gänge ab. Grit versuchte, das Geräusch zu lokalisieren. Langsam näherte sie sich einer der Türen und horchte erneut. Ein moderiger Dunst stieg ihr in die Nase. Es roch nach feuchtem Mauerwerk. Das Stöhnen wurde lauter. Vorsichtig hielt Grit ihr Ohr an die Tür, die unter dem leichten Druck nachgab und sich langsam öffnete. Jetzt war das Geräusch ganz nah. Neugierig schaute sie durch den Türspalt.

Sie wandte sich erschrocken ab, als ihr bewusst wurde, woher das Stöhnen rührte. Es war ziemlich eindeutig, was die ineinander verwobenen Leiber auf dem großen Tisch da trieben. Ein flüchtiger Blick hatte ausgereicht, um den Trommler von vorhin als einen der Akteure zu erkennen. Na, das sind ja Tischsitten, schoss es Grit durch den Kopf, und sie musste schmunzeln. Rasch setzte sie ihren Weg zur Damentoilette fort.

Kaum hatte sie die Tür zum Verschlag geschlossen und die Klobrille sorgfältig mit Papier abgewischt, da vernahm Grit erneut Geräusche – kein Stöhnen diesmal. Es war ihr, als hätte sie das Wort *Modigliani* gehört. Die Damentoilette war leer gewesen, als sie sie betreten hatte. Grit lauschte. Die Stimmen kamen aus einem schmalen Lüftungsschacht, der oberhalb des Spülkastens endete. Vereinzelt drangen Wortfetzen einer lautstarken Auseinandersetzung an ihr Ohr. Sie stellte sich auf die Klobrille, um dem Gespräch besser folgen zu können.

«*Nein, ich weiß nicht, ob er die verdammte Mappe noch hat.*» Das Rauschen einer Wasserspülung überlagerte das Gespräch. Grits Herz pochte wie rasend. Was hatte das zu bedeuten? Wer unterhielt sich da? Plötzlich öffnete sich die Tür zur Toilette. «*Hast du den süßen Tänzer gesehen? Ein Hintern, sage ich dir, ein Hintern! Ich liebe solche Hinterteile!*» Sosehr sie sich auch konzentrierte, Grit konnte kein Wort mehr verstehen. Die Stimmen der beiden Frauen, die im Waschraum standen und ihre Observationen austauschten, übertönten alles. «*Hast du noch ein paar Kügelchen für mich? Hier! Hab ich dir schon meinen Ring gezeigt? Ich bin seit zwei Tagen nur noch geil!*» Grit betätigte die Spülung und öffnete ihren Verschlag. Die beiden Frauen vor dem Spiegel verstummten augenblicklich und schauten Grit überrascht an. Ihr verlegenes Schweigen war nur von kurzer Dauer. Als Grit die Tür zur Toilette hinter sich schloss, plapperten sie weiter.

Grit schüttelte den Kopf. Nein, der Raum, aus dem die Stimmen gekommen waren, musste in einem anderen Teil des Kellers liegen. Der Gang endete hier hinter einer schmalen Nische. Sie machte sich auf den Rückweg. Auf der Treppe begegnete Grit erneut dem Trommler, der zwei kichernde Mädchen eng umschlungen hielt und sich dicht an ihr vorbeischob. Ihre Blicke suchten nach Zart. Sie musste ihm dringend von dem Gespräch, das sie zufällig belauscht hatte, erzählen. Ob Saskia noch bei ihm war? Grit wollte sich schon einen Schlachtplan zurechtlegen, als sie plötzlich Quast und zwei älteren Herren gegenüberstand.

«Und ich sag euch, sie hatte bestimmt kein Höschen an ...» Der grau melierte Mittfünfziger lachte schnarrend. Als die Männer Grit wahrnahmen, verebbte ihr Gelächter.

Jetzt oder nie, dachte sie. «Herr Quast?»

Der Galerist nickte und drehte genüsslich eine Zigarre zwischen den Lippen.

«Ich möchte ja nicht stören, aber hätten Sie vielleicht trotzdem Zeit für ein kurzes Gespräch?»

Quast lachte kurz auf. «Ja, was haben S' denn auf dem Herzen?», fragte er, nachdem sich seine beiden Begleiter diskret zurückgezogen hatten.

«Ich bin Kunsthändlerin und interessiere mich für erotische Graphiken», log Grit. «Ich weiß, eigentlich sollte ein solch netter Abend die Geschäfte ausklammern, aber ich bin leider nur bis morgen früh in der Stadt, und ich hörte, sie hätten Material von Modigliani zu verkaufen.»

Quast musterte Grit mit einem aufmerksamen Blick. «Ja, man hot mir vor ein'ger Zeit eine Mapp mit erotischen Skizzen vom Modigliani angeboten», entgegnete der Galerist in geschäftsmäßig nüchternem Tonfall, soweit das bei seinem starken Wiener Dialekt überhaupt möglich war.

Das Wienerische hatte in Grits Ohren stets etwas Anzügliches – und das passte in diesem Fall auch vortrefflich. Grit zog die Fotografie aus ihrer Handtasche und legte sie neben sich auf einen der hohen Bistrotische. «War das darunter?»

Quast blickte verblüfft auf das Foto. «Des is ja des Foto, das ich dem Professor Wachholt g'schickt hab! Wo haben Sie denn des her?», fragte er, ließ Grit aber keine Zeit zu antworten. «Aber is ja auch wurscht», fügte er mit einer lässigen Handbewegung hinzu. «Aus dem Deal ist schließlich nix g'wordn!»

«Sie sind also nicht im Besitz des Bildes?», fragte Grit.

«Ich war es, gnä Frau. Ich war es – wenn auch nur für kurze Zeit. Aber es war zu keiner Zeit mein Eigentum – leider. Ein wirklich schöns Blatt – schad eigentlich.» Quast lutschte an seiner Zigarre und tippte auf die Fotografie. Ein dicker goldener Siegelring zierte seine kurzen, manikürten Finger. «Kennen S' des ganze Blatt?»

«Nein, leider nicht», entgegnete Grit. «Aber ich habe mir gedacht, dass das Foto nur einen Ausschnitt zeigt!»

Quast machte ein verschmitztes Gesicht. «Die Schamesröte hätt's Eahna ins Gsicht getrieben! Und es waren noch mehr Blätter in der Mapp. Ich find's immer wieder intressant, welche Kabinettstückerl der Kunstgeschichte bislang entgangen sind. Aber man könnt ja solch Schweinereien auch nicht ohne weiters ins Museum hängen – abgesehen von meiner Institution natürlich! Aus diesem Grunde habe ich die Galleria Erotica ja auch aufgebaut.» Er schaute sie selbstzufrieden an.

Grit bezweifelte, dass sich in Quasts Magazin tatsächlich noch kunsthistorisch bedeutende Funde machen ließen. Nach dem, was sie bisher gesehen hatte, vermutete sie eher eine Asservatenkammer des schlechten Geschmacks. «Und warum haben Sie die Mappe nicht erworben?», fragte sie.

«Jo mei», druckste der Galerist herum, «so etwas passiert immer wieder. Dagegen ist wohl niemand g'feit. Glaserl Sekt?» Er füllte eines der Gläser auf dem Tisch mit Champagner und reichte es Grit.

«Ist Ihnen jemand zuvorgekommen?»

«So sollte man es ned formuliern. Das heißt, wenn Sie so wolln ... vielleicht war jemand schneller ... Es gab ja, wie so oft in derartigen Fällen, kaane Expertise. Also hob i mir eins von den Blättern – ebendieses – aushändigen lossen, um es bewerten zu lossen.»

«Deshalb das Foto, das Sie Professor Günther Wachholt geschickt haben?»

«Jo!» Quast nickte. «Wir hatten uns ja schon auf einen reellen Preis geeinigt.»

«Darf ich den erfahren?»

Der Galerist ignorierte die Frage. «Die Echtheit wurde mir bestätigt, aber plötzlich hot der Eigentümer die Mapp nimmer verkaufen wollen. Ich hob ihm das Blatt zurückgegeben. Und das war's. Tut mir Leid, dass wir ned ins G'schäft kommen können – es hätt mich sehr gefreut …» Ein lüsterner Blick streifte Grit. «Allerdings weiß i ned, ob ich die Blätter überhaupt wieder verkauft hätt. Aber vielleicht haben S' Interesse an einem Schiele …?» Quast griff nach seinem Champagnerglas und hob es grüßend zu jemandem, der ihm von der Galerie des oberen Stockwerks aus zugeprostet hatte. «Aber jetzt entschuldigen S' mich bitte. Hot mich sehr gefreut.»

Grit steckte das Foto ein und leerte ihr Sektglas – bereits das dritte heute Abend. Ihr war heiß. In den Räumlichkeiten hatte sich ein tropisches Klima ausgebreitet. Mit einer Serviette tupfte sie sich die Schweißperlen von der Stirn. Ihr Blick schweifte durch die Menge. Wo war nur Zart? Nach geraumer Zeit entdeckte sie ihn etwas abseits der Stelle, wo sie ihn vorhin zusammen mit Saskia stehen gelassen hatte. Erst jetzt fiel Grit auf, wie groß er war. Zart überragte den Großteil der Gäste um einige Zentimeter. Eigentlich war er nicht zu übersehen. Und dann diese Augen. Sie war sich sicher, dass allein seine Augen ihm alle notwendige Aufmerksamkeit sicherten. Anfangs hatte sie geglaubt, er würde farbige Kontaktlinsen tragen. Ein solch leuchtendes Grün – fast unnatürlich! Aber sein Blick hatte nichts Stechendes, eher etwas Distanziertes. Obwohl er die Menschen um sich herum offenbar genau beobachtete, wirkte er doch gleichzeitig abwesend und entrückt. Zumindest machte er nicht den Eindruck, als wenn er nach ihr Ausschau hielte.

Grit griff nach seiner Hand. «Träumst du?»

Automatisch legte er seinen Arm um ihre Schulter.

«Schwelgen in der Vergangenheit?», fragte Grit.

Er lächelte sie an. «Dein Abgang war klasse!»

«Habt ihr noch lange gequatscht?»

«Nur das übliche Geplänkel mit einer Ex», versicherte Zart. «Aber sie war dann natürlich schon ein wenig verschnupft.»

«Das kam irgendwie aus dem Bauch heraus», meinte Grit entschuldigend. «Ich hab sie mir ganz anders vorgestellt.»

«Na ja, sie hat sich verändert. Das macht wohl ihr neues berufliches Umfeld. – Sie hat mich tatsächlich gefragt, ob wir nachher noch was trinken gehen ...»

«Und?»

Zart blickte Grit verständnislos an. «Was hast du erwartet? Ich habe ihr natürlich eine Absage erteilt! Dann hab ich noch kurz mit Markus geplaudert. Wo warst du eigentlich so lange?»

«Eigentlich wollte ich nur zur Toilette, aber was ich im Keller erlebt habe, war für ein Mädchen aus Schwäbisch Gmünd schon fast eine Survival-Tour.» Sie grinste. «Die Kellerzone wird von einigen Leuten wohl als Darkroom genutzt – mit dem Unterschied, dass sie das Licht anlassen!»

«Aha.»

«Und dann hab ich auf der Toilette zufällig ein Gespräch zwischen zwei Männern mit angehört!»

«Du warst auf der Herrentoilette?»

«Ach, Quatsch, ich hab's durch einen Lüftungsschacht gehört.» Grit stellte sich auf die Zehenspitzen und senkte ihre Stimme. «Es ging um Modigliani», flüsterte sie Zart zu. «Außerdem fiel die Frage, ob *er* – damit war bestimmt Quast gemeint – die Mappe noch hätte.»

«Und?», fragte Zart aufgeregt.

«Mehr konnte ich nicht verstehen, weil zwei so Obertussen hereinkamen und sich lautstark über ihren Intimschmuck unterhielten!»

«Das wird ja immer interessanter», bemerkte Zart. «Wir sollten jetzt dringend mit Quast sprechen ...»

«Brauchen wir nicht mehr», entgegnete Grit.

«Was? Wieso?»

«Das hab ich schon erledigt», sagte sie ganz lässig. «Es handelt sich tatsächlich um eine ganze Mappe mit Skizzen von Modigliani. Sie ist Quast angeboten worden, und er hat von einer Zeichnung das Foto gemacht. Ein Ausschnitt, wie Wachholt vermutet hat. Nachdem er zu diesem Blatt eine Expertise hatte, wollte der Eigentümer es aber nicht mehr verkaufen ...»

«Fragt sich, warum.»

«Jedenfalls hat Quast die Mappe nicht mehr. Hat er mir zumindest gesagt.»

«Warum sollte er lügen?»

«Was weiß ich? Unrechtmäßiger Erwerb, steuerliche Gründe, Diskretion gegenüber Dritten – es gibt doch tausend Gründe, den Besitz eines so brisanten Schatzes zu leugnen. Denk doch mal an die vielen Sammler, die ihre Kunstsammlungen heimlich in Kellerräumen aufbewahren, ohne dass irgendjemand jemals etwas davon ahnt, geschweige denn erfährt.»

«Vielleicht wollte jemand nur, dass Quast die Kosten für die Expertise übernimmt?»

«Nein, das ist eher unwahrscheinlich.» Grit schüttelte vehement den Kopf. «Das sind doch Peanuts. Da geht es um etwas ganz anderes!»

«Hat Quast dir gesagt, wer ihm die Bilder angeboten hat? –

Natürlich nicht!», beantwortete sich Zart seine überflüssige Frage selbst. «Aber das müssen wir rauskriegen, um ...»

Ein polterndes Krachen, gefolgt von einem kreischenden Aufschrei, unterbrach ihn. Zart und Grit zuckten zusammen. Für einen Augenblick herrschte Totenstille. Dann setzte verhaltenes Getuschel ein. Zart reckte den Kopf.

«Was ist los?», fragte Grit.

«Ich weiß nicht, ich kann nichts erkennen. Hörte sich an, als wenn irgendwas zusammengebrochen wäre.»

Plötzlich kam Saskia auf die beiden zugerannt. «Hast du deine Kamera dabei?», rief sie Zart außer Atem zu.

«Nein, wieso? Was ist denn los?»

«Quast ist von der Galerie gestürzt und regt sich nicht mehr.» Ihre Stimme bekam einen schneidenden Klang. «Mein Gott, ich brauch eine Kamera! Hat denn hier niemand eine Kamera?»

«Ist er tot?», rief Grit ihr hinterher, erhielt aber keine Antwort. Sie wollte sich einen Weg durch die Menge bahnen, aber Zart fasste sie geistesgegenwärtig am Arm und zog sie zurück. «Ich glaube, das ist keine gute Idee. Machen wir lieber, dass wir hier wegkommen, bevor die Polizei auftaucht!»

«Aber wir wissen doch noch nicht ...» Grits Einwände gingen im nun einsetzenden Tumult unter.

Hektisch strömten die Partygäste in alle Richtungen – einige zog es zum Ort des Geschehens, die meisten drängten panisch zum Ausgang. Das hysterische Kreischen einiger Frauen tönte durch den Raum. Eine sonore Lautsprecherstimme erklärte, ein Unglück sei geschehen, und fragte, ob ein Arzt anwesend sei. Die übrigen Gäste wurden aufgefordert, die Räumlichkeiten umgehend zu verlassen, ein Rettungswagen sei verständigt worden. Auf dem Weg zum Ausgang eilte Markus Vogler, der Senatsdirektor Hübelheimer im Schlepptau hinter sich herzog, an ihnen vorbei.

«Na, da komm ich ja gerade zur rechten Zeit. Was ist denn hier los?» Bea stand vor ihnen, die Hände in die Hüften gestemmt.

«Du hast sozusagen den Höhepunkt des Abends verpasst», erklärte Zart. «Der Gastgeber ist von einer Galerie gestürzt und hat sich wahrscheinlich das Genick gebrochen. Komm, lass uns schnell von hier verschwinden!» Er zog Bea zu sich heran und dirigierte sie zum Ausgang. «Was machst du überhaupt hier? Hast du Pawlik gefunden?»

«Erzähl ich euch draußen!»

Das Blaulicht eines Rettungswagens zuckte über die Fassade der Galleria Erotica. Zwei Sanitäter kämpften sich ihren Weg durch die Menschentraube vor der Tür. Bea, Grit und Zart standen etwas abseits und beobachteten das Szenario. Ein Polizeiwagen traf ein, kurz danach ein zweiter. Die Menschenmenge hatte sich in mehrere Grüppchen aufgeteilt. Passanten blieben neugierig stehen und erkundigten sich nach dem Grund des Menschenauflaufs. Kommentare und Mutmaßungen machten die Runde. Nach einiger Zeit kam schließlich einer der Sanitäter kopfschüttelnd aus der Galerie und stieg in den Rettungswagen.

«Das sieht nicht gut aus!», bemerkte Zart, als das Blaulicht des Fahrzeugs erlosch. «Wahrscheinlich verständigt er gerade den Leichenwagen.»

«Ich habe doch eben noch mit ihm gesprochen ...» Erst jetzt merkte Zart, dass Grit zitterte.

«Wollen wir noch abwarten, was weiter geschieht?» Bea reichte Grit ihre Strickjacke. «Lasst uns lieber ein Taxi nehmen! Ich hab eine Überraschung zu Hause.»

«Von Überraschungen habe ich, ehrlich gesagt, erst mal die Nase voll!» Zart legte seinen Arm schützend um Grit. Dann blickte er zu Bea. «Sag nicht, dass Pawlik auf uns wartet.»

Bea legte nur den Zeigefinger auf ihre Lippen. Sie drehte sich zur Straße und verständigte mit einem grellen Pfiff sowie einer auffordernden Handbewegung eine der Taxen, die auf der anderen Straßenseite warteten.

Die drei hatten die Fahrt mehr oder weniger schweigend zugebracht. Erst als der Wagen vom Hof gerollt war, wiederholte Zart seine Frage. Bea deutete auf das Haus. Im Erdgeschoss brannte Licht.

«Ich hab ihn bei einem ehemaligen Kollegen gefunden», erklärte sie. «Er hat eine Höllenangst, dass er zurück nach Polen muss.»

«Was hat er denn mit der ganzen Sache zu tun?», fragte Zart.

«Anscheinend gar nichts! Die Polizei hat wohl routinemäßig alle Telefonnummern, die in Wiegalts Handy gespeichert waren, überprüft. Als Pawlik *Polizei* gehört hat, dachte er, man sei ihm auf die Schliche gekommen, weil er ja keine Arbeitserlaubnis hat.» Bea schloss ihre Wohnungstür auf. «Alles andere fragt ihr ihn am besten selber.»

Pawlik entsprach allen Vorstellungen, die man von einem Tänzer nur haben konnte. Er war groß und schlank mit nicht allzu breiten Schultern. Sein durchtrainierter Körper hing an Beas Sprossenwand. Mit einer eleganten Seitwärtsdrehung ließ Pawlik sich auf den Boden herab. Die Schweißperlen auf seinem Oberkörper glänzten, und Grit fragte sich beim Blick auf die unübersehbare Ausbuchtung in der eng anliegenden Hose, warum Tänzer ihre Männlichkeit immer so demonstrativ zur Schau stellen mussten. Aber der Augenaufschlag des Tänzers galt nicht ihr. Das kurze Funkeln in Pawliks Augen genügte, um Grit klar zu machen, dass die Aufmerksamkeit einer ganz anderen Zielgruppe erregt werden sollte. Sie überlegte, ob es für Tänzer so eine Art maskulinen *Wonderbra* gab. Reine Natur konnte das doch nicht sein.

Mit einer einstudierten Bewegung strich sich Pawlik durchs Haar und reckte dabei seinen Hals. Als Bea ihm Grit und Zart vorstellte, legte er sich ein Handtuch über die Schultern und begrüßte sie mit einem schüchternen *Hallo*.

Zart brauchte einige Zeit, um Pawlik verständlich zu machen, dass das Interesse der Polizei nicht seiner Person galt und es in diesem Zusammenhang niemanden interessierte, ob er gültige Papiere hatte oder nicht. Im Gespräch stellte sich dann heraus, dass Pawlik und Tomasz Wiegalt tatsächlich eng befreundet gewesen waren, zwar nicht als Pärchen, aber nach Pawliks Schilderungen hatte auch Wiegalt in Schwulenkreisen verkehrt. Sie waren gemeinsam in Kattowitz aufgewachsen und zusammen nach Deutschland gekommen. Im Gegensatz zu Pawlik hatte Tomasz Wiegalt aber die deutsche Staatsbürgerschaft beantragt. Die Anstellung im öffentlichen Dienst verdankte er den Bestrebungen irgendeines hoch gestellten Hamburger Kulturpolitikers, dessen Namen Pawlik aber nicht kannte.

«Hat Wiegalt dir gegenüber mal irgendwelche Zeichnungen von Modigliani erwähnt?», fragte Zart.

«Er hat mir von einer Mappe erzählt, die ihm sein Vater vererbt hat. Ich weiß aber nicht, ob das Zeichnungen von Modigliani waren. Er sagte nur, dass sie sehr kostbar seien und dass er sie verkaufen wolle, um sich vom Erlös als Restaurator selbständig zu machen.»

Grit und Zart warfen sich einen Blick zu.

«Meint ihr, er könnte wegen der Zeichnungen ermordet worden sein?», fragte Pawlik.

«Ich fürchte, ja!», sagte Zart.

«Lass uns mal rekapitulieren», warf Grit ein. «Wiegalt hat eine Mappe mit Zeichnungen – angeblich Modiglianis –, die er verkaufen will. Da es erotische Blätter sind, gerät er irgendwie an Quast, der Interesse hat, aber eine Expertise will. Er schickt ein Foto an deinen ehemaligen Professor, einen Modigliani-Experten. Der gibt das Foto weiter an den Leiter dieser Koordinierungsstelle – wie war noch der Name ...?»

«Seligmann», ergänzte Zart.

«Richtig! Von Seligmann gelangt das Foto, wie, das wissen wir nicht genau, aber doch mit ziemlicher Sicherheit zurück nach Hamburg. Von hier geht wahrscheinlich der Auftrag an ArtSave.»

«Und jetzt können wir nur spekulieren!», fiel ihr Zart ins Wort. «Wiegalt stöbert im Internet und erfährt über eure Looser-Liste zufällig den Wert seiner Zeichnungen, der ein Vielfaches über dem liegt, was Quast ihm angeboten hat. Er nimmt Kontakt zu ArtSave auf, und bei Quast macht er einen Rückzieher. Der ist stinkesauer, schmeißt ihm einen Föhn in die Badewanne und klaut die Modiglianis ...»

«... und fällt drei Tage später von einer Galerie und bricht sich das Genick?»

«Du sagtest doch, du hast im Keller ein Gespräch belauscht, bei dem es um Modigliani ging.»

«Richtig!», sagte Grit. «Ich hörte so etwas wie die Frage, *ob er die Mappe noch hat* ...»

«Na also!»

«Ihr solltet die Polizei verständigen», mischte Bea sich ein.

«Eigentlich wird's gerade spannend», entgegnete Zart.

«Ich finde, zwei Tote sind der Spannung zu viel!»

«Wir wissen noch gar nicht, ob Quast wirklich tot ist», sagte Grit.

«Hmm.» Zart nickte. «Mir geht die Frage nicht aus dem Kopf, warum die Zeichnungen so kostbar sind. Hat Quast dir gegenüber den Preis erwähnt?»

Grit schüttelte den Kopf.

«Und die Expertise? Hat er dir gesagt, wer die Expertise für ihn angefertigt hat?»

Grit verneinte erneut.

«Wachholt war es ja allem Anschein nach nicht. Es muss also noch jemanden geben, der von der Existenz der Blätter wusste. – Außerdem bleibt das alles nur Spekulation, solange wir den Auftraggeber von ArtSave nicht kennen.» Zart warf Grit einen auffordernden Blick zu. «Ich werde Professor Wachholt fragen, ob er den Kontakt zu Seligmann herstellen kann.»

«Am Montag ist Hirtmeyer wieder zu erreichen.»

«In Ordnung. Wir verständigen die Polizei erst, nachdem du mit ihm gesprochen hast.» Zart machte ein nachdenkliches Gesicht und blickte zur Uhr. «Ich hol jetzt die Liste, und dann machen wir uns auf den Weg.»

«Welche Liste?», fragte Grit überrascht.

«Die Liste mit den Leerständen, die uns Markus ausgedruckt hat. Ich glaube nicht, dass Wiegalt die Mappe bei sich zu Hause aufbewahrt hat. Erinnerst du dich? Seine Wohnung machte nicht den Eindruck, als hätte jemand dort nach etwas gesucht.»

«Jetzt? Es ist gleich halb drei!», wandte Grit ein.

«Also schon fast Frühstückszeit», sagte Zart trocken. «Bea, können wir dein Cabrio haben? Dann muss ich Mike nicht anfunken.»

Sonntag

«Bist du gar nicht müde?» Grit unterdrückte ein Gähnen und zog die Wagentür zu, die mit einem Scheppern ins Schloss fiel. Die abgewetzten Sitze des 74er *Spitfire* waren ziemlich unkomfortabel. Trotzdem empfand sie das kühle Leder auf der Haut als angenehm. Das kleine Thermometer am Außenspiegel zeigte noch mehr als zwanzig Grad an. Sie suchte nach dem Anschnallgurt, dann lehnte sie sich entspannt zurück.

«Nein. Sollen wir das Verdeck aufmachen?» Zart startete den Motor, und die ganze Karosserie begann zu vibrieren.

«Lieber nicht.» Grit musste ihre Stimme heben, um das laute Motorengeräusch zu übertönen. «Oder planst du eine romantische Spritztour?»

Nachdem Zart die tiefen Schlaglöcher auf dem Hof vorsichtig umfahren hatte, ging er auf der Straße zu einem forscheren Fahrstil über. «Du hast Recht. Es zieht ja auch so schon mächtig. Und außerdem ist es zu laut. Ich glaube, Bea sollte sich mal einen neuen Auspuff gönnen.»

Grit umklammerte den Haltegriff. «Wie weit ist es denn?», rief sie Zart zu, erhielt aber keine Antwort. Wahrscheinlich hatte er sie nicht gehört. Es war tatsächlich sehr laut. «Du brauchst mir übrigens nicht zu imponieren!», fügte sie etwas lauter hinzu.

«Das kommt einem nur so vor, weil man so tief sitzt!», rief er zurück, ohne die Geschwindigkeit zu drosseln.

«Wo genau fahren wir hin?», formulierte Grit ihre Frage neu.

«Elbchaussee! Die Adressen auf der Liste liegen fast alle zwischen Othmarschen und Blankenese. Kennst du die Elbchaussee?»

Grit deutete auf die Tachonadel, die sich immer noch jenseits der Siebzig bewegte. «Können wir das nicht ein wenig moderater angehen?»

Zart schaltete einen Gang zurück und verringerte die Geschwindigkeit weiter, bis sich die Tachonadel im Bereich der zulässigen Höchstgeschwindigkeit eingependelt hatte. Nachdem das Röhren des Motors leiser geworden war, entspannten sich auch Grits Gesichtszüge. In diesem Tempo fuhren sie gemächlich am Alsterufer entlang. Die Silhouette der Stadt spiegelte sich mit bläulichem Schimmer im Wasser. Der Himmel war wolkenlos, und entfernt kündigte ein türkisfarbener Lichtstreifen den nahenden Sonnenaufgang an.

«Wie du siehst, hat die Stadt auch ihre schönen Seiten», kommentierte Zart die nächtliche Ansicht der Stadt, deren Kolorit fast dem einer kitschigen Postkarte entsprach.

«Das habe ich nie bezweifelt», antwortete Grit. In Gedanken ließ sie gerade die letzten Tage Revue passieren. Die Geschehnisse hatten sie so sehr in den Bann gezogen, dass es ihr vorkam, als hätte sie ihr Leben bislang auf einem abgeschiedenen Eiland zugebracht. Wohin sie auch blickte, wem sie auch begegnete, die Bilder, die Menschen, alles war so anders.

«Na ja. Nach dem, was du bislang hier so erlebt hast, könntest du ja den Eindruck gewinnen, das Leben in Hamburg gleicht einem Horrorfilm. Aber das scheint dich nicht von dem Vorhaben abzuhalten, die Modiglianis zu finden.»

«Mach dich nicht lustig. Ich hab mir das auch alles anders vorgestellt. Vielleicht war ich ein bisschen naiv.»

«Quatsch! So etwas passiert doch nicht alle Tage – mir zumindest nicht. Eigentlich verläuft mein Alltag normalerweise recht öde», erklärte Zart.

«Da muss also erst ein Mädchen aus Schwäbisch Gmünd auftauchen, um ein wenig Abwechslung in die Stadt zu bringen? Das kann ich mir nicht vorstellen!»

«Du hast sicherlich nicht immer in Schwäbisch Gmünd gelebt, oder? Jedenfalls finde ich die ganze Angelegenheit ziemlich spannend. Ich hätte nicht gedacht, dass die Kunstgeschichte mir einmal solche Facetten bieten würde. Ich hab das Studium und sein Umfeld eigentlich immer als stinklangweilig empfunden.»

«Da bist du lieber durch die Weltgeschichte gejettet!»

Zart schüttelte den Kopf. «Als Weltgeschichte möchte ich das nicht bezeichnen. Die Dinge wiederholen sich, auch wenn man die Orte ständig wechselt. Und unangenehme Zeitgenossen findest du in jedem Metier.»

«Wie bist du eigentlich zur Fotografie gekommen?»

Zart lächelte, als hätte er auf diese Frage gewartet. «Es hat mir schon immer Spaß gemacht, bestimmte Augenblicke festzuhalten. Außerdem beobachte ich gerne, Dinge wie Menschen gleichermaßen. Was liegt da näher, als zur Kamera zu greifen? Man muss sich nur mit dem Ausschnitthaften des Mediums arrangieren. Es ist eben eine ganz persönliche Form von Augenblick und Wahrheit, die man festhält.»

«Du hast es aber nicht gelernt? Ich meine, du hast keine besondere Ausbildung gemacht?»

«Nein. Ich habe zwar kurze Zeit als Assistent bei einem bekannten Fotografen gearbeitet – aber als klassische Ausbildung kann man das nicht bezeichnen. Als Fotograf musst du dir dein Metier erkämpfen. Es dauert, bis du begreifst: Das kann ich und anderes eben nicht. Ich bin dann sehr schnell zur Reportagefotografie gekommen. Es gibt Augenblicke, da sehe ich alles um mich herum nur noch in Schwarz und Weiß.»

«Dein Auge für Kunst hast du dir aber bewahrt!»

«Hmm. Ich weiß nicht.»

«Du hast die Zeichnung, ohne zu zögern, Modigliani zugeordnet.»

«Das war wohl Zufall.»

«Glaub ich nicht. Was hältst du eigentlich von Modigliani?»

«Zu bunt!» Mit einem Lächeln deutete Zart an, dass Grit diese Äußerung nicht allzu wörtlich nehmen sollte.

«Und die Zeichnung?», hakte sie nach.

«Wir kennen doch nur einen Ausschnitt.»

«Dann denk dir den Rest eben dazu.»

«Hmm. Ungefähr so, wie die Sachen, die in Quasts Galerie hängen.»

«Das ist nicht dein Ernst!»

«Doch! Nur weil hier Modigliani druntersteht, sieht die Sache in meinen Augen nicht anders aus! Es sind intime Einblicke. Nichts für die Öffentlichkeit. Für die Kunstwissenschaften mag es ja eine Herausforderung sein, der Frage nachzugehen, ob Künstler auch vor knapp hundert Jahren Pornographie geschaffen haben – aber ich glaube, das ist keine neue Erkenntnis. Ich sehe diese Zeichnung jedenfalls als private Skizze, als Privatangelegenheit. Du kannst sie mit einem Liebesbrief vergleichen, den ein Schriftsteller seiner Frau oder Geliebten schreibt – ob Brief oder Zeichnung, das macht keinen Unterschied. Die Frage ist nur: Sollen diese Dinge, deren Inhalte wahrscheinlich nicht für die Öffentlichkeit bestimmt waren, im Nachhinein, vielleicht sogar gegen den Willen des Künstlers, veröffentlicht werden? Die Frage muss sich doch eigentlich jeder Forscher stellen.»

«Da spricht ja wohl deutlich der Kunsthistoriker aus dir. Von der Seite habe ich das noch nicht betrachtet. Ich habe mich mehr mit der Frage beschäftigt, welche Beziehung bei so einem Akt zwischen Modell und Künstler besteht und welche Rolle dabei Voyeurismus und Exhibitionismus spielen. – Wie ist es denn mit dir? Hast du solche Fotos gemacht?»

«Klar doch.» Zart fuhr langsam an den Straßenrand. «Reich mir doch mal die Liste!», forderte er Grit auf. «Hier beginnt das Eldorado der Immobilienspekulanten.»

Nach wenigen Metern hatten sie das erste Objekt erreicht. Zart parkte den Wagen vor einem schmiedeeisernen Gartentor und stellte den Motor ab.

«Eine richtige Nobelhütte!», staunte Grit. «Willst du da jetzt reingehen?»

Zart zog eine Taschenlampe aus seiner Jacke.

«Mich interessiert, ob die Häuser wirklich unbewohnt sind.» Er begutachtete die dicke Kette, mit der das Tor gesichert war.

«Und wenn man uns entdeckt?»

«Sehen wir aus wie Einbrecher?», erwiderte er. Mit einem kurzen Blick über die Schulter vergewisserte er sich, ob sie unbeobachtet waren, dann ergriff er Grits Hand, und gemeinsam schlüpften sie durch eine schmale Lücke zwischen Gartentor und Buchenhecke.

Das Grundstück war weitläufig, fast parkähnlich. Im nächtlichen Schatten riesiger Rhododendronbüsche näherten sich die beiden der Villa. Auf den Stufen zum Eingangsportal lag Laub vom Vorjahr, Moosbewuchs zierte den rissigen Putz der Balustrade. Der Strahl der Taschenlampe zielte auf das Türschloss.

Zart strich mit dem Finger den Türrahmen entlang. «Spinnweben», flüsterte er.

«Also unbewohnt!», bemerkte Grit erleichtert. Das herausgerissene Stromkabel am Klingelschild erinnerte sie an ihre grausame Entdeckung im Haus von Wiegalt. «Und jetzt?»

Zart antwortete nicht. Stattdessen balancierte er blitzschnell auf einer schmalen Gesimskante zu einem kleinen Erker, hangelte sich geschickt an einem Wasserrohr empor, bis er die Brüstung am Ende des Vorbaus erreicht hatte, und landete mit einem Sprung auf einem kleinen Balkon.

Er drückte sein Gesicht an die Scheibe im ersten Stock und leuchtete mit der Taschenlampe ins Innere des Hauses.

Nach einiger Zeit steckte er die Taschenlampe ein und kletterte wieder hinunter. «Alles leer!»

«Willst du das jetzt bei allen Adressen so machen?», fragte Grit, nachdem sie zum Wagen zurückgekehrt waren.

Zart deutete auf die Liste. «Fünf noble Adressen, mit denen Wiegalt betraut war. Markus hat gesagt, er war Spezialist für Stucksanierung.» Er ließ den Motor an.

«Ich verstehe nicht, was du damit sagen willst?»

«Weder im Erdgeschoss noch in der ersten Etage waren Stuckdecken!», antwortete Zart. «Ich bin gespannt, ob das bei den anderen Objekten auch so ist.»

Langsam rollte der Wagen zurück auf die Straße.

Die Überprüfung der nächsten drei Adressen führte zum gleichen Ergebnis. Alle Häuser waren unbewohnt, und auch ohne Fassadenkletterei konnten sie feststellen, dass in keinem der Gebäude Stuckdecken vorhanden waren.

«Lass uns Schluss machen», sagte Grit mit einem Blick zur Uhr. «Es ist gleich fünf, und es dämmert bereits.»

Zart machte einen Haken hinter der vorletzten Adresse. «Die Villen sind alle um die Jahrhundertwende gebaut worden. Normalerweise gehören zu solchen Häusern prächtige Stuckverzierungen und Rosetten. Ich weiß nicht, ob das etwas zu bedeuten hat.»

Das Gartentor des letzten Hauses auf der Liste war ebenfalls mit dicker Kette und Vorhängeschloss gesichert, was Zart aber nicht daran hinderte, sich auf demselben Weg wie bei den anderen Adressen Zugang zum Grundstück zu verschaffen. Die Taschenlampe brauchten sie nicht mehr. Die Morgensonne spiegelte sich bereits in den Fensterscheiben des Hauses.

Grit folgte Zart widerwillig. Sie zuckte zusammen, als plötzlich lautes Hundegebell an ihr Ohr drang. Ängstlich schaute sie sich um. Am Grenzzaun zum Nachbargrundstück entdeckte sie einen Schäferhund, der aufgeregt hin und her rannte und dabei unentwegt in ihre Richtung kläffte. Gleich würde man sie entdecken. Aber zu ihrer Überraschung ließ sich Zart nicht beirren und setzte seinen Weg zum Haus unbekümmert fort.

«Es hätte mir bereits im Denkmalschutzamt auffallen müssen!», sagte er. «Aber dass es gleich das Nachbargrundstück ist …»

«Was?!»

«Das wirst du gleich sehen!» Zart warf einen flüchtigen Blick in das Innere des Hauses, dann steuerte er geradewegs auf den Hund zu, der immer noch laut bellend am Zaun stand und kampflustig seine Zähne zeigte.

«Das ist jetzt nicht dein Ernst», stammelte Grit und blieb wie angewurzelt stehen. Aus sicherem Abstand beobachtete sie, wie Zart sich dem Hund näherte, der sich mit Hilfe seiner Vorderpfoten inzwischen am Zaun aufgerichtet hatte. Als Zart nur noch wenige Schritte vom Hund entfernt war und Grit schon das Schlimmste befürchtete, begann der Schäferhund plötzlich mit dem Schwanz zu wedeln. Zart streckte ihm die Hand entgegen, dann schwang er sich mit einem Satz über den Zaun und winkte Grit auffordernd zu sich heran.

Grit trat an den Zaun und blickte Zart ungläubig an. «Fassadenkletterer, Raubtierdompteur, was kommt als Nächstes?», fragte sie.

Der Hund hatte sich inzwischen auf dem Rasen niedergelassen und schaute aufmerksam zu, wie Zart Grit über den Zaun half.

«Komm!», forderte Zart sie auf. «Ich will dir mal was zeigen, was dich interessieren wird.» Er deutete auf die Terrasse des Nachbarhauses.

Unter dem aufmerksamen Blick des Hundes, der unverändert auf dem Rasen lag, schob Zart sie die Stufen zur Terrasse hinauf.

«Schau mal!» Er presste sein Gesicht an die Scheibe der Terrassentür, und Grit tat es ihm gleich.

Als Erstes fiel ihr die stuckverzierte Decke des Raumes auf, von deren Mitte ein kristallener Kronleuchter herabhing. Möbel gab es keine. Das Zimmer schien bis auf die Bilder an den Wänden leer zu sein. Die hatten es allerdings in sich. Grit starrte angestrengt durch die Scheibe. Über jedem der vergoldeten Rahmen befand sich eine kleine Messinglampe an der Wand. Ihr war, als hätte sie gerade einen Renoir entdeckt, aber genau konnte sie es nicht erkennen. Ihr gemeinsamer Atem schlug sich an der Scheibe nieder.

«Ein Kunstsammler», flüsterte sie.

«So ist es!» Die Stimme hinter ihnen klang barsch.

Grit blieb fast das Herz stehen. Sie fuhr zusammen und drehte sich erschrocken um. Vor ihnen stand, mit verschränkten Armen und im Morgenmantel, ein älterer Mann, der Hausherr.

«Nicht nur um diese Uhrzeit meldet man sich für gewöhnlich an der Haustür an, wenn man ein Grundstück betritt!»

Er tat einen Schritt auf sie zu und bedachte Zart mit einem knappen Kopfnicken. «Du hast dich ja hier eine ganze Weile nicht blicken lassen. Ein Wunder, dass dich Brutus überhaupt wiedererkannt hat!» Sein Blick fiel auf Grit. «Willst du mir die Dame nicht vorstellen?»

Zart legte seinen Arm um Grits Hüften und zog sie neben sich. «Grit Hoffmann!» Er blickte sie an und machte eine entschuldigende Geste. «Grit, mein Vater!»

Für einen Augenblick schloss Grit die Augen. In ihren Ohren rauschte es.

«Aber nächstes Mal klingelt ihr gefälligst», bemerkte Zarts Vater. Der Schäferhund sprang an ihm hoch. «Aus, Brutus!!

Lass ab! – Wenigstens kommt ihr pünktlich zum Frühstück.» Er streichelte den Hund besänftigend hinter den Ohren. «Kommt rein! Ich steh hier ungern im Morgenmantel rum!» Er drehte sich um und schritt, den Hund an der Seite, wie ein Potentat auf Staatsbesuch die Terrassentreppe herunter.

Grit stand neben Zart und wartete, dass er der Aufforderung seines Vaters folgen würde. Zart warf ihr ein Grinsen zu und zuckte nur mit den Schultern.

«Du Schuft!», flüsterte sie und bemühte sich, böse dreinzuschauen.

Der Eingang der Villa lag seitlich hinter zwei großen Ginsterbüschen versteckt. Obwohl das Portal reich verziert war, hatte es dadurch nur begrenzt repräsentativen Charakter. Nicht, dass Grit enttäuscht gewesen wäre, aber sie hatte aufgrund der Dimensionen dieses Anwesens, das mindestens zwanzig Zimmer beherbergen musste, etwas anderes erwartet. Die Eingangshalle diente gleichzeitig als Treppenhaus. Nachdem sie Windfang und Garderobe hinter sich gelassen hatten, führte sie ein roter Treppenläufer vom schachbrettartigen Marmorboden des Foyers auf gediegenes Eichenparkett. Das Interieur der Halle war schlicht. Es roch etwas muffig. Neben dem hölzernen Treppengeländer und den Heizungsverkleidungen entdeckte Grit eine große Standuhr, eine unscheinbare, gläserne Vitrine sowie einen alten ledernen Ohrensessel. Sie folgten Zarts Vater durch eine zweiflügelige Schiebetür und betraten ein großes Esszimmer. Eine riesige Anrichte nahm die gesamte linke Raumseite ein. Die breite Durchreiche zur Küche zeugte noch von der ehemaligen Schnittstelle zwischen Wirtschafts- und Wohntrakt. Zart legte seine Lederjacke über die hohe Lehne eines Esszimmerstuhls.

«Das ist ja fast wie zu alten Zeiten, wenn du frühmorgens von deinen nächtlichen Diskothekenbesuchen nach Hause gekommen bist!», hörte man Zarts Vater aus der Küche nebenan brummeln.

Zart ignorierte die Bemerkung. «Wo ist Eva?», fragte er.

«Vor einem halben Jahr ausgezogen!» Man hörte das Scheppern eines Besteckkastens in der Küche.

«Kann ich verstehen!», rief Zart zurück.

«Bist du gekommen, um mir Vorträge zu halten?» Das Gesicht von Zarts Vater erschien in der Durchreiche. «Möchten Sie Tee oder Kaffee?», fragte er zu Grit gewandt.

«Einen Kaffee, wenn es keine Umstände macht.» Grit versuchte, die Betonung von Kaffee ebenfalls auf das *a* zu legen, was ihr schwer fiel.

«Was führt euch hierher?» Zarts Vater schob ein Tablett auf die Durchreiche und erschien gleich darauf hinter einer schmalen Tür neben der Anrichte.

«Seit wann steht denn das Haus von Koppers leer?», fragte Zart, ohne seinen Vater anzublicken. Er stand, beide Hände in den Hosentaschen, am Esszimmerfenster und ließ seinen Blick über das benachbarte Grundstück schweifen.

«Koppers? Nun, wenn du dich hier mal hättest sehen lassen, dann wüsstest du, dass der alte Koppers vor fast einem Jahr gestorben ist», entgegnete Zarts Vater und machte sich daran, Marmeladengläser und Brettchen auf dem Tisch zu verteilen. «Seitdem streiten sich die Erben. Wieso fragst du?»

Zart verschränkte die Arme vor der Brust und machte keine Anstalten, seinem Vater zu antworten oder zur Hand zu gehen. Grit bot sich an, aber Zarts Vater winkte mit einer raschen Handbewegung ab.

«Interessierst du dich für Immobilien? Du solltest dich lieber um unser Haus kümmern. Schließlich wirst du es einmal erben!»

Zart sah aus, als läge ihm eine heftige Antwort auf der Zunge, aber er schwieg. Sein Blick fiel auf Grit, die verlegen und mit hilfloser Miene vor einem Bild auf der anderen Seite des Zimmers stand.

«Ein Cézanne, nicht wahr?» Ihre Frage klang mehr nach einer Feststellung.

«Ah, wie ich sehe, verstehen Sie etwas von Kunst.» Anscheinend war auch Zarts Vater dankbar, das Thema wechseln zu dürfen.

Grit stutzte. Musste man, um einen Cézanne zu erkennen, wirklich ein Kunstkenner sein? Dafür reichte im Allgemeinen der Besuch eines Volkshochschulkurses. «Ja, ich kenne mich ein wenig aus.»

«Auch so eine hoch qualifizierte Arbeitslose wie mein Sohn?»

Grit musterte Zarts Vater überrascht. Daher wehte also der Wind.

«Für mich stand es ja eigentlich fest, dass er einmal unsere Reederei übernehmen würde. Aber du musstest ja dem Wunsch deiner Mutter folgen und partout Kunstgeschichte ...»

«Grit ist in der Versicherungsbranche tätig», fiel Zart seinem Vater ins Wort.

«Da zahlen Sie bestimmt ein hübsches Sümmchen?», bemerkte Grit und deutete auf die halb geöffnete Tür zu dem Raum, dessen Schätze sie vorhin durch das Terrassenfenster betrachtet hatten.

«Nein, gar nichts!», entgegnete Zarts Vater schroff und forderte die beiden auf, sich endlich zu ihm an den Frühstückstisch zu setzen.

«Sie wollen damit doch nicht sagen, dass die Gemälde nicht versichert sind.»

«Doch. Sie sind doch von einer Versicherung und müssen am besten wissen, dass eine Versicherung im Schadensfall nur noch mehr Sorgen macht. Sie wollen ja schließlich was dran verdienen, oder?» Er blickte Grit an und fügte, als er keinen Einspruch vernahm, hinzu: «Also erzählen Sie mir nichts! Für Versicherungen gilt doch: Engagement erst dann, wenn's ans Bezahlen geht. Vorher Honig um den Bart schmieren, und wenn's hart auf hart geht, mit Anwälten gegen den eigenen Kunden ... So ist es doch!»

Zarts Vater hatte seine Einstellung in der Sache so resolut kundgetan, dass Grit, selbst wenn sie anderer Meinung gewesen wäre, niemals gewagt hätte, Einspruch zu erheben.

«Ich habe mich damit abgefunden!», sagte er. «Wenn die Sachen weg sind, sind sie weg. Da kann mir auch keine Versicherung helfen. Selbst wenn sie zahlt, was habe ich davon? Die Bilder bleiben zerstört oder verschwunden. Geld hab ich schon genug.»

«Grit arbeitet für eine Firma, die mit der Wiederbeschaffung abhanden gekommener Kunstwerke beauftragt ist», korrigierte Zart, dem der Vortrag seines Vaters doch etwas peinlich zu sein schien.

«Ach so! Detektivin auf Provisionsbasis? Da haben Sie sicherlich einen Arbeitsvertrag als Subunternehmerin und ohne Einkommensgarantie?» Zarts Vater schien in keiner Sekunde bereit, von seinem einmal gefassten Eindruck abzurücken.

«Nein!», entgegnete Grit höflich, aber bestimmt. «Das heißt, natürlich erhalte ich eine Provision, sozusagen ein Erfolgshonorar – aber das zusätzlich.»

«Zusätzlich wozu? Dreitausend, viertausend oder wie viel im Monat?»

Etwas hilflos blickte Grit Zart an.

«Es reicht ihr anscheinend», erklärte Zart und wendete sich dann gequält grinsend zu Grit: «Weißt du, mein Vater denkt in anderen Dimensionen.»

«Ich will Ihnen mal was erklären!» Zarts Vater zog seine Serviette aus den Klammern eines silbernen Kettchens, rückte seinen Stuhl vom Tisch ab und ging zu einem kleinen Gemälde in einer Ecke des Zimmers. «Das hier!», er tippte gegen den Rahmen, «ein van Goyen!! Haben Sie überhaupt eine Vorstellung davon, wie viel das Bild auf einer Auktion oder Versteigerung bringen würde?»

Grit nahm das Bild in Augenschein. Auch wenn sie sich sehr wohl darüber im Klaren war, dass das Gemälde ungefähr den Gegenwert eines komfortablen Einfamilienhauses repräsentierte, schüttelte sie den Kopf.

«Das sind Preiskategorien», erklärte er, «da erscheint Ihr so genanntes Erfolgshonorar, selbst wenn es fünfstellig sein sollte, in der Rubrik *Briefporto*!» Nachdem er an den Frühstückstisch zurückgekehrt war, setzte er in gemäßigter Lautstärke hinzu: «Verstehen Sie mich bitte nicht falsch. Ich möchte Ihre Qualitäten nicht anzweifeln, aber in dieser Branche sind neunzig Prozent der Angestellten völlig unterbezahlt. Den größten Teil des Kuchens streicht allein der Firmeninhaber ein.»

«Wahrscheinlich haben Sie Recht», sagte Grit. «Aber ist das nicht in fast allen Branchen so?»

«Kaum jemand hat eine Vorstellung von den Summen, die wirklich in der Kunstbranche fließen», erklärte der Vater von Zart. «Dazu kommen die mafiosen Strukturen. Ein Gutachten im Gegenwert einer Luxuslimousine hat den Rang einer kleinen Gefälligkeit. Vergleichen Sie den Markt und die Gewinnerwartungen meinetwegen mit denen der Drogenkartelle. Auch die kriminellen Strukturen und Energien sind da vergleichbar. Oder woher soll ein einzelner Mensch auf legalem Weg so viel Geld haben, dass er sich mal eben so mehrere Bilder im Gegenwert von zig Millionen kaufen kann?»

«Höre ich da eine Selbstanklage?», fiel Zart seinem Vater ins Wort.

«Auf dem Ohr bin ich taub, mein Sohn. Meine Firma hat weiß Gott genug abgeworfen, dass ich mir deswegen kein schlechtes Gewissen einreden muss. Ich habe einfach nur zu einem Zeitpunkt zu sammeln angefangen, als die Preise – nach heutigem Maßstab – noch im Keller waren. Aber geschenkt, glaub mir, hat mir auch damals niemand etwas. Allerdings, das gebe ich zu, möchte ich bei einigen Werken aus meinem Besitz lieber nicht wissen, auf welchen Wegen sie auf den Markt gekommen sind.»

«Womit wir beim Thema wären!», sagte Zart. «Vielleicht kannst du uns, das heißt in diesem Fall Grit, helfen!»

«Erzähl mir jetzt nicht, du willst einen Ratschlag von mir haben», antwortete sein Vater mit einem spöttischen Lächeln.

«Es geht um eine Mappe mit Zeichnungen von Modigliani», erklärte Grit.

«Nicht mein Sammelgebiet!» Zarts Vater schüttelte den Kopf.

«Kennst du jemanden, der sich hier in Hamburg für erotische Zeichnungen von Modigliani interessieren könnte?», fragte Zart.

«Auch noch erotische Sachen. Nein, auf Anhieb fällt mir da niemand ein. Ich habe aber auch nur wenig Kontakt zu anderen Sammlern. Das letzte Bild habe ich vor mehr als fünf Jahren erworben. Die Preise sind einfach ins Unermessliche gestiegen, da spiele ich nicht mehr mit. Außerdem geht es vielen nur noch um Spekulation. Diese Leute kennen ja gar nicht mehr den Wert von Bildern», Zarts Vater zog eine angewiderte Grimasse, «nur noch ihren Marktwert.» Er nahm eine dicke Zigarre aus einem mit Schildpatt besetzten Schächtelchen.

«Kannst du auf deine morgendliche Zigarre immer noch nicht verzichten?», fragte Zart.

«Sorgst du dich um meine Gesundheit? Das kann dir doch egal sein. Vielleicht kommst du so ja schneller ans Erbe …»

Zart zog es vor, auf diese Spitze nicht einzugehen. «Was

meintest du damit, als du sagtest, du möchtest den Weg, den einige deiner Bilder genommen haben, lieber nicht kennen?»

Zarts Vater hatte seine Zigarre angezündet und paffte dicke Kringel in die Luft. «Viele der Sachen wurden wohl nach dreiunddreißig enteignet!» Er ließ erneut einen Kringel über den Tisch schweben.

«Du meinst, sie stammen aus jüdischem Besitz!»

Zarts Vater antwortete nicht.

«Es gibt inzwischen eine offizielle Stelle, die sich mit der Rückführung solcher Kulturgüter befasst, ob geraubt oder enteignet, spielt dabei keine Rolle!», erklärte Zart.

Sein Vater zuckte mit den Schultern. «Wenn es eine solche Stelle gibt, glaub mir, dann haben sich bestimmt auch die Leute organisiert, die das auf jeden Fall verhindern wollen.»

«Ein Interessenverband? Weißt du etwas darüber?»

«Nicht so direkt.»

«Bist du vielleicht selbst …»

«Was denkst du von mir!» Zarts Vater betrachtete versonnen die Rauchschwaden über dem Tisch. «Ich habe doch schon gesagt, dass ich keine aktive Rolle mehr auf dem Kunstmarkt spiele.»

«Wäre deine Sammlung denn von Rückführungsbestimmungen betroffen?»

Erneut zuckte Zarts Vater mit den Schultern. «Wie lange wird es dauern, bis ein Gesetz, das diese Dinge regelt, verabschiedet ist? Ich werde mich mit Sicherheit vorher von dieser Welt verabschieden, also ist mir die Sache egal. Du kannst dich dann mit diesen Dingen herumschlagen.» Er sah seinen Sohn an. «Dr. Schmitt», sagte er schließlich, «hat bei einer seiner Expertisen, die er für mich erstellt hat, angedeutet, dass der Cézanne und ein Pissarro aus meiner Sammlung vielleicht aus einem Posten geraubter Gemälde der Familie Lévy de Benzion stammen könnten.»

«Volkwin Schmitt?», fragte Zart. «Der Oberkustos der Kunsthalle?»

«Ja!», bestätigte sein Vater. «Der Herr der Echtheit. Auch wenn er ein kleiner, mieser Aufsteiger auf Parteibuchticket ist ... Wenn du irgendwas mit Leinwand und Rahmen hast, kommst du in Hamburg um sein Urteil nicht herum.»

«Und?», fragte Zart erwartungsvoll.

«Nichts und! Es gibt keine Möglichkeiten, die Herkunft stichhaltig zu belegen, da es keine Abbildungen der geraubten Werke mehr gibt! Aber Schmitt hat mir auch gesagt, dass die Ausstellungshäuser und Museen – *weltweit*, das hat er betont, und deswegen nehme ich an, dass es einen heimlichen Interessenverband, zumindest vertrauliche Kommunikation in der Sache gibt – kein Interesse an der Aufarbeitung aller Herkunftsnachweise ihrer Bestände haben. Anscheinend ist bei über zwanzig Prozent aller vor 1930 datierten Bilder die Dokumentation der Besitzverhältnisse zwischen 1939 und 1950 lückenhaft.»

«Das hat er dir gesagt?!»

Zarts Vater nickte.

Grit war inzwischen aufgestanden und schritt die Wände des Nebenraumes ab. Sie versuchte, den Wert der ausgestellten Sammlung – sie war sich sicher, an den Wänden hing nur ein kleiner Teil – zu überschlagen. Sie überlegte. Nein, von einer «Sammlung Zart» war ihr nichts bekannt. Sie hatte vergessen, beim Betreten des Hauses auf das Namensschild zu achten. Zart hatte ihr seinen Vater auch nicht mit Namen vorgestellt, und sie war einer Anrede bislang aus dem Wege gegangen. Sollte sie *Herr Zart* sagen? Den Weg zur Toilette nutzte sie für einen kleinen Abstecher zur Haustür. *Uhlendorff* stand auf dem Messingschild. Dann hieß Zart eigentlich gar nicht Zart, stellte sie etwas enttäuscht fest. War es sein Künstlername als Fotograf? Sie schüttelte nachdenklich den Kopf. Nach Beas Schilderungen von Zarts Vater hatte sie einen dieser Blazerträger mit aufgesticktem Golfemblem erwartet. Stattdessen hatte der Alte es nicht einmal für nötig empfunden, den Morgenmantel abzulegen. Aber nach der Art zu urteilen, wie er sie eben gerade nach Einkommen und Tätigkeit kategorisiert hatte, konnte sie sich schon vorstellen, dass es genug Gründe gab, warum Zart aus diesem Haus geflohen war.

«Hat dir der kleine Abstecher gefallen?», fragte Zart, als sie wieder im Wagen saßen.

«Du hättest mich ja vorwarnen können.»

«Glaub mir, das war nicht geplant. Eigentlich hätte ich bereits bei der Hausnummer stutzig werden müssen, aber postalisch steht das Haus meines Vaters eben nicht an der Elbchaussee, sondern an einer Seitenstraße.»

«*Das Haus meines Vaters?*», wiederholte Grit. «Es war zwar nicht zu übersehen, dass es gewisse Spannungen zwischen euch gibt, aber *das Haus meines Vaters* klingt ja fast so, als wenn er nicht zu deiner Familie gehörte.»

«Enterbt hat er mich, wie du ja nun weißt, noch nicht.»

«Jedenfalls war es eine wirklich unorthodoxe Methode, mich deinem Vater vorzustellen. Jetzt musst du mir nur noch erklären, warum du einen anderen Namen hast.»

«Ganz einfach. *Zart* ist der Geburtsname meiner Mutter. Ich war es einfach leid, ständig mit dem Geschäft des Alten in Verbindung gebracht zu werden.»

Grit kam nicht umhin, das sympathisch zu finden. «Er hat etwas merkwürdige Ansichten ...»

«Merkwürdig ist das richtige Wort», bestätigte Zart. «Allerdings hat er sich dir gegenüber noch von seiner charmanten Seite gezeigt. Meine Mutter hat er zum Schluss nur noch tyrannisiert. Das Einzige, was für ihn zählt, ist beruflicher Erfolg – er hat eben die Seele eines Kaufmanns. Wie er zum leidenschaftlichen Kunstsammler werden konnte, wird mir ein ewiges Rätsel bleiben. In seinen Augen sind alle, die ihren Beruf aus Neigung und Interesse gewählt haben und nicht aus dem Grund, möglichst viel Geld anzuhäufen, Versager. Dabei scheint er völlig zu übersehen, dass die Werke, mit denen er sich umgibt, einzig aus der Harmonie von Beruf und Leidenschaft entstehen konnten und nicht aus der primären Absicht, Geld zu scheffeln und zu Ruhm und Ehre zu gelangen. Aber für unsere Suche hat er uns vielleicht einen entscheidenden Hinweis gegeben. Ich hätte selbst darauf kommen müssen.»

«Was meinst du?»

«Schmitt! Der Kustos der Kunsthalle. Mit ziemlicher Sicherheit hat sich Quast die Echtheit der Modiglianis von Schmitt bestätigen lassen. Warst du schon mal in der Hamburger Kunsthalle?»

«Heute ist Sonntag. Du glaubst doch nicht, dass da außer dem Wachpersonal und dem Hausmeister jemand anwesend ist?»

«Wir sollten es auf einen Versuch ankommen lassen, oder hast du etwas anderes vor?»

Grit fielen sofort mehrere Dinge ein, die sie einem Museumsbesuch liebend gerne vorgezogen hätte. Sie klappte die Sonnenblende herunter und warf einen kontrollierenden Blick in den Schminkspiegel. Die letzten zwanzig Stunden hatten ihre Spuren hinterlassen, und wie lange die Wirkung des Kaffees, den Zarts Vater in weiser Voraussicht stark wie einen Mokka gebrüht hatte, anhalten würde, wusste sie nicht. «Wenn du mich in meinem Zustand noch für gesellschaftsfähig hältst ...» Sie fuhr sich mit den Fingern über die Augenlider. «Wahrscheinlich werde ich irgendwann einfach umfallen und schlafen ...»

Zart bremste plötzlich stark und hielt auf eine Verkehrsinsel zu. «Da haben wir den Salat!», brummte er und deutete auf einen mit weißem Kittel bekleideten Zeitungsverkäufer, der die Sonntagsausgabe einer Boulevardzeitung anpreisend emporhielt. Die großen Lettern der Schlagzeile waren nicht zu übersehen: *Porno-Papst stürzt in den Tod*. Zart reichte dem Verkäufer ein Fünfmarkstück, lenkte den Wagen in eine Parkbucht und faltete die Zeitung auseinander. «*Grausiger Unfall bei der sündigen Bilderschau ...*» Zart flog förmlich über die Zeilen und las halblaut die reißerischen Phrasen eines übermüdeten Nachtredakteurs vor. «*Der bekannte Hamburger Sex-Galerist Hartmut Quast, 63, kam bei einem tragischen Unglück ... bla, bla, bla ... unter den Augen leicht bekleideter Schönheiten ... und so weiter ... wahrscheinlich nach reichhaltigem Genuss alkoholischer ... stürzte von einer vier Meter hohen Galerie! Nach ersten Erkenntnissen und den Angaben teils prominenter Zeugen ... unter den schockierten Gästen befanden sich zahlreiche Kulturmanager aus dem In- und Ausland. Als Vertreter der hamburgischen Kulturpolitik konnten wir Senatsdirektor Hübelheimer, der ebenfalls zu den Anwesenden zählte und das Unglück aus nächster Nähe beobachtete, zu einem kurzen Statement bewegen. Er lobte den Galeristen als eine markante Persönlichkeit des Hamburger Kulturlebens und bezeichnete sein Ableben als herben Verlust ... und so weiter ... und so weiter.*» Zart holte tief Luft und reichte Grit die Zeitung.

Für einen Moment herrschte betroffenes Schweigen.

«Meinst du, es war vielleicht kein Unfall?» Grit betrachtete das Titelbild, das eine Menschentraube vor dem nächtlich beleuchteten Eingang der Galleria Erotica zeigte.

«Nach allem, was du mir erzählt hast, liegt der Verdacht nahe.»

«Du meinst das Gespräch, das ich belauscht habe?»

Zart nickte und ließ den Motor wieder an. «Wir haben gesagt, wir gehen morgen zur Polizei, oder?»

Grit machte ein nachdenkliches Gesicht. Schließlich nickte sie zaghaft. «Gibt es in der Kunsthalle eigentlich einen Modigliani?»

«Ich dachte, du könntest mir das sagen», entgegnete Zart. «Es ist Jahre her, dass ich das letzte Mal in der Kunsthalle war. Und zu dem Zeitpunkt habe ich an Modigliani auch kein sonderliches Interesse gehabt. Mich hat da mehr der Neubau des Ausstellungshauses interessiert.»

«Die Galerie der Gegenwart?»

«Ja, der Ungers-Würfel. Als Studenten hatten wir eine Initiative für den Erhalt der alten Museumsinsel gegründet. Natürlich haben sie die Sechziger-Jahre-Bauten dann doch abgerissen.» Zart seufzte. «Aber zumindest wollte ich mir den neuen Kulturtempel mal von innen anschauen.»

«Und?»

«Der Besuch hat all meine damaligen Befürchtungen bestätigt. Das Ding ist furchtbar. Ein protziges Prestigeobjekt, von der Architektur her so aufdringlich, wie es ein Museum wirklich nicht sein sollte. Insofern natürlich sehr zeitgemäß. Es gibt ja inzwischen überall den gleichen Quark. Es macht doch keinen Unterschied mehr, ob ich Gegenwartskunst in Berlin, Stuttgart oder eben in Hamburg betrachte: Überall Werke von den gleichen Künstlern, jedes Haus ist bestrebt, denselben Querschnitt durch die Post-Beuys-Ära zu zeigen. Überall Installationen, die sich nur vom Namen her unterscheiden und deren künstlerischer Gehalt, wenn überhaupt, nur durch philosophische Exkursionen vermittelt werden kann.» Zart grinste böse. «Und neunzig Prozent der Besucher stehen vor den ausgestellten Kunstobjekten wie der Ochs vorm Scheunentor.»

«Du lässt ja kein gutes Haar an der Gegenwartskunst», bemerkte Grit.

«Die Kunst ist völlig nebensächlich», korrigierte Zart. «Was zählt, ist das Museum als Erlebnispark für die ganze Familie. Disney lässt grüßen! Spätestens im Museumsshop, dem heimlichen Zentrum des Ganzen, empfängt den Besucher die tröstende Eintönigkeit, die er aus den Shopping Malls und Zentren der Großstadt gewohnt ist: überall die gleichen Läden und Filialen. In jeder Stadt das gleiche Angebot ...»

«Na ja, die Häuser brauchen zusätzliche Einnahmequellen, schließlich findet gegenwärtig eine Umwandlung vieler Museen in Stiftungen öffentlichen Rechts statt.»

«Du vergisst dabei, dass diese Umstrukturierung meistens auf eigenen Wunsch, das heißt auf Wunsch der Direktoren, vollzogen wird.»

«Um eben besser wirtschaften zu können», ergänzte Grit. «Dezentralisierung und eigenverantwortliches Handeln, das ist doch an und für sich zu begrüßen, oder?»

«Es klingt gut», erwiderte Zart. «Zumindest in der Theorie. Warten wir mal ab, was dabei herauskommt, wenn die gesamte Museumsarbeit auf die Bereiche Marketing und Öffentlichkeitsarbeit ausgerichtet wird.»

«Zumindest stehen die Leute Schlange», bemerkte Grit und deutete auf die kleine Menschenansammlung, die geduldig vor dem Eingangsportal der Kunsthalle auf Einlass wartete.

Zart schüttelte den Kopf. «Die wollen aber keine Gegenwartskunst sehen.» Er zeigte auf ein großes Transparent, das über dem Eingang des Altbaus im Wind flatterte. «Wenn man nicht genug Besucher hat, dann macht man eine Caspar-David-Friedrich-Ausstellung. Sofort strömt das Publikum herbei, und prompt stimmt die Statistik wieder. Das hat schon funktioniert, als noch keine Kulturmanager am Ruder saßen.»

Sie reihten sich in die Besucherschlange vor dem Eingang ein. Zum Glück ging es zügig voran. Hinter der alten hölzernen Drehtür schlug ihnen der muffige und moderige Geruch entgegen, der für viele Museumsbauten aus alter Zeit so symptomatisch ist. Das Personal an der Garderobe hatte angesichts der sommerlichen Temperaturen wenig Arbeit. Nur hin und wieder forderte ein Sicherheitsbeamter einige Besucherinnen auf, großformatige Hand- und Umhängetaschen an der Garderobe abzugeben. Es war der sinnlose Versuch, potenzielle Diebe sowie geistig verwirrte oder unzurechnungsfähige Attentäter aus dem Strom der Besucher herauszufiltern. Zart empfand dieses Vorgehen als unsinnig, zumal die wasserfesten Marker von Edding sich nur marginal und höchstens in der Farbabstufung von ihren aristokratischen Kollegen der Firmen Lancaster und Chanel unterschieden. Genau genommen stellte ja selbst eine Nagelfeile eine erhebliche Gefahr dar, und selbst der kleinste Parfümflakon konnte Säuren oder andere Substanzen mit zerstörerischer Wirkung enthalten. Gerade in diesem Moment beschwerte sich eine junge Frau empört über eine solche Aufforderung. Sie hatte versucht, mit einer Handtasche, deren Ausmaße geeignet erschienen, eine Plastik von Giacometti darin zu verstecken, die Sicherheitsschranke zu passieren. Der Lautstärke ihrer Stimme nach zu urteilen, genoss sie den Eklat. Als sie sich der Aufmerksamkeit aller hinter ihr Wartenden bewusst war, zog sie eine Packung Tampons aus ihrer Handtasche und fragte den sichtlich verunsicherten Beamten, ob sie die denn als Ohrringe mit sich führen sollte. Mit hochrotem Kopf winkte er die Frau vorbei.

«Die Preise sind aber ganz schön gepfeffert!», sagte Grit und deutete auf eine Tafel.

Zart nahm die Billetts entgegen. «Dafür sind die Eintrittskarten jetzt auch größer und haben ein schönes Bildchen auf der Rückseite.» Er zeigte auf ein Firmenlogo und das Foto einer sportlichen Limousine. «Ist Dr. Schmitt im Hause?», fragte er die Dame an der Kasse beiläufig.

«Heute ist Sonntag. Da finden keine Bewertungen statt. Außerdem ...» Die Frau deutete auf ein kleines Schild an einer Seitentür. *Bewertung von Gemälden und Graphiken nur nach Vereinbarung* war darauf zu lesen.

«Oh», entgegnete Zart, «es handelt sich um ein persönliches Gespräch. Es betrifft einen Museumsankauf.»

«Einen Augenblick, da muss ich nachschauen, ob er in seinem Büro ist.» Missmutig kramte die Frau in einer Schublade und zog schließlich eine Telefonliste hervor. «Dr. Schmitt ist im Hause, aber ich darf ihn am Wochenende nicht ...»

«Richten Sie ihm doch bitte aus, es handele sich um einen Modigliani», unterbrach Zart sie und nannte seinen Namen.

Die ernste Miene der Frau und ihr heftiges Nicken am Telefonhörer gaben zu erkennen, dass sie eine klare Anweisung von höherer Stelle bekam. Etwas schnippisch sagte sie: «Er erwartet Sie in seinem Zimmer. Erst durch das Kupferstichkabinett» – sie zeigte auf die Seitentür mit dem Schild –, «die Treppe rechts und dann der zweite Raum auf der linken Seite.»

Nachdem sie den Publikumsverkehr hinter sich gelassen und die Treppe vom Kupferstichkabinett emporgestiegen waren, empfing Zart und Grit ein Ort der Stille. Vor ihnen erstreckte sich ein langer düsterer Korridor. Die Anzahl der Türen, die von diesem Gang abzweigten, verwies auf eine Zeit, als der Mitarbeiterstab des Hauses offenbar noch nicht auf wenige Führungskräfte und einige unterbezahlte Volontäre beschränkt war.

Oberkustos Volkwin Schmitt erwartete die beiden bereits an der Tür seines Arbeitszimmers. «Da haben Sie aber Glück, dass Sie mich angetroffen haben. Gewöhnlich arbeite ich am Wochenende zu Hause.» Mit einer raschen Armbewegung winkte er Zart und Grit ins Zimmer und schloss die Tür hinter sich.

Vor der ledergepolsterten und mit dicken Messingnieten verzierten Zimmertür wirkte Volkwin Schmitt wie die Karikatur eines Generaldirektors aus der Wirtschaftswunderzeit. Er reichte Zart nur bis etwa zu den Schultern, war dafür aber doppelt so dick. Anstatt auf einem Hals schien sein Kopf auf den Polstern eines Doppelkinns zu ruhen. Schmitts Alter war schwer zu beurteilen. Der spärliche Haarwuchs, dessen Farbton im Einklang mit dem hellgrauen Anzug stand, ließ vermuten, dass er irgendwo in den Fünfzigern stand. Die Knopfreihe von Schmitts altmodischer Weste spannte sich unter dem Druck seiner Körperfülle. Das dazugehörige Sakko hing über der Lehne eines abgewetzten Designersessels von Arne Jacobsen.

Die Wände des Zimmers waren, wie nicht anders zu erwarten, mit großen Bücherregalen voll gestellt. Auf mehreren Tischen häuften sich Akten und Unterlagen, Diakästen und Kunstpostkarten. Gerahmte Graphiken zierten die wenigen freien Wandflächen zwischen den Regalen. Zart warf einen flüchtigen Blick auf eines der Bilder. Natürlich war es ein Original und kein Kunstdruck. In der Position eines Oberkustos umgab man sich nicht mit Reproduktionen. Das Magazin des eigenen Hauses bot schließlich mehr Schätze, als die derzeitige Mode der Bildhängung in Museen zu präsentieren erlaubte.

«Feininger! Eine frühe Skizze», erklärte Volkwin Schmitt beiläufig und schob für Zart und Grit zwei Sessel an seinen Arbeitstisch. «Was führt Sie zu mir?»

Grit zog eine Visitenkarte hervor und reichte sie Schmitt über den Tisch. «Hoffmann.»

Volkwin Schmitt warf einen kurzen Blick auf die Karte und schaute dann in Richtung Zart, der sich ebenfalls vorstellte.

«Wir kennen uns aus der Universität, Herr Schmitt. Ich war Student bei Professor Wachholt. Sie haben einmal ein Seminar über Piranesi abgehalten.»

«Ach, das ist ja schon ein wenig her», sagte Volkwin Schmitt. «Damals hatte ich noch die Assistentenstelle – und Wachholt ist ja inzwischen emeritiert. Dann sind Sie also ein Kollege?» Er blickte erneut auf die Visitenkarte. «ArtSave», murmelte er und zog die Stirn in Falten. «Kenne ich gar nicht. Arbeiten Sie mit Museen zusammen?»

«Ich bin mit der Wiederbeschaffung einer Zeichnung von Modigliani beauftragt und nehme an, dass Sie mir möglicherweise Informationen über den Verbleib des Blattes geben können», erklärte Grit ohne viel Federlesens.

Das Gesicht des Oberkustos blieb ohne jeden Ausdruck. «Wie kommen Sie darauf?»

Zart reichte Schmitt die zusammengefaltete Zeitung und deutete auf die Schlagzeile.

«O mein Gott. Das ist ja schrecklich!», stammelte Schmitt. Seine Überraschung war offenbar nicht gespielt. «Ja, ja. Ich habe tatsächlich vor einiger Zeit von Quast eine Zeichnung von Modigliani erhalten …» Er schob einige Papiere auf dem Schreibtisch beiseite. «Er hat mir ein Blatt ausgehändigt, um es von mir taxieren zu lassen. Das kommt ja häufiger vor … Höchstwahrscheinlich eine frühe Aktstudie.»

«Sie konnten die Echtheit bestätigen?», fragte Grit aufgeregt.

«Ja natürlich. Ohne Zweifel. Aber wie kommen Sie darauf, dass die Zeichnung gestohlen …»

«Von gestohlen war nicht die Rede», fiel Grit ihm ins Wort. «Wie hoch war denn der Preis, den Quast zahlen sollte? Hat er das verraten?»

«Quast sagte, der Verkäufer hätte ihm mehrere Blätter angeboten.»

«Es handelt sich um eine ganze Mappe mit Zeichnungen», bestätigte Zart.

«Ja, eine Mappe», wiederholte Schmitt in Gedanken versunken. «Quast hat mich gefragt, ob vierhunderttausend für das gesamte Konvolut gerechtfertigt seien. Ich habe das bestätigt und ihm gleichzeitig zu verstehen gegeben, dass das Museum an einem Erwerb interessiert sei.»

«Obwohl Sie nur das eine Blatt kannten?», fragte Grit.

«Ja, leider … ich meine, natürlich!»

«Ist vierhunderttausend nicht ein bisschen wenig?», fragte Zart. Ihm schoss die Höhe des Kopfgeldes von der Looser-Liste durch den Kopf. Grit hatte erzählt, der Auftraggeber sei bereit, allein für einen Tipp eine halbe Million zu bezahlen.

«Nein, das hält sich im Rahmen», erklärte Schmitt. Nach einer kurzen Pause fügte er hinzu: «Jedenfalls war das Angebot nicht überteuert.»

«Also ein Schnäppchen», hakte Grit nach. Zart war sich sicher, dass auch sie aufgrund der Kaufsumme stutzig geworden war. «Gibt es eigentlich einen besonderen Grund für Ihr Interesse an dem Modigliani?»

«Nun …» Volkwin Schmitt zögerte für einen Moment. «Das sind natürlich Sachen, die einem nicht alle Tage angeboten werden.»

«Die Blätter lassen sich doch aber in einem Museum nicht ohne weiteres ausstellen», sagte Zart. «Ich denke da an die Motive.»

«Normalerweise gehen Blätter von Modigliani über Auktionen …», erklärte Schmitt, als hätte er Zarts Einwand gar nicht gehört.

«Haben Sie denn jemandem von den Modiglianis erzählt?», fragte Grit.

«Ja, Senatsdirektor Hübelheimer natürlich. Ich wollte ausloten, ob die Kulturbehörde einen Zuschuss für den Ankauf arrangieren könne.»

«Zu dem es dann nicht gekommen ist», konstatierte Zart.

«Ich habe das Blatt mit der Expertise an Quast zurückgegeben. Quast hat mir kurz darauf signalisiert, der Besitzer habe kein Interesse mehr am Verkauf.»

«Noch bevor Sie grünes Licht von Hübelheimer bekamen?»

«Ja. Ich habe nicht einmal den Namen des Eigentümers in Erfahrung bringen können.»

«Tomasz Wiegalt!»

«Sie kennen ihn?» In Schmitts Augen blitzte Hoffnung auf. «Ist er eventuell doch zum Verkauf bereit?»

«Eher nicht», murmelte Zart.

«Will er mehr Geld?», fragte Schmitt. Im gleichen Atemzug setzte er hinzu: «Da ließe sich vielleicht etwas arrangieren.»

«Nein, er ist tot», bemerkte Zart trocken.

«Und die Mappe?» Die Nachricht vom Tod eines weiteren Beteiligten schien Volkwin Schmitt nicht sonderlich zu berühren.

«Keine Ahnung. Deswegen sind wir hier», sagte Grit.

Es war mehr Enttäuschung als Überraschung, die sich in Schmitts Gesichtszügen spiegelte. Einen Augenblick lang schien es, als wolle er eine Erklärung abgeben, dann überlegte er es sich aber anders, sackte in seinem Sessel zusammen und riss schließlich etwas theatralisch die Arme empor. «Ich wüsste nicht, wie ich Ihnen helfen könnte. Aber ich werde Sie natürlich sofort davon unterrichten, falls mir über den Verbleib der Mappe etwas zu Ohren kommt.» Mit diesen Worten erhob sich Schmitt und streckte Zart und Grit, als wolle er jede weitere Frage unterbinden, die Hand zum Abschied entgegen.

«Ich hatte das Gefühl, die Sache beschäftigt ihn mehr, als er bereit ist, zuzugeben», bemerkte Grit, als sie das Treppenhaus hinter sich gelassen hatten und dem Ausgang der Kunsthalle zustrebten.

«Fragt sich nur, warum», grübelte Zart. «Durch seine Hände gehen doch täglich Bilder von weitaus höherem Wert. Warum hat er gerade an diesen Zeichnungen ein solches Interesse?»

«Keine Ahnung. Aber er weiß ganz offenbar auch nicht, wo die Mappe ist.»

«Da magst du Recht haben.» Zart kniff die Augen zusammen und tastete seine Hemdtasche vergeblich nach einer Sonnenbrille ab. Das Tageslicht blendete ihn.

Grit schien es nicht anders zu gehen. Auch sie rieb sich die tränenden Augen. «Zumindest wissen wir jetzt, warum Wiegalt nicht mehr verkaufen wollte.»

«Er hat über eure Liste erfahren, dass die Zeichnungen viel mehr wert sind, als er ursprünglich haben wollte. Aber der Zeitpunkt, zu dem ihr die Zeichnung ins Internet gestellt habt, macht mich stutzig.»

«Du meinst, jemand wollte verhindern, dass Quast die Blätter erwirbt. Schmitt vielleicht?», fragte Grit.

«Nein. Da war die Zeichnung ja noch bei Schmitt, der dachte, er könne alles für einen Appel und ein Ei kaufen.»

«Aber Schmitt ist einer der wenigen, der von dem Modigliani wusste.» Endlich hatten sie die Tiefgarage erreicht. Es war erfrischend kühl, und Grit bekam sogleich eine Gänsehaut.

Zart öffnete die Wagentür. «Du vergisst, dass er erst von Quast erfahren hat, dass die Mappe nicht mehr zum Verkauf steht. Außerdem kannte er den Namen des Verkäufers nicht. Hast du nicht gesehen, wie seine Augen aufleuchteten, als er die Möglichkeit sah, die Zeichnungen vielleicht doch noch zu bekommen? Dieser Hoffnungsschimmer kann unmöglich gespielt gewesen sein.»

«Und jetzt?» Grit ließ sich in den Ledersitz fallen.

«Wir werden nochmal mit Wachholt sprechen. Nur über ihn kommen wir an Seligmann ran.» Zart startete den Motor. Dem Widerhall der durchgerosteten Auspuffanlage folgte eine bläulich gefärbte Rußwolke, die vom langsamen Verfall der überalterten Zylinderkopfdichtung kündigte. Zart hob die Stimme, um gegen den Lärm, der im Gewölbe der Tiefgarage martialische Ausmaße annahm, anzureden. «Zumindest kommen wir nicht weiter, wenn wir nicht wissen, wer der Auftraggeber von ArtSave ist.» Vor der Schranke klappte Zart die Sonnenblenden herunter. Dann nahm er Kurs in Richtung Bergedorf.

Kattowitz 1942

Als Leiter der Treuhandstelle genoss Martin Repsold zwar hohes Ansehen im Apparat, aber seine Stellung garantierte ihm keinesfalls Immunität. Vor allem nach dem Brief, den Justus Dürsen ihm aus Paris geschickt hatte, musste er auf der Hut sein. Nachdem ihm Justus drei Wochen zuvor telegraphiert hatte, dass Perreaux verhaftet worden war, hatte Martin Repsold bereits alle notwendigen Vorsichtsmaßnahmen getroffen, aber nach dem ausführlichen Brief, der ihn vor zwei Tagen erreicht hatte, rechnete er nun doch mit dem Schlimmsten. Die Bilder hatte Perreaux vorher noch verschiffen können, aber Bolds Häschern waren mit dem Franzosen auch die Listen in die Hände gefallen. Wahrscheinlich ahnte Bold, dass Perreaux ihn auch in der Schweiz hintergangen hatte, und setzte nun alle Hebel in Bewegung, um an die Codes für die Nummernkonten zu gelangen.

Die ganze Transaktion war aufgeflogen, weil Reichsmarschall Göring persönlich für die Kunstsammlung auf seinem pompösen Landsitz *Karinhall* bestimmte Bilder aus der Sammlung Rothschild haben wollte. Bei der Durchsicht der Bestände im Jeu de Paume konnten die Bilder nicht gefunden werden, also hatte man sämtliche Transportbriefe kontrolliert und festgestellt, dass einige Kisten aus dem Jeu de Paume nicht, wie vorgesehen, nach Berlin, sondern nach Bordeaux gebracht worden waren. Alle Transportbriefe mit der geänderten Zielbestimmung trugen die Unterschrift von Perreaux.

Bislang hatte Perreaux offenbar geschwiegen, aber Justus meinte, es sei nur eine Frage der Zeit, bis Bold den Weg zu Martin zurückverfolgen könne; er solle sich schleunigst absetzen.

Seine Frau und Elena hatte Martin daraufhin sofort in Sicherheit gebracht. Jetzt wartete er nur noch darauf, dass Pjotr die Modiglianis abholte, dann würde er Frau und Tochter nachfahren. Die Mappe konnte er bei seiner Flucht unmöglich mitnehmen. Bei Pjotr, dem Sohn seiner Vermieterin, war sie gut aufgehoben. Auf Pjotr konnte er sich verlassen, und im Haus der Wiegalts gab es Winkel genug, um sie zu verstecken. Er hatte schließlich auch die Passierscheine für Inge und Elena besorgt. Außer ihm selbst wusste nur seine Frau von dem Geheimnis, welches die Mappe barg. Zumindest hoffte Martin, dass sie den Hinweis, alle Dokumente seien bei Jeanne Hébuterne, richtig einzuordnen wusste. Aber schließlich hatten ihre Gespräche über die Zeichnungen mehrmals zu heftigen Kontroversen geführt, daran würde Inge sich erinnern.

Martin Repsold blickte zur Uhr. Es blieben ihm noch knapp zwei Stunden, wenn er den Zug erreichen wollte. Wo blieb Pjotr nur? Endlich klopfte es an der Tür. Er ging zum Fenster und schob vorsichtig den Vorhang beiseite. Vor dem Haus hielt ein dunkler Wagen mit laufendem Motor. Im Lichtkegel der Scheinwerfer stand ein Mann mit Hut und langem Mantel, der gerade eine Zigarette in den Rinnstein schnippte.

Er wusste, was das zu bedeuten hatte: Bold war ihm bereits auf die Spur gekommen. Die ledernen Mäntel der beiden Männer, die sein Arbeitszimmer kurz darauf betraten, machten jeden Ausweis überflüssig. Er ahnte auch im Voraus, was sie zu ihm sagen würden.

«Herr Repsold?! Würden Sie uns bitte begleiten!», forderte ihn einer der beiden Männer mit ruhiger Stimme auf.

Er trat hinter seinen Schreibtisch. «Könnte ich bitte einem Mitarbeiter noch eine Notiz …»

Der zweite Mann schüttelte energisch den Kopf und stellte sich mit verschränkten Armen vor den Tisch. Der andere Mann hielt seine Hände gelassen in den Manteltaschen. Genau in diesem Augenblick tauchte ein Kopf im Türrahmen auf.

Sollte Pjotr ihn verraten haben? Nein, dieser Gedanke erschien Martin absurd. Pjotr wusste doch von alledem nichts. Jetzt galt es, die Nerven zu behalten.

Auch die beiden Männer schienen von der plötzlichen Anwesenheit eines Zeugen überrascht. Zumindest verhielten sie sich zurückhaltend.

«Da sind Sie ja, Otto!» Martin Repsold schaltete schnell. «Ich wollte Ihnen schon eine Nachricht schreiben ...»

Pjotr hatte sofort verstanden. «Sie wollten mir die Mappe geben.»

«Ja, die beschlagnahmten Graphiken. Sie müssen dringend nach Berlin», log Martin. «Reichsleiter Rosenberg erwartet sie bereits!» Er zog eine graue Mappe aus einem der Regale und legte sie auf den Schreibtisch.

Der kleinere der beiden Männer trat einen Schritt vor und legte seine Hand auf die Mappe. Nachdem er Martin aufgefordert hatte, die Mappe zu öffnen, begutachtete er mit skeptischem Blick den Inhalt. «Das ist ja ekelhaft!», rief er, nachdem er alle Blätter ausgiebig betrachtet hatte.

«Ja, Judenkunst!», sagte Martin und schlug die Mappe zu. «Wichtige Exponate für eine Ausstellung über entartete Kunst in Berlin.»

Pjotr nahm die Mappe entgegen.

«Gut. Können wir dann?», sagte der größere der beiden Männer ungeduldig und deutete zur Tür.

Martin Repsold nickte und nahm seinen Mantel. Der Blick, den er Pjotr beim Hinausgehen zuwarf, war ein Abschied für immer.

Coq au vin

Als Zart die Schnellstraße nach Bergedorf erreicht hatte, war Grit ihrer Müdigkeit unterlegen. Selbst die harten Federstöße, mit denen der Wagen die Unebenheiten des Asphalts auszugleichen versuchte, vermochten sie nicht wach zu halten. Völlig entspannt ruhte sie neben ihm auf dem Beifahrersitz. Die Sonnenbrille war ihr etwas von der Nase gerutscht, und ihr Kopf folgte jeder Lenkbewegung. Zart musste an ihre erste Begegnung im Taxi denken. Das leichte Sommerkleid, das sie immer noch trug, hatte sich bis zu ihren Hüften hochgeschoben. Während des kurzen Zeitraumes, den sie sich kannten, hatte sich viel verändert. Grit legte den Kopf mechanisch auf die andere Schulter und gab einen murmelnden Laut von sich, als Zart den Träger ihres Kleides mit einer vorsichtigen Handbewegung an seine ursprüngliche Position zurückschob. Zart zwang sich, die Augen auf den Verkehr zu richten. Auch er war müde.

Grit erwachte genau zu dem Zeitpunkt, als Zart den Wagen durch das Tor von Professor Wachholts Anwesen lenkte. «Wir hätten zumindest vorher anrufen können.» Nach einem kritischen Blick in den kleinen Spiegel der Sonnenblende schüttelte sie den Kopf, sank zurück in den Sitz und rückte ihre Sonnenbrille zurecht. «Furchtbar!», stöhnte sie. «Ich bin reif für die Schönheitsfarm.»

«Tut mir Leid, wenn ich deine Schlafkur unterbrochen habe.»

Grit fuhr sich mit dem Finger über ihre Lippen und benetzte sie mit der Zunge. «Guck mich bloß nicht an! Ich seh schrecklich aus!»

Zart warf ihr ein Lächeln zu. Der Kies knirschte unter den

Reifen, als er den Wagen vor dem kleinen Gutshaus zum Stehen brachte. Die Haustür stand offen.

Nach wenigen Augenblicken erschien Wachholt im Türrahmen und streckte ihnen die Hände entgegen. «Seid mir gegrüßt – ich freue mich ...»

«Wir kommen nicht ungelegen?», fragte Zart.

«Ach was!» Wachholt schüttelte energisch den Kopf. «Ich muss gestehen, ich habe euren Besuch erwartet – wenn auch nicht ganz so schnell.» Er blickte auf den Wagen. «Und nicht ganz so laut! Was verschafft mir die Ehre?»

«Es ist einiges passiert, von dem Sie Kenntnis haben sollten», sagte Zart.

«So? Na dann schießt mal los. Am besten setzen wir uns auf die Veranda.» Wachholt machte eine auffordernde Armbewegung. «Kann ich euch etwas anbieten?»

«Einen Kaffee vielleicht», ertönte es wie aus einem Munde, und Grit und Zart mussten lachen. «Wir hatten etwas wenig Schlaf die letzten Tage», erklärte Zart.

«Wie man sieht», fügte Grit verlegen hinzu und rückte ihre Sonnenbrille zurecht.

Der Professor zuckte nur mit den Schultern. «Das soll vorkommen ...»

«Bei dem Wetter ist Eiskaffee genau das Richtige!» Wachholt stellte drei große Gläser mit Strohhalmen und eine Schale mit Gebäck auf den Verandatisch. Dann rückte er die Stühle zurecht und ließ sich mit einem beherzten Stöhnen in einen der tiefen Sessel fallen. «Also, was ist passiert?»

Der Reihe nach erzählten Grit und Zart, was sich seit ihrem letzten Besuch ereignet hatte.

«Ja, ihr könntet Recht haben mit der Vermutung, dass Volkwin Schmitt in der Sache drinsteckt», sagte Wachholt schließlich, nachdem er eine Zeit lang nur still dagesessen hatte. «Er ist mit der Tochter eines Kunsthistorikers verheiratet, der in der Nazizeit als entartet geltende Kunstwerke vor der Vernichtung gerettet hat – Martin Repsold. Er gilt übrigens seit 1942 als verschollen …»

«Erzählen Sie!» Gespannt beugten sich Grit und Zart vor.

«Vielleicht hat Schmitt über seine Frau etwas erfahren, sozusagen als Nachlass ihres Vaters. Zuletzt war Repsold Leiter der Treuhandstelle-Ost in Kattowitz, wo …»

«Das würde passen!», fiel Grit dem Professor ins Wort. «Sowohl Wiegalt als auch sein Freund Pawlik, dieser Tänzer von Bea, kamen aus Kattowitz. Pawlik hat erzählt, Tomasz Wiegalt hätte die Mappe von seinem Vater geerbt!»

«Ja, so wird es sein», murmelte Wachholt. Er wirkte abwesend und hatte die Augen geschlossen. «Natürlich. Ich hätte auch früher darauf kommen können.» Er schlug mit der flachen Hand leicht auf den Tisch. «Nicht nur ich, auch Seligmann … So wird es sein. Jetzt wird mir einiges klar.» Wachholt hatte die Augen immer noch geschlossen, faltete die Hände wie zum Gebet und fuhr sich nachdenklich über sein Gesicht. Schließlich richtete er sich im Sessel auf und griff tastend nach seinem Eiskaffee. «Martin Repsold», begann er, «Schmitts Schwiegervater, hatte vor seiner Zeit in Kattowitz bei der Erfassung von Beutekunst in Paris gearbeitet – im Museum Jeu de Paume, wo die Nazis die künstlerische Beute ihres Raubzuges durch Frankreich zwischengelagert hatten, von wo aus sie auf die Museen in Deutschland verteilt werden sollten.» Wachholt kontrollierte mit einem kurzen Augenaufschlag, ob Zart und Grit seiner Erzählung folgten, dann ließ er sich in seinen Sessel zurückfallen und schlug die Beine übereinander. «Zusammen mit einem Franzosen», Wachholt kratzte sich nachdenklich an der Schläfe, «sein Name war, soweit ich mich erinnere, Perreaux, hat Repsold ein riesiges Kontingent von

Kunstwerken aus dem Jeu de Paume nach Übersee geschafft.» Er lächelte – zumindest für einen kurzen Augenblick. Dann verfinsterte sich seine Miene. «Der Franzose wurde aber schließlich vom Leiter der zuständigen Devisenfahndungsbehörde in Paris, Bold, enttarnt.»

Grit warf Zart einen fragenden Blick zu. «Und was ist aus den Bildern geworden?»

«Hmm.» Der Professor zuckte mit den Schultern. «Die haben sich wohl in alle Winde verstreut: Museen, Sammler ...»

«Ein Fall für die Koordinierungsstelle», sagte Zart.

«Eigentlich schon, ja! Aber das Problem dabei ist, dass man überhaupt nicht weiß, wonach man suchen soll. Schließlich kennt man weder die Titel der Bilder, noch hat man Abbildungen.» Wachholt holte tief Luft. «Stellt euch einfach vor», fuhr er fort, «dass im Besitz einer Familie ein Bild war, sagen wir ...», er fuchtelte mit den Händen, «von Cézanne. Aber ihr kennt weder den genauen Titel, noch habt ihr ein Foto von dem Bild. Euch stehen nur zwei Informationen zur Verfügung, um es zu finden: Erstens eine bescheidene Bildbeschreibung, sagen wir einen Hinweis, dass das Bild eine Ansicht des Mont Saint-Victoire zeigt, und zweitens, dass es am Soundsovielten in Paris beschlagnahmt wurde. Punkt.»

«Unmöglich!», bemerkte Grit. «Cézanne hat bestimmt Hunderte von Bildern vom Mont Saint-Victoire gemalt, und viele von ihnen werden den gleichen Titel tragen ...»

«So ist es», stellte der Professor fest. «Jetzt könnt ihr euch ungefähr ein Bild von der Arbeit in der Koordinierungsstelle machen. Ohne Abbildung ist es die sprichwörtliche Suche nach der Nadel im Heuhaufen. Jedes Bild von Cézanne, das den Mont Saint-Victoire zeigt, müsste auf seine Herkunft und seine Erwerbungsgeschichte hin untersucht werden. Und selbst das ...» Wachholt tippte mit dem Finger auf die Tischplatte, «garantiert keinen Erfolg, denn wir wissen gar nicht, ob das Bild, das wir suchen, überhaupt noch existiert, und außerdem können wir nur den Weg derjenigen Bilder zurückverfolgen, die sich in öffentlichen oder, sagen wir, öffentlich zugänglichen Sammlungen befinden. Von vielen berühmten Bildern wissen wir ja, dass sie über irgendein Auktionshaus versteigert oder verkauft wurden, aber nicht, wer der momentane Besitzer ist. Und so weiter, und so weiter ...»

«Und das machen Sie alles in der Koordinierungsstelle?», fragte Zart.

«Natürlich nicht!», bemerkte Wachholt. «Dafür bräuchte man ein millionenschweres Budget und Tausende von Mitarbeitern.» Er klatschte in die Hände. «Nein, wir wollen das Prozedere abkürzen und die Sache vom Schwanz her aufwickeln. Die Idee ist, dass sämtliche Museen, Stiftungen und sonstigen Sammlungen der Koordinierungsstelle von allen ihren Werken, deren Herkunftsnachweise zwischen 1930 und 1950 lückenhaft sind, Abbildungen zur Verfügung stellen, die von unserer Seite aus in einem Zentralregister erfasst und veröffentlicht werden ...»

«Das ist ja genau das, was ArtSave macht!»

«Nur ohne kommerziellen Hintergrund und etwas umfangreicher», sagte Wachholt. «Aber so weit, dass die Koordinierungsstelle einen Katalog veröffentlichen könnte, sind wir noch lange nicht.»

«Das würde voraussetzen, dass alle Institutionen mitspielen», sagte Zart.

«Genau daran arbeiten wir momentan», entgegnete Wachholt.

«Und was, wenn das Vorhaben von anderer Seite aus, sagen wir von einem heimlichen Zweckverband privater und institutioneller Sammler, torpediert wird?», fragte Grit.

«Damit muss man natürlich immer rechnen.» Wachholt lehnte sich zurück. «Aber wie es aussieht, gibt es ja nun einen

Hoffnungsschimmer am Horizont. Nach allem, was ihr erzählt habt, kann ich mir vorstellen, dass die Mappe mit den Modiglianis ein Hinweis für den Verbleib von Hunderten, vielleicht sogar von Tausenden von Bildern ist.»

«Die vielleicht bis zum heutigen Tag unerkannt an den Wänden des Louvre, in der Tate Gallery oder des Moma in New York hängen ...», ergänzte Zart.

«Das ist nicht auszuschließen.» Wachholt kratzte sich am Handrücken.

«Meinen Sie, es gibt vielleicht einen Kontakt zwischen Seligmann und ArtSave?» Grit beugte sich vor. «Wir wissen nur, dass der Auftrag an ArtSave aus Hamburg kam.»

«Der offizielle Vertreter der Koordinierungsstelle in Hamburg ist Senatsdirektor Hübelheimer. Ich werde mich als Kurator der Koordinierungsstelle mit ArtSave in Verbindung setzen. Vielleicht kann ich auf dieser Ebene erfahren, wer der Auftraggeber ist. Wer ist denn Ihr Chef?»

Grit schob Wachholt eine Visitenkarte von Hirtmeyer über den Tisch. «Er ist zurzeit auf einem Kongress in Zürich.»

Für den Bruchteil einer Sekunde veränderte sich Professor Wachholts Gesichtsausdruck, als er einen Blick auf die Karte warf. «Dolf Elias Hirtmeyer», las er vor. «Schon komisch, wie viele vor 1945 geborene Männer Dolf oder Adi heißen.»

Er steckte die Visitenkarte ein. «Ich werde mich gleich morgen mit ArtSave in Verbindung setzen, und jetzt ...» Wachholt erhob sich, «brauch ich eure Hilfe in der Küche, damit wir zum bequemen Teil des Tages übergehen können.» Mit einer gebieterischen Geste kam er jedem Protest der beiden zuvor. «Ihr habt mich das letzte Mal schon mit meinen Bratkartoffeln alleine gelassen. Heute habe ich noch einen Hahn auf dem Küchentisch liegen. Keine Angst, gerupft ist er schon – wir müssen ihn nur noch betrunken genug machen, um ihn davon zu überzeugen, ein *Coq au vin* zu werden.»

Obwohl Grit mehr als einmal ins Gähnen gekommen war, fanden sie sich erst weit nach Sonnenuntergang auf der Landstraße in Richtung Hamburg wieder. Zur Müdigkeit gesellten sich nun auch die Folgen des Rotweins, den sie in nicht gerade spärlicher Menge genossen hatten.

«Dein Professor wird mir immer sympathischer!», verkündete Grit und reckte ihre Arme genießerisch, so weit es die beengten Platzverhältnisse im Wagen zuließen. Mit einem unterdrückten Gähnen kuschelte sie sich an Zarts Schulter.

«Du meinst, wegen der kulinarischen Genüsse?»

«Ich kann mir schon vorstellen, wie dein Studienalltag bei Wachholt ausgesehen hat», kicherte Grit und gab sich keine besondere Mühe, den leichten Schwips in ihrem Tonfall zu verbergen. «Nein, allen Ernstes, ich glaube, ich habe selten so gut gegessen wie in den letzten Tagen. Außerdem hatte ich den Eindruck, dass auch Wachholt den Abend genossen hat. Er gibt sich eine solche Mühe. Aber ich frage mich: Woher weiß er das nur alles? Ist doch komisch, oder?»

«Du hast Recht, Grit. Es macht den Eindruck, als hätte er sich nie mit etwas anderem beschäftigt. Grit?»

Zart vernahm nur noch ein undefinierbares Brummeln, dann spürte er ihren warmen Atem, der langsam durch den Stoff seines Hemdes drang.

Habe Pawlik im Studio einquartiert. Gruß, Bea. Die Nachricht auf dem Zettel an der Tür war unmissverständlich – aber auch das bot nur eine unbedeutende Entscheidungshilfe. Als die beiden kurz darauf Zarts Gemächer schlaftrunken und eng umschlungen betraten, pendelte die Bandbreite ihrer beider Erwartungen irgendwo zwischen hemmungslosem Sex und narkoseartigem Tiefschlaf.

Abgründe

Liebevoll strich Jochen Hübelheimer mit den Fingern über den versilberten Schriftzug, und für einen kurzen Augenblick spielte ein Lächeln um seine Mundwinkel. Dann blickte er sich kontrollierend um und ließ, als er sich vergewissert hatte, dass ihn niemand beobachtete, die Schlüssel genussvoll um den Mittelfinger der rechten Hand kreisen. Ein Daimler vor der Haustür, der Austin und das Cabrio seiner Frau in der Doppelgarage, und alle Wagen frisch restauriert. Über die automobile Zukunft der Familie brauchte er sich keine Gedanken zu machen. Er betrachtete die schlichte Backsteinfassade seines Eigenheimes. Größe und Ausstattung waren schon in Ordnung, und auch der Garten gefiel ihm so, wie er war. Aber die Adresse! Jochen Hübelheimer presste die Lippen zusammen. Die Adresse gab einfach nichts her. Er ließ seinen Blick über die Flucht der einheitlich in rotem Backstein erbauten Villen in der Straße schweifen. Nun ja, den zwanziger Jahren mochten die Häuser schon etwas Besonderes gewesen sein, als ihre Bauherren, vornehmlich Ärzte und Rechtsanwälte, sie errichten ließen. Sogar einige Architektenhäuser fanden sich in der Straße. Für den akademisch-bürgerlichen Berufsstand war ein Domizil in den Walddörfern sicherlich erste Wahl gewesen. Aber nun, Jahrzehnte später, waren die ganzen Klinker- und Rotsteinhäuser, die sich nur noch durch ihre Dächer- und Giebelformen oder die Farben ihrer Fensterläden unterschieden, einfach nicht mehr angesagt. Seiner Frau würde die Idee sicher gut gefallen, aber er wollte mit dem Standortwechsel zumindest noch so lange warten, bis auch Annabel aus dem Hause war. Das Abitur hatte seine jüngste Tochter in der Tasche, nun hieß es nur noch, das Nesthäkchen von den Vorzügen einer ihrem angestrebten

Lebensstil adäquaten Ausbildung zu überzeugen – natürlich im Ausland. Bislang war Annabel ja der Meinung, sie könne ihr Leben im Nest der Eltern fortsetzen. Dabei stand ihr mit den Beziehungen, die ihr Vater hatte, doch die Welt offen: Guggenheim, Modern Art, Getty-Museum, sie konnte es sich aussuchen, und er würde es arrangieren. Schließlich standen sie jetzt alle in seiner Schuld. Alle! Jochen Hübelheimer seufzte. Wenn er damals diese Möglichkeiten gehabt hätte. Aber sein Vater war Klavierbauer gewesen – was konnte man da schon erwarten …? Langsam, Treppchen für Treppchen, hatte er sich nach oben kämpfen müssen, hatte Demütigungen und Erniedrigungen ertragen, sich Politikern und Wirtschaftsbossen unentbehrlich gemacht, immer mit dem Ziel vor Augen, eines Tages die Regie zu übernehmen. Und er hatte es geschafft. Ohne seine Zustimmung standen die kulturellen Räder der Stadt still. Kein Werkvertrag wurde vergeben, kein Volontär eingestellt, und kein Ankauf konnte getätigt werden, ohne dass er, Senatsdirektor Jochen Hübelheimer, seinen Segen dazu gab. Niemand kam an ihm vorbei.

Sein alltäglicher Arbeitseinsatz beschränkte sich inzwischen nur noch auf das Delegieren. Trotzdem zierte sein Name jede zweite kulturwissenschaftliche Veröffentlichung der letzten Jahre. Natürlich nicht als Autor – Autoren waren Handlanger –, sondern als Herausgeber; und wenn nicht als solcher, so hatte er zumindest das Vorwort beigesteuert. Sortiert nach Herausgebern, und das sollte schließlich in jeder korrekten Bibliographie so sein, umfasste die Liste dieser von ihm herausgegebenen Bücher immerhin ein paar Seiten – dass die Hauptarbeit dabei immer einer seiner Mitarbeiter leistete, interessierte niemanden. Seine Reputation war makellos.

Aber bisher war sein Ruhm allzu sehr auf die lokale Ebene beschränkt gewesen. Wirklich schade, dachte Jochen Hübelheimer, dass ihm niemals eine gebührende Anerkennung für seinen kleinen, aber entscheidenden Winkelzug zukommen würde. Der Dienst, den er den Kunstmuseen weltweit geleistet hatte und der die Direktoren in aller Stille hatte aufatmen lassen, würde niemals an die Öffentlichkeit gelangen. Die Bestände waren gesichert, und wenn überhaupt, so würde es Jahre dauern, bis alle entsprechenden Kataloge durchforstet und aufgearbeitet waren.

Mehr als eine Hand voll der betreffenden Bilder waren für die jeweiligen Museen und Sammlungen Aushängeschilder, mehr noch, es waren Publikumsmagneten. Nicht auszudenken das Debakel, wenn sie unter dem moralischen Druck der Öffentlichkeit zurückgegeben werden müssten. Aber das war nicht der Hauptgrund, nein, es ging hier nicht um Besitz- oder Eigentumsfragen, mit dem sich ein Museum profilieren konnte. Auch war es keine Sache von Nationalstolz. Sofort wäre jeder anständige Direktor bereit gewesen, die Bilder an Museen anderer Länder zurückzugeben, schließlich kreisten die meisten von ihnen so oder so ununterbrochen als Leihgaben rund um den Globus. Die wirkliche Gefahr bestand darin, dass ein Großteil der umstrittenen Werke am Ende in privaten und anonymen Sammlungen landen würde und für die Öffentlichkeit verloren wäre. Es hatte in den letzten Jahren abschreckende Beispiele genug gegeben: Nachdem die Erben der mehrheitlich jüdischen Vorbesitzer – meistens waren es irgendwelche entfernten Verwandten, Cousins und Nichten zweiten oder dritten Grades – eine Rückgabe vor Gericht erstritten hatten, verschwanden die Werke aus den Augen der Öffentlichkeit, denn nach der Rückgabe war es mit der angeblich so persönlichen Bindung und der Erinnerung an die selbstredend gemeinnützige Familientradition natürlich schnell vorbei. Nachdem diese Herrschaften sich über den Marktwert im Klaren waren, konnten sie den persönlichen Verlust auf einmal ohne weiteres verschmerzen, und es wurden internationale

Auktionshäuser eingeschaltet, um einen möglichst hohen Profit zu erzielen.

Anfangs hatte man in den Museen noch gedacht, man könne die Bilder zurückkaufen, aber die Gesetze des Marktes hatten diese Illusion schnell zerstört. Nach mehreren alarmierenden Präzedenzfällen hatten sich die führenden Museumsleute zu einer Krisensitzung getroffen und beschlossen, im Dienste der Kunst und im Sinne des öffentlichen Auftrages tätig zu werden.

Die Aufarbeitung der Bestände sollte im Schneckentempo voranschreiten – Erklärungsnöte gab es nicht. Zu Zeiten, da auch von Museen verlangt wurde, profitorientiert zu arbeiten, war es nicht schwer, die inoffizielle Untätigkeit mit Personalmangel zu begründen.

Hübelheimer entsicherte die Alarmanlage und schloss die Tür auf. Wenn das mit Annabel erledigt war, würden sie das Haus verkaufen und dann: Entweder eine Villa an der Alster oder am Falkenstein mit Blick auf die Elbe – das war's, was er anstrebte. Noch vier Jahre bis zur Pensionierung, dann würde er auch seine Professur an den Nagel hängen, und er hätte endlich genug Zeit. Zeit zum Reisen und die Möglichkeit, den grauen Hamburger Monaten mit einem Aufenthalt in sonnigen Gefilden zu entfliehen.

Der Einzige, der ihm noch in die Quere kommen konnte, war Schmitt. Im Nachhinein ärgerte sich Hübelheimer über seine eigene Knauserigkeit und darüber, dass er den Kauf der Modiglianis am Ende abgelehnt hatte. Wenn die Mappe in den Handel geriet und Schmitt davon erfuhr. Der Oberkustos würde eins und eins zusammenzählen, und es wäre ihm ein Leichtes … Jochen Hübelheimer mochte nicht darüber nachdenken, zumal Schmitt, dieser kleine Klops, immer noch beleidigt war, dass die Koordinierungsstelle nicht ihn als Kulturbeauftragten für Rückführungsfragen auserkoren hatte. Das würde jemand wie Schmitt nie begreifen: Es ging eben nicht um Qualifikationen, sondern nur darum, wer besser repräsentieren konnte und die besseren Kontakte hatte, und das war er, Jochen Hübelheimer.

Aber worüber machte er sich da Gedanken? Filme und Listen waren in Sicherheit. Niemand brauchte etwas zu befürchten. Er legte den Brief von Alan Jersey von der Gallery of Modern Graphics neben das Telefon auf den Tisch und betrachtete nochmals das Foto, das dem Brief beigelegt war. Die Bude war schlichtweg lächerlich; da hätte Jersey ihm genauso gut ein Blockhaus in den Everglades anbieten können. So ging das nicht. Schließlich hatten seine Recherchen ergeben, dass die Gallery im Besitz von 16 Zeichnungen und zwei Drucken von der Liste war, allesamt Stücke der Spitzenklasse

Für eine Platzreservierung war es natürlich zu spät gewesen. Aber Grit hatte Glück gehabt. Obwohl der Zug wider Erwarten selbst in der ersten Klasse rammelvoll war, hatte sie noch einen freien Sitzplatz ergattern können. Nachdem sie einen flüchtigen Blick in das ICE-Magazin geworfen hatte – die Artikel waren ungefähr so interessant wie die Fernsehzeitung von der letzten Woche –, verstaute sie es zusammen mit dem Reiseplan in der kleinen Netztasche an der Rücklehne ihres Vordermanns und wartete, bis sich der Tumult um sie herum gelegt hatte. Als alle ihre Plätze gefunden hatten und Koffer und Taschen in den spärlich bemessenen Gepäckfächern untergebracht waren, kehrte langsam Ruhe ein. Nachdem sie die mittlere Armlehne kampflos ihrem Nebenmann überlassen hatte, rückte Grit ihren Sessel zurecht, schaltete ihr Powerbook ein und versuchte, sich auf die Arbeit zu konzentrieren. Aber was hieß Arbeit? Es gab eigentlich nichts, was sie in diesem Moment noch tun konnte. Wieder und wieder verglich sie die Daten der einzelnen Dokumente – es ergab einfach keinen Sinn. Um sich abzulenken, blätterte sie schließlich durch die kleine Bilddatenbank von Werken Modiglianis, die sie sich angelegt hatte. Die glutvollen Blicke ihres Sitznachbarn, der ihr über die Schulter schaute, nahm sie nicht wahr. Sosehr sie sich auch bemühte – ihre Gedanken waren bei Zart.

Sie ärgerte sich maßlos über die Macht ihrer Gefühle. Dabei fiel es ihr doch sonst so leicht, Geschäftliches und Privates auseinander zu halten. Aus dieser Perspektive betrachtet, war der frühmorgendliche Aufbruch, wenn auch überhastet, wirklich nötig gewesen. Sie musste endlich ihren Kopf frei bekommen. Seit zwei Tagen schon konnte sie keinen klaren Gedanken mehr fassen. Langsam zweifelte sie daran, dass sie die Richtige für diesen Job war. Anstatt das gesuchte Bild zu finden, war sie hilflos von einer Leiche zur anderen gestolpert. Und dann verliebte sie sich noch in den erstbesten Taxifahrer. Ihren ersten Auftrag hatte sie sich wirklich anders vorgestellt.

Zuallererst musste sie Klarheit darüber haben, aus welchem Grund sie von ihrem Chef so wenig Unterstützung in der Angelegenheit fand. Warum hatte Hirtmeyer sich nicht bei ihr gemeldet, wo er doch mittlerweile wissen musste, in welchem Schlamassel sie hier steckte? Reiste einfach nach Zürich! Hirtmeyers Sekretärin war ziemlich stinkig gewesen; sie hätte anderes zu tun, als dauernd die Leute über die Reiserouten ihres Chefs auf dem Laufenden zu halten. Er sei im Hotel Ambassador abgestiegen. Da er über sein Handy nicht zu erreichen war, hatte sie Nicola gebeten, Hirtmeyer ihre Ankunft über die Hotelrezeption mitteilen zu lassen. Sie würde ihm die Pistole auf die Brust setzen – vielleicht war sie den Job danach los, aber so ging es jedenfalls nicht weiter. Irgendwie konnte sie sich des Eindrucks nicht erwehren, dass Hirtmeyer überhaupt kein Interesse daran hatte, die Mappe zu finden. Anders war sein Verhalten in Grits Augen jedenfalls nicht zu erklären.

Dann musste sie rauskriegen, wer der Auftraggeber von

ArtSave war. Ohne diese Information glich das Ganze einer Suche nach der Nadel im Heuhaufen. Und diese merkwürdige Anweisung, gegenüber der Polizei die Ahnungslose zu spielen ... Hatte Hirtmeyer den Verdacht, dass sein Auftraggeber mit dem Tod von Wiegalt in Verbindung stand, oder was begründete sein Nichtstun? Je mehr Grit versuchte, eine einigermaßen schlüssige Erklärung für alle Ungereimtheiten zu finden, umso mehr wuchs der Verdacht in ihr, Hirtmeyer könne vielleicht selbst etwas mit dem ganzen Rummel in Hamburg zu tun haben. Wenn sie ehrlich war, war er ihr schon immer etwas suspekt gewesen. Vor allem wegen seines übertriebenen Diskretionsgetues. Die Art und Weise, wie Hirtmeyer die Verschwiegenheit von ArtSave gegenüber Dritten immer betonte, hatte etwas Aufgesetztes. Sie war in etwa so glaubwürdig wie die Betroffenheit eines Bestattungsunternehmers. Hinzu kam seine Zurückhaltung bei wichtigen Beurteilungen, Expertisen und Werteinschätzungen. Die überließ er in der Regel kommentarlos seinen Mitarbeitern. Obwohl das dem Arbeitsklima bei ArtSave zugute kam, hegte Grit inzwischen den Verdacht, dass sich Hirtmeyer vor allem aufgrund mangelnder Sachkenntnis zurückhielt. Mit dieser Meinung stand sie nicht alleine da. Hinter vorgehaltener Hand hieß es boshaft, der Chef könne eine Pastellzeichnung nicht von einem Scherenschnitt unterscheiden. Vor allem bei den Kolleginnen war Hirtmeyer auch aus einem anderen Grund unbeliebt. Er hatte die unangenehme Angewohnheit, sich seinen weiblichen Gesprächspartnern so sehr zu nähern, dass sie seine Nasenhaare zählen konnten. Aber was nahm man nicht alles in Kauf für einen Job in der Kunstbranche? Bei dem Gedanken an Hirtmeyers säuerlichen Mundgeruch in Verbindung mit seinem billigen Rasierwasser musste Grit sich unweigerlich schütteln. Sie klappte das Powerbook zu und erhob sich.

Auf dem Weg zum Zugrestaurant schlugen ihr diverse Bierfahnen entgegen. Dem Versuch eines beleibten Flurdränglers, schwerfällig und auffällig langsam mit ihrem Körper Kontakt aufzunehmen, wich sie geschickt mit einer Drehung aus. Schützend hielt sie dabei ihren Laptop vor die Brust.

Das Angebot auf der Speisekarte war nicht sehr einladend; Grit entschied sich für Putengeschnetzeltes. Ein fettiges Croissant, das sie auf dem Bahnsteig hastig verspeist hatte, war alles gewesen, was sie an diesem Tag bislang zu sich genommen hatte, und ihr Magen knurrte gebieterisch. Bei Pute konnte man nicht viel falsch machen. Sie dachte an Zarts Kochkünste, und ein Schauer lief ihr über den Rücken. Würde sie ihn wieder sehen? Ihr Herz bebte bei dem Gedanken, wie sie sich gestern an ihn geschmiegt hatte. Was musste er nur von ihr denken? Gerade wo es anfing, spannend zwischen ihnen zu werden, war sie Hals über Kopf aufgebrochen. Aber ihr war nichts anderes übrig geblieben. Die ganze Zeit war sie sich wie ein Anhängsel von Zart vorgekommen – und hatte es genossen, wie sie sich eingestehen musste. Er hatte die Ideen, hatte die Vorschläge unterbreitet sowie für die entsprechenden Kontakte gesorgt, und sie hatte alles mitgemacht. Warum lag ihm die Sache eigentlich so am Herzen? Was hatte sein Interesse geweckt? Auch durch den Umstand, dass alle Beteiligten merkwürdigerweise bestens mit der Materie vertraut waren, hatte er sich nicht aus der Ruhe bringen lassen. Dabei konnte von Zufall wirklich nicht mehr die Rede sein. Vor allem dieser Wachholt ... So sympathisch sie den Professor auch fand; sein Detailwissen zur Sache war mehr als auffällig. Es machte den Eindruck, als habe er sich niemals mit etwas anderem beschäftigt. Und auch Oberkustos Schmitt hatte sein außerordentliches Interesse an der Sache kaum verbergen können. Grit wurde das Gefühl nicht los, dass alle mehr wussten, als sie preisgaben.

Zarts Hand tastete orientierungslos das Bett ab, doch der Griff ging ins Leere. Als er kurz die Augen aufschlug, hatte die Sonne bereits von jedem Winkel des Raumes Besitz ergriffen. Ein Blick auf die Uhr bestätigte seine Befürchtungen: Viertel nach zwölf. Mit einem Seufzer ließ Zart sich zurückfallen und vergrub sein Gesicht in der zerwühlten Kissenlandschaft, bis ihm der Duft von frischem Kaffee in die Nase zog.

«Grit?», rief er, streckte sich genüsslich und rief dann noch einmal: «Grit!» Aber neben dem Bücherregal tauchte Beas Kopf auf.

«Tut mir Leid, dich enttäuschen zu müssen. Ich bin's. Ich hab unten keinen Kaffee mehr!»

«Wo ist Grit?»

«Sieht so aus, als wäre dein Engelchen ausgeflogen.» Bea deutete auf das Fenster zum Dach. Zart konnte im Gegenlicht nur mit Mühe entziffern, was auf der Scheibe geschrieben stand. *Ich hoffe, auch du hast gut geschlafen. Ich melde mich, Grit.* «Mit Lippenstift, ganz originell», feixte Bea und reichte ihm einen Becher.

Verwirrt blickt sich Zart um. Auch Grits Reisetasche war verschwunden. «Wann ist sie weg?»

«Weiß ich doch nicht, ich bin auch gerade erst aufgestanden.» Bea zuckte mit den Schultern.

Zart erhob sich und lief etwas desorientiert durchs Zimmer, durchwühlte murmelnd einen Stapel Papiere auf dem Küchentisch und schüttelte dann den Kopf. «Ich hab nicht mal ihre Adresse!»

«Oje», seufzte Bea, «das klingt ja schwer verliebt. Ist es wirklich so schlimm?» Sie stellte sich hinter Zart und begann, ihm die Schultern zu massieren.

Zart entzog sich ihrem Griff, stellte den Becher auf den Küchentisch und krabbelte durchs Fenster aufs Vordach. «Eifersüchtig?», rief er Bea zu, betrachtete die Nachricht auf der

Scheibe von außen und überlegte, ob Grit in seinem Beisein Lippenstift getragen hatte.

«Auf dich oder auf sie?»

Bea ließ den Kimono von den Schultern gleiten und stieg zu Zart aufs Dach. Als sie zu ihm unter den Wasserstrahl der Dusche trat, erschien für kurze Zeit ein Regenbogen im Dunst der spritzenden Tropfen.

Zart zog seine Hand zurück, die sie zwischen ihre Beine geführt hatte. «Falscher Ort, falsche Zeit», flüsterte er.

«Und falsche Frau?» Beas Stimme klang eher spöttisch als beleidigt.

«Und falsche Frau!», wiederholte Zart und blickte an sich hinab. Nicht der geringste Hauch von Erregung, obwohl sich Beas Scham glatt und weich und trotz des kalten Wassers warm und hungrig angefühlt hatte.

Sie zog amüsiert die Augenbrauen hoch, öffnete ihren Haarknoten und streckte sich dem Duschkopf entgegen. «Es scheint dich ja wirklich mächtig erwischt zu haben!»

«Und was gedenkst du jetzt zu tun?» Bea war wieder in ihren Kimono geschlüpft und versuchte nun, ihre lange Haarmähne mit einem Knoten zu bändigen.

«Taxi fahren!» Zart griff nach einem der aufgebackenen Croissants, leerte den Kaffeebecher in einem Zug, warf sich seine Lederjacke über die Schulter und strebte dem Ausgang zu. «Was macht Pawlik?»

«Ist auch weg!», rief Bea ihm hinterher.

Als wenn das irgendwie vergleichbar wäre, dachte Zart und zog die Tür hinter sich ins Schloss.

Das Taxi war heiß und stickig. Es dauerte einige Sekunden, bis Zart das Lenkrad anfassen konnte, so sehr hatte die Sonne es erhitzt. Automatisch ließ er alle Fenster herunter, stellte das

Gebläse auf maximale Leistung und rollte vom Hof. Bereits an der ersten Kreuzung war er in Schweiß gebadet. Vergebens suchte er nach seiner Sonnenbrille, fluchte laut, als er sich beim Wühlen im Handschuhfach ausgerechnet am Eiskratzer die Nagelhaut am rechten Zeigefinger aufriss, und übersah stur die beleibte Frau im rot gepunkteten Trägerkleid, die heftig winkend am Straßenrand stand.

Ernsthafte Anstalten, einen Fahrgast aufzunehmen, machte Zart auch in den nächsten Stunden nicht. Zielstrebig fuhr er Taxenstände an, wo erfahrungsgemäß keine Laufkundschaft zu erwarten war. Das Funkgerät schaltete er erst nach zwei Stunden an. Er lauschte kurz dem Gequäke aus dem Äther und schaltete es, ohne sich bei der Zentrale anzumelden, genervt wieder ab. Obwohl ihm der Sinn nach einem schattigen Plätzchen stand, ließ er sich bis in die Abendstunden mit dem Verkehr durch die Stadt treiben. Auch in der Pension, wo Grit ursprünglich abgestiegen war, hatte sie keine Adresse hinterlassen. Na ja, sie hatte ja gesagt, sie würde sich melden.

«Na, fette Beute gehabt?» Der Ablösegruß von Mike kam ebenso automatisch wie der Griff zum Feierabendbier aus dem Kühlschrank.

«Ging so», brummte Zart. Spätestens der Blick auf den Taxameter würde den Nachtfahrer und Kompagnon aufklären. «Bin wohl etwas zu spät aus den Federn gekommen», setzte er entschuldigend hinzu und öffnete die Flasche.

«Und? Gibt's was Neues?»

«Nö!»

«Und dein weiblicher Fahrgast?»

«O Mann, nerv mich nicht!», schnauzte Zart gereizt. Im gleichen Moment tat es ihm Leid. Schließlich konnte Mike am allerwenigsten dafür, dass Grit auf und davon war.

«Schon gut. Ich mein ja nur, sie war doch ganz nett …» Mike zog eine Grimasse und kramte sein Zeug zusammen.

«Das fand ich ja auch!», murmelte Zart.

«Verstehe.»

«Sag mal, ist es eigentlich schwer, ihre Privatadresse über den Server ihrer Firma herauszubekommen?», fragte Zart, nachdem er die Flasche geleert hatte.

«Na, dich scheint's ja schwer erwischt zu haben. Jetzt sofort?»

«Ist also kein Problem?»

Mike schüttelte den Kopf. «Wann ist sie denn weg?»

«Heute Morgen.»

«Gib ihr zumindest ein paar Tage, sich zu erholen!» Grinsend reichte Mike Zart ein weiteres Bier.

«Danke. Wahrscheinlich hast du Recht. Sag mal, wo wir schon beim Thema sind, was brauchst du eigentlich für Informationen, um die Adresse von diesem ominösen Kontakt zum Server von ArtSave herauszubekommen?»

«Das ist so gut wie unmöglich. Ich bräuchte die IPs von allen Netzteilnehmern, die infrage kommen. Die müsste ich dann, jeden für sich genommen, abgleichen.»

Zart dachte einen Augenblick nach. Bei Schmitt hatte kein Computer im Arbeitszimmer gestanden, außerdem hatten sie ja herausgefunden, dass der Oberkustos zum Zeitpunkt des Auftrags an ArtSave keinen Grund für einen solchen Auftrag gehabt haben konnte. Zart fiel ein, was Wachholt ihnen über die Struktur der Koordinierungsstelle zur Rückführung gesagt hatte.

«In Ordnung, Mike. Wie komme ich an die IPs heran?»

«Am einfachsten wär's, du schickst mir vom entsprechenden Gerät eine E-Mail!» Mike lachte.

«Ich werd's versuchen.» Er hatte einen ganz konkreten Verdacht. «Und jetzt ist es wohl besser, du setzt mich zu Hause ab.»

Endlich am Ziel

Vielleicht etwas zu schnell drängte er sich in die Drehtür des Ambassador, sodass sich die Mappe zwischen Bürstensaum und Messingkanten verfing. Für einen kurzen Moment verharrte er, gefangen in einem gläsernen Käfig, unfreiwillig den Blicken aller Anwesenden im Foyer des Hotels ausgesetzt.

Nachdem ihm der Portier zu Hilfe geeilt war, vergewisserte er sich mit einer raschen Handbewegung, dass die Mappe unversehrt geblieben war. Dem Liftboy signalisierte er derweil stumm mit einem Handzeichen die gewünschte Etage. Richtig zur Ruhe kam er erst, als sich die Tür seines Zimmers hinter ihm schloss.

Er stellte die Mappe neben die Anrichte, warf seinen Trenchcoat über eine Stuhllehne und setzte sich auf die Bettkante. Mit einem tiefen Atemzug versuchte er sich sämtlicher Beklemmungen zu entledigen, die ihn in den letzten Stunden gefangen gehalten hatten. Stunden? Es kam ihm vor, als sei es das erste Mal in Jahren, dass er wieder frei durchatmen konnte. Wie hatte er sich auf diesen Augenblick gefreut. Dabei war alles so leicht gewesen. Nicht die geringsten Probleme hatte es gegeben – wenn man einmal von dieser unangenehmen Sache mit Tomasz Wiegalt absah. Der Pole hatte wirklich keine Ahnung vom Inhalt der Mappe gehabt. Warum war der Kerl nur auf einmal so misstrauisch geworden, nachdem er ihm das Geld gezeigt hatte? Und warum in Gottes Namen musste er ihm hinterherschnüffeln? Natürlich hatte er sich davon überzeugen wollen, dass die Codes wirklich in der Mappe waren; auch sein Vater hatte ja nicht genau gewusst, wo sie Repsold versteckt hatte. Und dann hatte er die Mikrofilme entdeckt, eingenäht im Leinenrücken der Mappe.

Er wusste nicht, was es mit den Filmen auf sich hatte, für die sich der Kulturfritze so sehr interessierte – doch letzten Endes waren sie für ihn belanglos. Zuerst hatte er noch vermutet, die Codes wären auf den Filmen, doch dann waren ihm die rückseitigen Archivsignaturen der Blätter aufgefallen. Jemand hatte die Blätter durchnummeriert. Die Gliederung der Ziffern und Buchstaben entsprach in der richtigen Reihenfolge genau der Kolonne, die ihm sein Vater vermacht hatte. Und Bingo, er hatte richtig getippt.

Er griff nach der Mappe, öffnete sie und betrachtete die Zeichnungen. Da lagen sie nun, die Blätter, nach denen er die letzten Jahre den gesamten internationalen Kunstmarkt abgesucht hatte – ohne zu wissen, wonach genau er überhaupt suchen sollte. Mappen mit erotischen Zeichnungen gab es schließlich wie Sand am Meer! Zuerst hatte er an Schiele gedacht – er schüttelte den Kopf. Es war wirklich ein außergewöhnlicher Zufall, dass dieser Hübelheimer ArtSave beauftragt hatte. Er lachte. Dabei hatte der Mann überhaupt keine Ahnung, worum es hier wirklich ging. Sein Interesse galt ausschließlich diesen Mikrofilmen, auf denen nichts als Zeichnungen und Gemälde abgebildet waren. Natürlich hatte er die Negative genau untersucht, bevor er Hübelheimer die Mappe überreicht hatte. Und dann besaß der Mann auch noch die Frechheit, ihm von seiner Sekretärin ausrichten zu lassen, er hätte nun doch kein Interesse mehr an den Zeichnungen. Als er die Mappe abgeholt hatte, waren die Negative natürlich nicht mehr drin.

Aber das konnte ihm jetzt schließlich alles egal sein. Er war sich sicher, dass niemand außer ihm selbst das Geheimnis kannte. Hübelheimer hatte es jedenfalls nicht gewusst. Mit solchen hochnäsigen und korrupten Kulturfritzen hatte er ab jetzt nichts mehr zu tun. Er hasste Gemälde! Mit einem süffisanten Lächeln betrachtete er die Zeichnungen. Noch vor wenigen Stunden hatte er ernsthaft darüber nachgedacht, was die Blätter wohl auf dem Kunstmarkt wert waren. Kleckerkram, mit dem er sich nicht mehr abgeben musste. Mit den Schmuddelbildchen konnte er jetzt, wenn er wollte, seine Zigarren anzünden.

Trotzdem musste er vorsichtig sein. Vor allem wegen der Steuer. Die Behörden waren ihm auf den Fersen, das wusste er. Aber jetzt hatte er genug Möglichkeiten, die Sache diskret zu begleichen. Vielleicht sogar mit einer Selbstanzeige? Auch die Steuerbehörde war nur daran interessiert, an ihr Geld zu kommen. Man würde nicht weiter nachforschen, wenn er sich bereit erklären würde, die Kleinigkeit von drei Millionen schnell zu begleichen. Am unauffälligsten wäre es, er würde seine Agentur weiterlaufen lassen, einen Geschäftsführer einsetzen und sich unmerklich aus dem Geschäft zurückziehen. Zuerst ein zweiter Wohnsitz, nein, besser ein Ferienhaus in einer dieser Gegenden, die warm genug waren, dass man später das ganze Jahr dort verbringen mochte. Ein Lächeln huschte über seine Lippen. So ganz konnte er es immer noch nicht glauben, dass sein Glück in diesen kleinen Ziffern und Nümmerchen verborgen gewesen war. Bis zuletzt hatte er daran gezweifelt. Die Summe war ja selbst für Schweizer Verhältnisse ungeheuerlich, aber der Bankmensch hatte keine Miene verzogen, als er ihm den Zettel mit der Zahl über den Tisch schob. Nein, in diesem Hause nehme man solche Zahlen nicht in den Mund, hatte es geheißen, als das Rauschen in seinen Ohren nachgelassen hatte und er die Summe bestätigt haben wollte. Dann war man zur alltäglichen Routine übergegangen. Mit der Frage, ob er die Goldwerte in Franken oder in Dollar haben wolle, hatte man ihn mit dem kleinen Zettel alleine gelassen. So war das – er hatte die Nummern, der Code stimmte, und jetzt war er um sechshundert Millionen Schweizer Franken reicher.

Sechshundert Millionen Schweizer Franken.

Am besten war es, er ließ das Nummernkonto vorerst bestehen und zahlte nur kleinere Beträge auf seine anderen Konten ein. Kleinere Beträge – er lachte erneut auf und schlug triumphierend mit dem Bündel Tausendfrankenscheine auf die Tischkante. Erst einmal hatte er sich zehn Millionen auszahlen lassen. Kleinere Beträge! Er lachte immer noch und ließ sich rückwärts aufs Bett fallen. Jetzt musste er sich bloß noch etwas für das brave Fräulein Hoffmann einfallen lassen. Eine kleine Entschädigung für den Stress in Hamburg und ein paar aufmunternde Worte zu ihrem ersten, leider fehlgeschlagenen Einsatz. Wie zufrieden er trotzdem mit ihr sei, blabla, vielleicht ein kleiner Blumenstrauß und dann, ganz nebenbei, würde er ihr offenbaren, dass er daran denke, ihr die Geschäftsführung von ArtSave zu übertragen. Das würde sie außer Gefecht setzen und alle Nachforschungen ihrerseits im Keime ersticken. Wie war sie nur auf die Idee gekommen, ihm nachzureisen? Und was hatte sich die Eberle gedacht, ihr einfach seine Hoteladresse zu nennen? Dass die alte Quatschtante flog, dafür würde er noch persönlich sorgen.

Er schaute auf die Uhr. Noch zwei Stunden, bis sie hier im Hotel auftauchen würde. Das musste reichen, um sich ein wenig frisch zu machen, vielleicht auch für ein kleines Bad? Er griff zum Telefon und orderte eine Flasche Veuve Cliquot aufs Zimmer. Dann betrat er das Badezimmer und ließ sich ein heißes Bad ein. Genüsslich versank er zwischen den duftenden Schaumbergen. Das, so beschloss er, würde er in Zukunft jeden Tag zelebrieren.

«Die Tür ist offen!», antwortete er auf das dezente Klopfen an der Tür. Das musste der Champagner sein. Vielleicht von der drallen Italienerin serviert, die schon das Frühstück gebracht hatte? Das warme Wasser brachte seine Phantasie in Wallungen. «Bringen Sie mir die Flasche bitte ins Bad!» Als sich die Tür hinter ihm öffnete, wies er, ohne sich umzudrehen, auf den Badehocker am Fußende der Wanne. «Stellen Sie doch bitte alles dahin und gießen Sie sich selbst gleich auch ein Glas ein!» Eine Antwort erhielt er nicht. Stattdessen schnürte ihm etwas mit aller Gewalt den Hals zu. Er konnte gerade noch schemenhaft wahrnehmen, wie seine eigenen Beine albern zwischen dem Schaum emporzappelten, dann wich das gleißende Licht in seinen Augenwinkeln tiefem Schwarz.

Nur ein kleiner Deal

Wie erwartet war Markus Vogler sofort einverstanden gewesen, als Zart ihm ein Treffen vorgeschlagen hatte. Den Ort für die zwanglose Verabredung hatte Zart mit Bedacht gewählt. Das Café inmitten der Wallanlagen bot auch für schweigsamere Zeitgenossen ein Ambiente voller Abwechslung, vorrangig optischer Natur. Es war seit vielen Jahren bevorzugter Paradeort der Reichen und Schönen oder zumindest derer, die sich dafür hielten. Im Gegensatz zu den meisten trendy Straßencafés und Bistros der Innenstadt, deren Stern in der Regel so schnell wieder sank, wie er aufgestiegen war, brauchten die Betreiber dieser Lokalität weder die quartalsmäßige Neueröffnung unter anderem Namen noch einen permanenten Standortwechsel, um weiterhin als *Geheimtipp* firmieren zu können. Das Lokal war – aus welchen Gründen auch immer – unabhängig von kurzzeitigen Modeströmungen.

Dieser Ort inmitten des breiten ringförmigen Grünstreifens, welcher die innere Stadt wie ein löchriger Gürtel umgab, hätte zugleich eine Oase der Ruhe sein können, wenn die Musik nicht überlaut aus den Lautsprechern gedröhnt hätte. Das Café bot tatsächlich schöne Aussichten, wie sein Name versprach. Am Tisch gegenüber saßen zwei durchgestylte Schönheiten, Nordlichter von der Sorte *Siehtmichauchjeder* und *Sprichmichnichtan*, für die Hamburg so bekannt war. Zart nahm sie genauer in Augenschein. Tatsächlich gab es wohl kaum eine andere Stadt, in der Reichtum und Überfluss sich mit einer derartigen Arroganz in scheinbarer Bescheidenheit übten. Der kundige Blick enttarnte die viel gerühmte hanseatische Zurückhaltung schnell.

Zart lächelte, als er eine von den beiden in schlichte, geschmackvolle Nobelmarken gekleideten Schönheiten dabei ertappte, wie sie ihm beiläufig einen durchaus interessierten Blick zuwarf. Er fixierte das Paar mandelförmige Augen, und der Blickkontakt dauerte einen Bruchteil länger, als sie wohl eingeplant hatte. Irritiert wendete sie sich ab.

«Hat dir Hübelheimer eigentlich eine Stelle versprochen?», fragte Zart, als Vogler von der Toilette zurückkam.

«Wie kommst du denn darauf?»

«Als ich euch neulich zusammen sah, wirktet ihr so vertraulich.»

«Du meinst in der Galerie? Furchtbare Sache, das mit Quast.» Vogler schüttelte den Kopf wie ein Eisbär im Zoo.

«Ja, ja, furchtbar», sagte Zart. «Und in welchem Bereich?»

Vogler tat für einen kurzen Moment, als verstünde er nicht. «Ach, den Job meinst du. Ja, vielleicht gibt es da eine Möglichkeit in der Präsidialabteilung. Aber das ist noch nicht spruchreif, also bitte ...»

«Ich bin wie immer verschwiegen wie ein Grab.» Jetzt war der richtige Zeitpunkt gekommen, fand Zart, um sein eigentliches Anliegen zur Sprache zu bringen. «Von mir erfährt ja auch niemand was über eure Tricksereien mit den Leerständen», fügte er beiläufig hinzu.

«Was für Tricksereien mit Leerständen?» Markus Vogler schien wirklich überrascht.

Zart machte eine wegwerfende Handbewegung. «Na ja, das betrifft nicht deinen Bereich, aber die Arbeitsvorgaben stimmen ja nun überhaupt nicht mit den Gegebenheiten vor Ort überein. Das ist wohl mehr so eine Art Kreisverkehr, um sich die Zuständigkeit zu bewahren.»

«Du sprichst in Rätseln», sagte Vogler. Zart beugte sich vertraulich zu ihm vor.

«Ich kann mir schon vorstellen, dass man von einer Einflussnahme bei solch hochkarätigen Immobilien natürlich nur ungerne Abstand nimmt.» Er beugte sich noch weiter vor und machte eine Pause. «Zumindest so lange, bis der richtige Investor kommt.»

Voglers Reaktion zeigte ihm, dass er die richtige Strategie gewählt hatte. Es gab nichts, was seinen alten Kommilitonen mehr ärgerte, als wenn er von offenbar wichtigen Dingen, die sich noch dazu in seinem direkten Umfeld abspielten, keine Ahnung hatte. Noch ein paar geschickte Andeutungen, und er hatte ihn an der Angel.

«Ich verstehe immer noch nicht, wovon du überhaupt redest», sagte Vogler nun deutlich nervös.

«Du vergisst, ich bin in der Gegend aufgewachsen. Zufällig lebt mein alter Herr in direkter Nachbarschaft zu einigen eurer so genannten Leerstände.»

«Scheiße, Scheiße, Scheiße!» Markus Vogler schlug ärgerlich mit der Hand auf den Tisch. «Ich hab doch gewusst, dass das Ärger gibt, wenn ich dir die Liste der Leerstände ausdrucke!» Sofort schien ihm seine heftige Reaktion peinlich zu sein. Nachdem er sich mit einem Blick vergewissert hatte, dass er keinerlei Aufmerksamkeit im Café erregt hatte, fragte er in gedrosseltem Tonfall: «Also schieß los. Was ist damit?»

«Erst hab ich gedacht, ich bin im falschen Film», sagte Zart, «aber dann hat mich mein Senior aufgeklärt, wie das so läuft. Das Ganze ist mir natürlich nur aufgefallen, weil ich mich gefragt habe, warum ein Fachmann für Stuckrestaurierung in Häusern eingesetzt wird, in denen es überhaupt keinen Stuck gibt.»

«Wiegalt?!»

Voglers Miene signalisierte Zart mit aller Deutlichkeit, dass er mit seiner Vermutung richtig lag: Der Mann hatte von der ganzen Sache keine Ahnung. Einige Mitarbeiter des Denkmalamtes, so hatte Zart von seinem Vater erfahren, nutzten ihre Position, um zum eigenen Vorteil regulierend in den Immobilienmarkt einzugreifen. Bei hochkarätigen Objekten, vorrangig großen Villen aus der Zeit zwischen Jahrhundertwende und Erstem Weltkrieg, legte man den Verkäufern eine Liste von Interessenten vor. Ein kleiner Verweis auf die Möglichkeit, das entsprechende Objekt eventuell auf seine denkmalpflegerische Schutzwürdigkeit hin zu überprüfen, reichte meistens aus, um die Besitzer von den Vorzügen bestimmter Investoren zu überzeugen. Denn eine Unterschutzstellung bescherte den Besitzern zwar eine kleine Flut staatlicher Fördermittel, aber jeder, der sich ein bisschen mit der Materie auseinander gesetzt hatte, wusste, dass die Auflagen des Amtes den Großteil aller Investoren abschreckten. Moderne Umbauten konnte man praktisch vergessen, und wenn man etwas verändern durfte, dann nur mit Hilfe ausgesuchter Handwerksbetriebe, die ihre Tauglichkeit mit einem zuvor teuer erworbenen Zertifikat von den Denkmalbehörden bestätigen lassen mussten, was sich wiederum auf die Preise niederschlug. Allein die Höhe der Rechnungen für historisch korrekte, natürlich maßgefertigte Fenster, Dämmmaterialien und Heizkörper oder eben fachgerecht restaurierte Stuckaturen reichte nicht selten an den eigentlichen Kaufpreis der Immobilie heran. Zarts Vater konnte ein Lied davon singen. Mit dieser unausgesprochenen Drohung konnte man den Vorbesitzern bestimmte Kaufangebote nachdrücklich ans Herz legen. Bei Weigerung wurden die Besitzer, wie etwa die Nachbarn von Zarts Vater, regelrecht weich gekocht. Ein lukrativer Nebenerwerb für die Beamten der Behörde; aber die Frage, ob Vogler an diesem Geschäft aktiv beteiligt war, erschien Zart momentan nebensächlich – die ganze Geschichte war ihm nur Mittel zum Zweck.

«Und warum erzählst du mir das jetzt alles?», fragte Vogler denn auch, nachdem Zart sein Wissen preisgegeben hatte.

Zart zuckte lapidar mit den Schultern. «Ich wollte dich nur informieren, dass ich Stillschweigen bewahre. Du könntest mir aber auch einen Gefallen tun.» Das sollte eigentlich eine Sprache sein, die Vogler verstand. Schließlich hatte der seine ganze Karriere auf der Devise *Eine Hand wäscht die andere* aufgebaut.

Vogler starrte ihn schweigend an.

«Keine Angst», sagte Zart. «Du bekommst bestimmt keinen Ärger – ganz im Gegenteil.» Er dachte kurz darüber nach, welche Folgen eine Bestätigung seines Verdachts nach sich zöge. «Wer weiß, vielleicht kannst du sogar davon profitieren – und unerwartet aufrücken.» Das kurze Blitzen in Voglers Augen signalisierte ihm, dass er die richtigen Worte gefunden hatte.

Interessiert beugte sich Vogler vor. «Und was hätte ich dabei zu tun?»

«Verschaff mir Zutritt zum Arbeitszimmer von Senatsdirektor Hübelheimer! Keine Angst, er hat mit der Immobiliengeschichte nichts zu tun», kam Zart allen eventuellen Einwänden zuvor. «Ich möchte nur, sagen wir für einen Freund, ein wenig in seinem Computer herumstöbern. Ein streng begrenztes Informationsbedürfnis. Es geht um Vorgaben für eine Auftragsvergabe *Kunst im öffentlichen Raum*.»

«Und an dieser Ausschreibung möchte sich dein Freund beteiligen», konstatierte Vogler.

Zart nickte.

«Da gibt es allerdings ein Problem.»

«Und das wäre?», fragte Zart.

Vogler setzte ein Lächeln auf. «In Hübelheimers Arbeitszimmer gibt es gar keinen Computer. Solche Dinge regelt seine persönliche Referentin für ihn, Irmgard Homann-Ruch.»

«Na also, dann eben Zugang zum Computer von Frau Homann- ...wie?»

«Homann-Ruch», wiederholte Vogler leise und versank in nachdenklichem Schweigen.

«Na komm!», ermunterte ihn Zart. «Oder hast du zu dem Rechner keinen Zugang?»

Die beiden Schönheiten vom Nachbartisch waren gerade dabei, ihre Rechnung zu begleichen. Jede von ihnen hielt der Bedienung einen Hundertmarkschein entgegen. Zarts Blickkontakt von vorhin wiederholte sich – diesmal länger. Klamotten für ein paar tausend Mark, aber den Cappuccino getrennt bezahlen! Er musste grinsen. Zu seiner Überraschung erwiderte die Frau sein Grinsen. Wahrscheinlich hielt sie das Ganze für einen Flirt.

«Ich glaube, bei der könntest du landen», raunte Zart Vogler zu, der seinem Blick gefolgt war und sich ebenfalls zum Nachbartisch hin umgedreht hatte. Das Lächeln der jungen Frau gefror zu einer affektierten Maske.

Irritiert blickte Vogler in Richtung der Frauen. «Ja? – Also …» Verlegen räusperte er sich und schaute Zart an. «Das sollten wir dann irgendwie später abends angehen», fuhr er mit leiser Stimme fort.

«Ich dachte, Beamte machen zeitig Feierabend?»

«Ich ruf dich an, einverstanden?» Vogler stand auf und zückte sein Portemonnaie, aber Zart gab ihm zu verstehen, dass er die Rechnung begleichen würde. Er war selbst überrascht, wie schnell man sich einig geworden war.

Ob sich Grit heute noch melden würde? Er blickte skeptisch auf die Datumsanzeige seiner Uhr. Dann dachte er an Mikes Worte und beschloss, ihr noch einen Tag zu geben, bevor er Nachforschungen anstellen würde. Er lief zur Esplanade, dem letzten Abschnitt des alten Hamburger Wallrings, wo sich die ursprüngliche Gestalt des breiten Straßenzugs in Form einer prächtigen Promenade noch nachvollziehen ließ. Aber es waren nur die zwei den Parkstreifen in der Mitte des Straßenzugs säumenden Baumreihen, die der Esplanade den Hauch einer innerstädtischen Allee verliehen. Die Gebäude zu beiden Seiten waren ein Sammelsurium aus fünfzig Jahren Hamburger

Architekturgeschichte. Von historisierenden Protzfassaden bis hin zu solitären Bürotürmen aus den sechziger Jahren – alles war vertreten. Dazwischen die Blechlawine des Berufsverkehrs.

Ein kleiner Schlenker nach links entschädigte den Fußgänger am Ende des Straßenzugs mit einem der schönsten Panoramen, die eine deutsche Großstadt zu bieten hatte. Im Gegensatz zur südlichen Alsterquerung, von wo aus sich das Becken der Binnenalster vor der Kulisse gediegener Büro- und Kaufhausfassaden wie ein riesiger Goldfischteich darbot, gewährte die nördliche Brücke einen wunderbaren Blick auf die Außenalster. Wie ein grüner Barockrahmen legte sich der unbefestigte Ufersaum mit seinen mächtigen Bäumen um die riesige Wasserfläche – bis zum Horizont, schien es fast – und doch lag der See inmitten der Stadt. Zart ließ sich vom Lärm der vorbeidonnernden Autos auf dieser mehrspurigen Straße – natürlich ein Produkt der verkehrsgerechten Baupolitik der Wirtschaftswunderzeit – nicht ablenken. Unzählige weiße Segel verteilten sich auf der Wasserfläche, dazwischen die betagten Alsterdampfer, deren Fahrroute sich an den langen Streifen des Kielwassers ablesen ließ, und natürlich die Armee von Ruder- und Tretbooten.

Bunte Spinnaker blähten sich im Wind. Es waren Drachen – die Königsklasse. Eigentlich hatten die langen Holzboote mit ihrem Riss einer klassischen Rennyacht allein aufgrund ihrer Größe nichts auf einem kleinen Binnensee zu suchen, aber die Drachen waren eins der Statussymbole, die man einfach haben musste, wenn man in dieser Stadt am Wasser genügend Schotter angehäuft hatte. Es waren die aristokratischen Limousinen auf dem Wasser, und ihre strahlend weißen Segel bildeten das Gegenstück zu den labberigen und schmuddeligen Fetzen der Segelschulboote. Zart erinnerte sich daran, wie sein Vater ihm das Segeln beigebracht hatte. Ihm, dem Reederssohn, damals,

als sie noch eine glückliche Familie zu sein schienen. Fast jedes Wochenende hatte der Vater ihn mit auf sein Boot genommen – natürlich ein Drachen. In den ersten Jahren war auch Mutter immer mit an Bord gewesen, aber wahrscheinlich nur aus Sorge um Zart. Als er aus seiner Kinderschwimmweste herausgewachsen war und genug Kraft hatte, selbst mit anpacken zu können, war sie an Land geblieben – sehr zum Ärgernis von Zarts Vater, denn der Drachen war eigentlich ein Dreimannboot, und für die Regatten mussten sie sich immer einen Ballastmann ausleihen. Einige Jahre war es gut gegangen, aber mit der Zeit hatte sich zwischen Vater und Sohn ein schärferer Umgangston entwickelt – sehr militärisch, wie Zart es empfand. Und es war klar, wer die Befehle gab, die widerspruchslos hinzunehmen nicht Zarts Sache war. Vor allem deshalb nicht, weil sein Vater auch dann die Manöver befehligte, wenn Zart einmal an der Pinne sitzen durfte. Als blanken Horror empfand Zart die Winterzeit, wenn das Boot aufgearbeitet werden musste. Sein Vater verlangte, dass selbst Hand angelegt wurde. Im Klartext hieß das: Schleifen und Lackieren. Für einen Jugendlichen in der Pubertät entsprach das nicht unbedingt der idealen Vorstellung davon, wie man die Wochenenden verbrachte. Mehrmals hatte er versucht, Klassenkameraden und Freunde mitzunehmen, um die Zeit etwas angenehmer gestalten zu können. Aber die, die aus Neugierde einmal mitgekommen waren, hatten Zart bei nächster Gelegenheit einen Vogel gezeigt. Weshalb hatte sein Vater auch darauf bestanden, dass die Holzplanken mit der Hand geschmirgelt werden mussten, wo es doch Schleifmaschinen gab? Aber das war typisch Vater. Mehr und mehr war so die Lust am Segeln gewichen. Zart grübelte darüber nach, wann sein Vater das Boot verkauft hatte.

Als er schon fast vor dem Atlantic-Hotel mit den wehenden Fahnen auf dem Dach angekommen war, fand Zart zurück auf seine ursprüngliche Route. Er tauchte ein in die düstere und schmutzige Unterführung des Ferdinandstores, unterquerte abermals den Schienenstrang der Gleise zum nahe gelegenen Hauptbahnhof und war bei der Kunsthalle angelangt.

Volkwin Schmitt war sichtlich erstaunt über den erneuten Besuch. Wenn er etwas zu verbergen hat, so lässt er es sich zumindest nicht anmerken, dachte Zart und nahm auf einem der abgewetzten Lederstühle Platz. Der Oberkustos hatte ihn, obwohl Zart unangemeldet gekommen war, sofort empfangen; vielleicht ahnte er, warum Zart ihn nach so kurzer Zeit abermals aufsuchte. Tatsächlich machte Schmitt keinen Hehl aus seinem außerordentlichen Interesse an der Sache.

«Sind Sie bezüglich der Mappe weitergekommen?», fragte er, gleich nachdem Zart Platz genommen hatte.

«Nein, leider nicht», antwortete er. «Aber ich glaube, dass Sie über den bisherigen Weg, den die Zeichnungen zurückgelegt haben, doch einige wichtige Informationen besitzen. Ich denke da an Martin Repsold, Ihren Schwiegervater.»

«Ja, wahrscheinlich war er während des Krieges im Besitz der Mappe.» Schmitt nickte, und es machte nicht den Anschein, als sei es ihm unangenehm, dass er diesen Tatbestand bei ihrem letzten Treffen verschwiegen hatte. «Ich wollte eigentlich nicht, dass die Sache so publik wird», erklärte er. «Sie haben mit Wachholt gesprochen, wie ich annehmen darf?»

«Die Modiglianis gehören also zum Erbe Ihrer Frau? Aber dann verstehe ich nicht ...»

«Nein, nein!», unterbrach Schmitt. «So stimmt das leider nicht.» Er machte einen langen Seufzer. «Kann ich davon ausgehen, dass Sie wissen, womit mein Schwiegervater während des Krieges beauftragt war?»

«Er hat im besetzten Frankreich im Bereich Kunsterfassung gearbeitet.»

«Ja, höflich formuliert, könnte man es so nennen.»

«Er war als Fachmann und Wissenschaftler am größten Kunstraub aller Zeiten beteiligt», korrigierte Zart und gab damit zu verstehen, dass er zumindest in groben Zügen Kenntnis von der Sachlage hatte. «Aber was genau hat er sich zuschulden kommen lassen?»

«Nichts! Ganz im Gegenteil!», rief Schmitt sichtlich erregt. «Aber das, was er getan hat, kam nie an die Öffentlichkeit. Daher konnte er als Wissenschaftler auch nie rehabilitiert werden.»

«Was genau hat er denn getan?»

«Er hat die Depots geplündert. Viele Kunstwerke, die von der Nazimaschinerie zur Vernichtung bestimmt worden waren, hat er damit gerettet: entartete Kunst! Er hatte als Sachverständiger ja Zugriff auf alle Werke: Bilder von Picasso, Grosz, Nolde, Barlach, Klee und Chagall, um nur einige zu nennen. Eben alles, was den Nazi-Ideologen nicht in den Kram passte. Die ganze Bandbreite verfemter Künstler; Hunderte, vielleicht Tausende Kunstwerke, Gemälde und Zeichnungen, Graphiken und Drucke hat er vor der Vernichtung gerettet! Erst in Berlin, dann in Paris und schließlich in Kattowitz.»

«Aber ein Vorgang in solchen Dimensionen musste doch sicherlich auffallen ...»

«Nicht so, wie mein Schwiegervater es angestellt hat!», sagte Schmitt.

«Und zwar?» Zart beugte sich neugierig vor.

«Der Ablauf war immer der gleiche», erklärte Schmitt. «Er hat die Inventarlisten der Sammellager frisiert – ganz systematisch. Er hat sie einfach umgeschrieben. Ihm oblag ja aufgrund seiner Position die Auswahl und Zuordnung der als entartet einzustufenden Kunst. Die Anweisungen aus der Reichskulturkammer, die Listen mit den Namen verfemter Künstler, der Bestimmungskatalog und die Kriterien für entartete Kunst, alle diese Dinge landeten ja zuerst auf seinem Schreibtisch. So hatte er genügend Zeit, die Listen zu manipulieren. Er hat die Titel der betreffenden Bilder geändert, dann hat er sie anderen, meist unbekannten Künstlern zugeordnet.»

«Und wo hat er die Bilder gelassen?»

«Anfangs hat er die Mappen im Schatten der offiziellen Lieferungen an Schweizer Kunstgalerien und Auktionshäuser ins Ausland geschafft, später in Frankreich – ihm waren die Lager des Jeu de Paume unterstellt – wurden die Bilder über Bordeaux direkt nach Übersee verschifft.»

«Es muss also Mittelsmänner gegeben haben», warf Zart ein.

«Sicherlich. Aber darüber gibt der Briefwechsel, den meine Frau im Nachlass ihrer Mutter fand, keine Auskunft. Bestimmt haben sich so manche Zwischenhändler eine goldene Nase verdient. Aber das dürfte meinem Schwiegervater egal gewesen sein. Er wollte sich ja nicht bereichern, sondern ausschließlich die Kunstwerke in Sicherheit bringen. Außerdem tat er das alles natürlich nicht, ohne vorher alle Bilder zusammen mit den alten und den neuen Titeln auf Mikrofilm zu dokumentieren. Schließlich sollten sie nach Ende des Krieges zweifelsfrei identifiziert werden können.»

«Was jedoch nie geschah», konstatierte Zart.

«Genau! Weil die Filme – wie auch Repsold selbst – seit dem Krieg verschollen sind.» Schmitt holte tief Luft. «Es gibt nur einen Hinweis. Vor seinem Verschwinden – er arbeitete zuletzt in Kattowitz – hat Martin Repsold seiner Frau eine Karte geschickt, auf der er ihr mitteilt, er hätte *die Sachen*, und damit können nur die Filme gemeint sein, Jeanne Hébuterne anvertraut.»

«Modiglianis Frau.» Zart gab einen anerkennenden Pfiff von sich. «Sie meinen also, die Filme hat Repsold in der Mappe versteckt?»

Schmitt nickte. «Die Listen und Negative sind von unschätzbarem Wert. Sie sind der einzige Anhaltspunkt über den Verbleib von Hunderten, vielleicht Tausenden von Bildern.»

«Was meinen Sie, wo die Arbeiten versteckt sind?»

«Sie sind ja nicht versteckt!» Schmitt schüttelte heftig den Kopf. «Sie hängen, für jedermann sichtbar, in den angesehensten Museen und Sammlungen der Welt! Man weiß eben nur nicht, um welche Bilder es sich handelt. Sie werden täglich betrachtet, und niemand ahnt ihr Schicksal. Die meisten der Bilder stammen aus den großen Sammlungen jüdischer Familien, allen voran der Rothschilds. Aber viele der Erben verfügen, wenn überhaupt, höchstens über eine Liste mit Bildtiteln. Es war damals nicht üblich, Bilder fotografisch zu inventarisieren. Und die Titel hat Repsold ja geändert. Aus einem *Stillleben IV* machte er vielleicht *Vase mit Rosen*, aus einem *Bildnis des Soundso* wurde *Selbst im Spiegel*. Die meisten Kunstwerke lassen viele mögliche Titel zu. Und genau da liegt das Problem, denn katalogisiert wird ja auch heute meistens alphabetisch und nach Titel. Das heißt, solange sich niemand auf die Suche macht, alle bekannten Bilder auf ihre Inhalte hin zu überprüfen, also beispielsweise festzustellen, auf welchen Bildern eine grüne Vase abgebildet ist, findet niemand, was er sucht.»

«Das ist tatsächlich ein Problem», sagte Zart. «Arbeiten Sie eigentlich mit der Koordinierungsstelle für Rückführung zusammen?»

«Mit Seligmann?»

«Und Wachholt», ergänzte Zart.

«Nein, nicht direkt. Das ist Aufgabe von Senatsdirektor Hübelheimer.»

«Aber Sie hätten der Koordinierungsstelle natürlich sofort die Listen zur Verfügung gestellt.»

«Hmm – das wäre dann wohl nicht mehr nötig», entgegnete Schmitt. «Wie der Name schon sagt, soll die Rückführung dort koordiniert, nicht organisiert werden. Wenn man die Titel der

Bilder kennt, weiß man auch, in wessen Besitz sie sind und wo sie sich befinden – zumindest *ich* weiß das.» Die letzten Worte bekräftigte Schmitt dadurch, dass er sich mehrfach mit dem Zeigefinger gegen die Brust tippte. «Außerdem», fuhr er fort, «gilt Seligmanns Interesse momentan mehr den Schätzen in den Magazinen der russischen Museen. Da schlummert noch ein riesiges Kontingent an Kunstwerken, welche die Russen als Kriegsbeute außer Landes geschleppt haben. Zumindest die Identifikation dieser Kunstwerke gestaltet sich recht einfach, da die Russen niemals einen Hehl daraus gemacht haben, dass sie im Besitz der Sachen sind. Und gegenwärtig ist man ja auf Schmusekurs mit dem westlichen Nachbarn – der Lockruf der Devisen. Da nutzt Seligmann natürlich die Gunst der Stunde. Jede einzelne Bildrückgabe kann wie ein außerordentlicher Erfolg gefeiert werden. Das ist, was man momentan sehen will: Staatsoberhäupter, Außen- und Kulturminister, die sich vor laufenden Kameras gegenseitig auf die Schultern klopfen. Hinzu kommt, dass die Rückführungsstelle bei dieser Arbeit nur ein geringes Kontingent von Mitarbeitern braucht, also nicht so kostenintensiv arbeitet, als wenn man sich auf die Suche nach verschollenen Kunstwerken begäbe. Und dann – bedenken Sie den Skandal, der jedes Mal von den Medien losgetreten würde, wenn wieder ein berühmtes Bild aus irgendeinem westlichen Kunsttempel, der meist teuer dafür bezahlt hat, an seine eigentlichen Eigentümer zurückgegeben werden müsste. Auf diese Schlagzeilen mag man gerne verzichten. Da lässt man den Schmutz dann doch lieber unter dem Teppich.»

«Das klingt alles, als wären Sie nicht sonderlich gut auf die Arbeit der Koordinierungsstelle zu sprechen.»

«Ich habe, was die Vorgehensweise angeht, so meine Bedenken», erklärte Schmitt. «Und dann die personelle Besetzung. Seligmann ist Nachfahre einer der Familien, deren Kunstsammlung im Krieg von den Nazis enteignet wurde, aber Ahnung hat er nicht viel. Die Suche nach verschollenen Kunstwerken setzt jedoch jahrelange akribische Arbeit voraus.»

Zart schüttelte etwas ungläubig den Kopf. «Mir gegenüber hat Professor Wachholt zu verstehen gegeben, dass man ein sehr großes Interesse an der Sache ...»

«Es mag ja sein», fiel der Oberkustos ihm ins Wort, «dass Wachholt da eine Ausnahme ist. Aber Günther Wachholt hat keine wirklichen Befugnisse in der Koordinierungsstelle. Eigentlich ist er ja auch viel zu alt für den Job, und sein rühmliches Engagement hat sich so oder so bald erledigt.»

«Wovon sprechen Sie? Will man ihn absägen?»

«Nein, er ist sehr krank. Wussten Sie das nicht?»

Zart hob sprachlos den Kopf.

«Zumindest nach seinen eigenen Worten müsste er schon längst unter der Erde sein. Ich hatte Anfang des Jahres eine Unterhaltung mit ihm. Damals gaben ihm die Ärzte nur noch wenige Monate.»

«Aber Professor Wachholt weiß nichts von den Listen?», fragte Zart, nachdem er eine ganze Zeit lang nur stumm dagesessen hatte.

Schmitt schüttelte den Kopf. «Nur ich und Senatsdirektor Hübelheimer.»

«Sie haben Hübelheimer ...?»

«Ja», sagte Schmitt. «Ich habe ihn, als Quast mir die Mappe angeboten hat, natürlich sofort über alles informiert und darauf gedrängt, dass die Kunsthalle die Modiglianis unbedingt erwerben müsse. Mir ist, wie Sie verstehen werden, sehr daran gelegen, dass Martin Repsold endlich rehabilitiert und sein Handeln gebührend gewürdigt wird.»

«Und wie hat Hübelheimer reagiert?»

«Er hat gesagt, die Sache müsse geprüft werden – schließlich war er einverstanden. Aber das ist ja, wie Sie wissen, nun alles

Schnee von gestern. Der Besitzer wollte nicht mehr verkaufen.»

«Und ist nun tot», ergänzte Zart.

«Das sagten Sie. Sehr tragisch, ja. Bleibt nur zu hoffen, dass die Mappe wieder auftaucht.»

Nachdem er dem Oberkustos Stillschweigen über die vertraulichen Informationen versprochen hatte, verabschiedete sich Zart, nicht ohne Schmitt für dessen Hilfsbereitschaft zu danken. Die Sache hatte durch Schmitts Erläuterungen eine ganz andere Dimension erhalten. Wahrscheinlich war sich der so sehr um die Belange der Kunst und den Ruf seines Schwiegervaters bemühte Oberkustos gar nicht im Klaren darüber, dass ihn seine Äußerungen als Tatverdächtigen auswiesen. Aber bislang, rekapitulierte Zart, ging die Polizei ja, was das Ableben von Wiegalt betraf, von einem Unglücksfall aus. Es wurde Zeit, dass er etwas unternahm.

Spionage

Markus Vogler hatte sich schneller als erwartet gemeldet. Als das Telefon klingelte, hatte Zart zwar gehofft, dass sich Grit endlich melden würde, aber nach den Informationen, die ihm Volkwin Schmitt gegeben hatte, konnte er es kaum erwarten, seinen Vermutungen über den geheimen Auftraggeber von ArtSave in Hübelheimers Büro nachzugehen. Er fragte sich, wie Grit wohl reagieren würde, wenn es ihm gelingen sollte, die Hintergründe der Geschehnisse während ihrer Abwesenheit aufzudecken. Wenn sie überhaupt noch interessiert an der Sache war. Vielleicht hatte sie ihr Chef bereits zurückgepfiffen und mit einem anderen Fall betraut? Vielleicht recherchierte sie schon in einer ganz anderen Angelegenheit und in einer anderen Stadt? Vielleicht betrachtete sie das, was sich während der wenigen Tage zwischen ihnen ereignet hatte, nur als beiläufige Affäre am Rande einer Geschäftsreise? Zart riss sich von derartigen Gedanken los – Melancholie war das Allerletzte, was er jetzt gebrauchen konnte, obwohl selbst der Wetterumschwung, der sich in Form einer geschlossenen Wolkendecke über die Stadt gelegt hatte, eine solche Gefühlsregung nahe gelegt hätte. Es herrschte immer noch unerträgliche Hitze. Nach dem kurzen, dafür aber umso heftigeren Sturzregen, der pünktlich eingesetzt hatte, als Zart die Kunsthalle verließ, war ein wahrhaft tropisches Klima ausgebrochen. Zart widerstand der Versuchung, sich ein weiteres kühles Bier zu genehmigen.

Etwa kurz nach zehn Uhr abends trafen sie sich in den Hohen Bleichen. Die Innenstadt wirkte um diese Zeit wie ausgestorben. Nur vereinzelt huschten Passanten über die Straßen. Die Parkhäuser waren längst geschlossen, und nur noch in wenigen Büroetagen brannte Licht. Was Zart immer wieder erstaunte, war der Umstand, dass es trotz dieser unbelebten Szenerie hier schwierig war, einen Parkplatz zu finden.

Vogler erwartete ihn im Schutz einer kleinen Toreinfahrt. Im Vorübergehen warf Zart einen Blick auf die benachbarte Polizeiwache. Eigentlich hätte die Polizei längst benachrichtigt werden müssen. Aber bislang hatten sie noch keine Beweise, nur Vermutungen. Egal, was er zutage fördern würde: Noch diese Aktion, dann würde er zur Polizei gehen. Andererseits, kam es Zart in den Sinn, was würde geschehen, wenn sie bei ihrer nächtlichen Inspektion entdeckt würden, wenn irgendein Alarm losging? Aber schließlich wickelten sie hier kein Rififi ab, und außerdem: War Markus Vogler als Mitarbeiter nicht allein durch den Besitz passender Schlüssel hinreichend befugt, die Räume der Behörde zu betreten? Na ja, wahrscheinlich eher nicht. Im nächtlichen Schatten betraten sie das Gebäude.

Die Gänge waren, wie nicht anders zu erwarten, menschenleer. Einsam blinkte vor einem der Zimmer die Bereitschaftslampe eines großen Kopierers. Vogler betätigte den Lichtschalter, und nach einem kurzen Flackern ertönte das leise Brummen der Leuchtstoffröhren, deren kaltes Licht jeden Schatten vertrieb. Zart fragte sich, ob es von außen nicht auffällig war, wenn zu nächtlicher Stunde die Lichter in einer Behörde angingen. Schließlich hatte doch jedermann von klein auf gelernt, dass an diesen Orten nach sechzehn Uhr höchstens noch das Besetztzeichen zu erreichen war.

Das Zimmer von Senatsdirektor Hübelheimer war schnell gefunden. Natürlich kannte Vogler jede Tür der Behörde. Zart war sich sicher, dass er auch über die Höhe der Bezüge eines jeden Mitarbeiters hier Bescheid wusste, und überlegte, auf welchen Stuhl sein alter Kommilitone es wohl abgesehen hatte. Die Einrichtung in Hübelheimers Arbeitszimmer war schlicht und übersichtlich. Nicht einmal die sonst in Führungsetagen obligatorische Designerlampe war zu finden. Ein Tisch, zwei Sessel, ein Regal voller Bücher, das war's. An den Wänden hingen kleinformatige Kunstdrucke.

«Hat er nicht mal einen Laptop?»

Vogler schüttelte den Kopf und deutete auf die Tür zum Nebenzimmer. «Der Chef doch nicht! Macht alles seine persönliche Referentin, Frau …»

«Ich weiß, Frau Doppelnamen!», ergänzte Zart.

Vogler blieb im Türrahmen stehen und beobachtete sichtlich nervös, wie Zart den Computer hochfuhr. Danach zog er sich in Hübelheimers Arbeitszimmer zurück, weil er von dort aus, wie er betonte, den Flur besser im Auge behalten konnte. Bislang hatte sich Vogler wenig Angst und Skrupel anmerken lassen. Vielleicht wollte er aber auch die Gelegenheit nutzen und ein bisschen in den Aufzeichnungen und Papieren seines Vorgesetzten stöbern. Zart schossen derweil Filmsequenzen durch den Kopf, in denen Wachleute mit Taschenlampen und scharfen Hunden gerade dann durch den Flur patrouillierten, wenn die Heldin des Films irgendwelche lebenswichtigen Daten auf Diskette kopierte. Natürlich war der Kopiervorgang stets genau in dem Augenblick abgeschlossen, in dem der Wachmann den Raum betrat, und die Frau konnte sich jedes Mal noch gerade rechtzeitig unter dem Schreibtisch verstecken. Warum fiel diese Rolle im Kino eigentlich immer Frauen zu? Ein Piepen beendete den Startvorgang des Computers und holte Zart in die Realität zurück.

«Dauert's noch lange?», hörte er Vogler von nebenan rufen.

«Bin gleich so weit!», rief er zurück. Er war froh, dass sein wahres Anliegen Vogler verborgen blieb.

Die E-Mail war schnell verschickt. Nach Mikes Anweisungen ging es ganz einfach. Dann fiel sein Augenmerk auf eine Datei mit dem Titel *Rückführung*. Neugierig klickte er auf das

Ordnersymbol, aber ein Dialogfeld versperrte ihm den Zugriff auf die Daten. «Interessant», murmelte er und versuchte sein Glück bei einem anderen Ordner. Kein Problem. Nur der Ordner *Rückführung* war durch ein Password geschützt. Im Film hatte die Heldin natürlich stets eine Diskette zur Hand, mit deren Hilfe sie jedes erdenkliche Password knacken konnte. Aber vielleicht waren auch schon die Wachleute im Anmarsch? Alles Quatsch, beruhigte sich Zart, sie waren hier nicht im Silicon Valley. Nach drei Versuchen gab er es auf.

Außerdem drängte Vogler zum Aufbruch. Zart schaltete den Computer aus. Er war sich sicher, dass es für Mike kein Problem darstellen würde, das Password zu knacken – bestimmt konnte er das sogar mit geschlossenen Augen. In den Server von ArtSave war er schließlich auch binnen weniger Minuten eingedrungen, und dies hier war bloß ein Behördenrechner. Frau Homann-Huch, oder wie sie hieß, konnte zumindest keine Computerspezialistin sein, dachte Zart: Unter dem Mousepad hatte er ein handschriftliches Verzeichnis der wichtigsten Tastaturkürzel und einen tabellarischen Notfallplan für die tägliche Routinearbeit gefunden – unter anderem, wie man eine E-Mail verschickt. Hoffentlich hatte die Frau andere Qualitäten.

«Und? Fündig geworden?», fragte Vogler, als sie das Gebäude wieder verlassen hatten. Das Blaulicht eines vorbeifahrenden Streifenwagens spiegelte sich auf der regennassen Straße.

«Na klar!», entgegnete Zart. «Das hat sich gelohnt – ich stehe in deiner Schuld. Wenn ich mich irgendwie revanchieren kann …?»

«Nee, lass mal. Ist doch selbstverständlich – unter alten Freunden. Solange wir das nicht häufiger machen.»

Zart schüttelte den Kopf. «Bestimmt nicht!» Mit einem matten Schulterklopfen verabschiedete er sich von Vogler, zog das nasse Strafmandat unter dem Wischerblatt hervor und legte es zu den anderen ins Handschuhfach.

Eine Viertelstunde später betrat er das dunkle Treppenhaus einer alten Terrassenzeile im Karolinenviertel. Vorbei an einer Batterie schäbiger Briefkästen und entlang einer Reihe mehrerer mit armdicken Bügelschlössern gesicherter Mountainbikes führte ihn der Weg zu einer schmalen Stiege, die sich, streckenweise ohne Geländer, in einem engen Schacht emporwendelte. Je höher Zart stieg, desto mehr vermengten sich die Gerüche internationaler Küche zu einem undefinierbaren Duft. Mikes Wohnung befand sich auf der obersten Etage – vierter Stock mit Blick auf den ehemaligen städtischen Schlachthof.

Seit einigen Jahren schon standen die Räder der Tötungsfabrik still, und die Anwohner warteten gespannt darauf, welchem der bereits Schlange stehenden Investoren die Stadtvorderen das riesige Gelände verkaufen würden. Sollte die Fläche tatsächlich, wie man munkelte, an eine dieser süddeutschen Hypothekenkassen verscherbelt werden, vielleicht sogar zum symbolischen Preis von einer Mark oder – wenn es noch ein wenig dauerte – von einem Euro, und sollte der Investor dann, wie so oft geschehen, nach mehrjährigem Planungsstillstand plötzlich sein Konzept ändern und anstelle der versprochenen bürgernahen Mischbebauung die Pläne für Hotels, Gewerbe- und Eigentumswohnungen und ähnlich zinserträgliche Objekte hervorzaubern, dann, ja dann würde zumindest der hart gesottene Kern der Anwohner die alten Uniformen herauskramen. Eine Hasskappe hatte hier jeder Dritte noch in irgendeiner Schublade parat liegen.

Die Veteranen früherer Schlachten lebten allerdings inzwischen in vertrauter Gemeinschaft mit den unterschiedlichsten Kulturen friedlich in einer Straße zusammen. Wenn man berücksichtigte, dass sich ein Drittel der Anwohner in den Heimatländern aus nichtigem Anlass die Köpfe einschlug, konnte man, von den für eine Großstadt eher belanglosen Delikten einiger Kleinkrimineller einmal abgesehen, die Gegend wirklich als friedvoll bezeichnen.

«Volltreffer!», rief Mike, als er Zart die Wohnungstür öffnete. «Ich wusste gar nicht, dass man in der Kulturbehörde noch um diese Uhrzeit arbeitet.»

«Da war alles leer», sagte Zart und suchte sich einen freien Platz zwischen den Haufen achtlos beiseite geworfener Kleidungsstücke, Musikinstrumenten und Computerteilen, die sich im ganzen Zimmer verteilten.

«Bring mir ja nichts durcheinander!», ermahnte ihn Mike und ließ sich vor einer kniehohen Bongotrommel nieder, der er sogleich mit einem beiläufigen Wirbel mehrerer flinker Handschläge einen Krach entlockte, der in jedem anderen Stadtviertel die Nachbarn umgehend veranlasst hätte, die Polizei zu rufen.

«Und du bist dir absolut sicher, dass es die gleiche Adresse ist?», fragte Zart und hielt sich theatralisch die Ohren zu.

«Absolut!» Mike beendete das Trommelspiel mit einem ohrenbetäubenden Schlag. «Und was bedeutet das jetzt?»

«Das bedeutet, ich muss dringend mit Grit sprechen.»

«Sartorigasse zwo. Willst du ein Bier?» Mike stand auf, holte zwei Flaschen aus dem in dieser Hinsicht offenbar unerschöpflichen Kühlschrank, öffnete sie mit Hilfe eines Feuerzeugs und stellte sie zusammen mit einem überfüllten Aschenbecher vor Zart auf den Boden. Zart blickte ihn verständnislos an. «Da wohnt sie, die Margriet», half Mike ihm auf die Sprünge. «In Schwäbisch Gmünd!»

«Ach so ... ja – und ihre Telefonnummer?»

Mike zuckte mit den Schultern, während er begann, mehrere Blättchen Zigarettenpapier zusammenzukleben. «Die kriegst du bei der Auskunft.» Vorsichtig vermengte er die unterschiedlichen Bestandteile seiner bevorzugten Tabakmischung in einem Mörser, fügte ein wenig Granulat aus einer kleinen hölzernen Dose hinzu und rollte das Ganze geschickt zu einem karottengroßen Kegel zusammen. Mit mehreren kleinen Stößen verdichtete er den Inhalt, befeuchtete seine Finger und drehte das überstehende Papierende vorsichtig zusammen, sodass er letztendlich einen kleinen Zuckerhut in den Händen hielt. Schließlich nahm er das Feuerzeug und drehte sein Kunstwerk behutsam mit dem breiten Ende durch die züngelnde Flamme, bis sich der zusammengedrehte papierne Verschluss wie eine Kappe abnehmen ließ. Ein orientalischer Duft breitete sich im Zimmer aus.

Es war schon einige Zeit her, dass Zart seinen letzten Joint geraucht hatte. Auch deshalb stellte sich die erwartete Wirkung bereits nach wenigen Zügen ein. Er überlegte, wie lange der Zustand der Schwerelosigkeit anhalten würde, reichte Mike die Tüte, lehnte sich zurück und schloss die Augen. Nach und nach holten ihn die Gerüche seiner Jugendjahre ein, allem voran der liebliche Duft von Apfelshampoo, vermengt mit dem strengen Geruch von Patchouli-Öl, dem bevorzugten Parfüm seiner ersten Freundin …

Als Zart die Augen aufschlug, war es bereits taghell. Er wusste weder, wie spät es war, noch, wie lange er geschlafen hatte, war aber beruhigt, dass das nächtliche Gelage zumindest keine der üblichen Nebenwirkungen, namentlich Schädelbrummen oder eine pelzige Zunge, bei ihm hinterlassen hatte. Mike saß an seinem Arbeitstisch und studierte irgendeine Computerzeitschrift.

«Wie spät ist es?», fragte Zart mit brummiger Stimme und befreite sich aus seiner provisorischen Schlafstatt, einem Sitzkissen inmitten eines Haufens aus Hosen, Jacken und Pullovern.

«So gegen vier», murmelte Mike, ohne aufzublicken. «Lange nichts mehr geraucht, was?»

«Stimmt!», sagte Zart. «Plötzlich war's dunkel. Ich leih mir mal deine Zahnbürste, ja?» Er erhob sich und verschwand hinter einer schmalen Tür neben dem Eingang. Es war stockdunkel und roch muffig. Vorsichtig, darauf bedacht, nicht schon wieder mit den Fingern eines der offenen Stromkabel zu berühren, tastete er nach dem Lichtschalter. Der Zustand der Zahnbürste ließ Zart von seinem Vorhaben Abstand nehmen. Auch der Rest des kleinen Badezimmers machte keinen einladenderen Eindruck. «Ich leg dein Toupet mal beiseite!», rief er ins Nebenzimmer. Nachdem er die Haare aus dem Waschbecken entsorgt hatte, nahm er eine Katzenwäsche mit kaltem Wasser vor.

«Wenn ich gewusst hätte, dass du über Nacht bleibst, hätte ich dir natürlich das Gästezimmer hergerichtet», spottete Mike, als sein Besucher kurze Zeit darauf in den einzigen Wohnraum zurückkam. Zart blickte sich um und fragte sich, wie schon so oft, wo Mike eigentlich schlief. In dem chaotischen Durcheinander des Zimmers war keine Spur von einem Bett zu sehen. «Hauptsache, du findest, was du suchst», war der einzige Kommentar, der ihm zum Zustand der Wohnung einfiel. Es lag ihm fern, seinem Freund irgendwelche Vorhaltungen über dessen Lebensstil zu machen, aber er merkte, dass er sich in früheren Zeiten weniger an Schmutz und Unordnung in fremden Wohnungen gestoßen hätte.

«Lass uns unten bei Erika frühstücken», schlug Mike vor, aber Zart winkte ab.

Ihm stand nicht der Sinn nach einem frühmorgendlichen Stelldichein in der ehemaligen Schlachterkneipe. So gut und reichhaltig das Essen bei Erika auch war, die Vorstellung, um diese Uhrzeit mit übermüdeten Droschkenfahrern und ähnlichen Nachtschattengewächsen an einem Tisch zu sitzen und die Erlebnisse der letzten Nacht zu diskutieren, ließ ihn erschaudern. «Du kannst den Wagen bis morgen früh haben», bot er Mike stattdessen an und schaute gedankenverloren den flimmernden Bildschirm auf dem Arbeitstisch an.

«Prima. Dann lass uns jetzt aufbrechen», sagte Mike. «Ich setz dich zu Hause ab», bot er an. «Oder ist sonst noch was?»

«Ja, wenn du so gut wärst. Im Computer, von dem ich dir die E-Mail geschickt habe, gibt's einen Ordner mit Namen *Rückführung* ...»

«Ja, und?»

«Irgendwie hab ich den nicht öffnen können.»

«Password?», fragte Mike.

«Genau. Mmmh ...»

Mike hob stumm die Augenbrauen und begann zu grinsen. Schließlich gab Zart sich geschlagen.

«Einverstanden, Silvesterschicht und Weihnachtstage gehört die Taxe dir.»

«Das hört sich gut an.» Mike schüttelte Zarts Hand, als hätte dieser gerade einen Teppich von ihm erworben. Dann wendete er sich seinem Computer zu. «Hast du den Rechner angelassen?»

«Nee, wieso?», fragte Zart verdattert.

Mike rollte mit den Augen und schlug Zart freundschaftlich auf die Schulter. «Auch wenn ich aus dem Urwald komme – so ganz ohne Strom komm ich bei der Geschichte dann doch nicht weiter.»

Zart schlug sich ärgerlich mit der flachen Hand gegen die Stirn. «Daran hätt ich denken können.»

«Macht nichts», versicherte Mike und warf einen flüchtigen Blick auf seine Armbanduhr. «Bis heute Mittag wird die Sache ja wohl noch Zeit haben, oder? Wenn die einschalten, bin ich dran.»

Etwa eine Stunde später streckte sich Zart auf seinem eigenen Bett aus. Die Dame vom Amt hatte nicht nur eine sehr angenehme Stimme, sie erwies sich auch, da Zart den Straßennamen in Schwäbisch Gmünd bereits wieder vergessen hatte, als sehr hilfsbereit. Aber auch sie konnte nichts daran ändern, dass am anderen Ende der Leitung niemand den Hörer abnahm.

Unerwartetes

Als man Grit hereinführte, trug sie nichts weiter als ein schmutziges, an mehreren Stellen zerrissenes Hemd, das gerade bis zu ihren Hüften reichte. Sie sah zum Erbarmen aus und war mechanisch bemüht, ihre Blöße zu bedecken, doch je mehr sie den Saum herabzog, desto weiter riss der Stoff ein, und das Hemd rutschte Stück für Stück über ihre Schultern. Ihre Haare waren zerzaust, und aus den weit aufgerissenen Augen drang der Blick einer Wahnsinnigen. Willenlos ließ sie sich zu dem großen Holztisch in der Raummitte führen, wo man ihr das Hemd wie ein Büßergewand vom Körper riss und sie auf die Tischplatte legte. Oberkustos Schmitt trat vor und zog ein riesiges Vergrößerungsglas aus seiner ledernen Schürze, mit dem er jeden Winkel des vor ihm ausgebreiteten Körpers akribisch inspizierte. Einige Gehilfen standen um den Tisch versammelt und hielten große Blätter mit Aktzeichnungen in die Höhe. Schmitts Blick pendelte vergleichend zwischen Zeichnungen und Vergrößerungsglas. «Ohne Zweifel! *Sie* war das Modell», verkündete er. Das Publikum hob neugierig die Köpfe. Ein hagerer Mann in schwarzer Robe trat hervor. Er trug die Gesichtszüge von Markus Vogler. «Die Bilder müssen verbrannt werden!», rief er in gebieterischem Tonfall. Ein Raunen ging durch die Menge. Feuer flackerte aus eisernen Trögen, die in den Ecken des Raumes standen. Das Publikum starrte auf eine hölzerne Empore, auf der eine übergroße Zinkwanne ruhte. Unter einem Baldachin schwenkte Bea im Kostüm einer Amazone einen Palmwedel. Inmitten des weißen Schaums, der langsam aus der Badewanne quoll, erkannte Zart einen riesigen Bildschirm, auf dem Mikes Antlitz erschien: «Das Orakel bestätigt euren Verdacht!» Abermals ging ein Raunen durch die

Menge, das von einer kreischenden Stimme unterbrochen wurde: «Sie war es! Sie war es! Sie hat gesündigt!» Die Stimme gehörte zu Saskia, die aus dem Publikum aufgesprungen war und mit ausgestreckter Hand auf Grit zeigte. Der Rest der Anwesenden fiel in einen apathischen Choral: «Sie muss weg. Sie muss weg.» Grit streckte ihre Hand nach einem Telefon aus, konnte den Hörer aber nicht erreichen. Hinter dem Richtertisch erhob sich nun der mächtige Großinquisitor, und augenblicklich kehrte Ruhe ein. Nachdem er seine Maske abgestreift hatte, konnte Zart in der Person Senatsdirektor Hübelheimer erkennen, der mit einem Hammer vor sich auf den Tisch schlug. «Höre ich ein Gebot?» Zart hob den Arm und wühlte aufgeregt in seinen Taschen, aber außer einer alten Zahnbürste förderte er nichts zutage. Panik erfasste ihn. Das Pochen der Hammerschläge wurde immer bedrohlicher. «Zum Ersten ... Zum Zweiten ... Und zum ...»

Zart schlug die Augen auf. In seinem Schädel pochte es, und er war in Schweiß gebadet. Ein kühler Windzug durchstreifte den Raum und versetzte die Paravents an der Decke in taumelnde Bewegung. Nach einigen Sekunden registrierte Zart, dass das Klopfgeräusch von seiner Wohnungstür kam. Er sprang auf und schlüpfte in seine Jeans.

«Die Tür ist offen!», rief er erwartungsvoll Richtung Eingang und knöpfte sein Hemd zu.

«Herr Zart?» Der Mann, der den Raum betrat, war von untersetzter Statur. In seiner rechten Hand hielt er einen kleinen Plastikausweis, den er beiläufig in die Höhe hielt.

«Ja bitte?» Ohne den Ausweis genauer in Augenschein zu nehmen, wusste Zart, dass es sich weder um einen Presse- noch um einen Schwerbehindertenausweis handelte.

«Grützke. Kripo Hamburg. Ich hoffe, ich komme nicht ungelegen.»

«Kriminalpolizei? Worum geht's?» Dass der Mann nicht

wegen der unbezahlten Strafmandate herkam, war Zart ebenso klar wie der Umstand, dass er sich nun in einer weitaus ungünstigeren Ausgangsposition befand, als wenn er von sich aus zur Polizei gegangen wäre. Aber schließlich hatte er sich nichts Wirkliches zuschulden kommen lassen. Nun gut, vielleicht Zurückhaltung von Beweismitteln, Behinderung der Polizeiarbeit und natürlich die Sache in Hübelheimers Büro. Sollte Markus etwa …? Verlegen bot er dem Kriminalbeamten einen Stuhl an. «Kann ich Ihnen etwas zu trinken anbieten?»

«Vielen Dank. Kennen Sie eine Frau Hoffmann?»

Zart erschrak. Damit hatte er nicht gerechnet. «Ist ihr etwa etwas zugestoßen?», fragte er hastig.

«Sie hat doch bei Ihnen gewohnt?»

«Ja, was ist passiert? Steckt sie in Schwierigkeiten?» Die Bilder des Albtraums drangen noch einmal in sein Bewusstsein.

«Gewissermaßen, ja.»

Seltsamerweise beruhigten Zart die Worte. Egal was geschehen war, zumindest war sie nicht tot.

«Wie stehen Sie zu Frau Hoffmann?»

Zart hatte genug Erfahrung im Umgang mit der Polizei, um zu wissen, dass jedes unbedachte Wort seinerseits ernsthafte Konsequenzen haben konnte. Erst musste er erfahren, was vorgefallen war. «Ich kenne Frau Hoffmann erst seit kurzem und auch nur flüchtig», gab er zur Antwort, was ja zumindest teilweise den Tatsachen entsprach. «Wenn Sie mir kurz erklären könnten, worum es geht …?»

«Nun, Frau Hoffmann befindet sich in Zürich. Die Schweizer Kollegen verhören sie im Zusammenhang mit einem Mordfall.»

«Mordfall!?» Ging man in Sachen Wiegalt nun doch von einem gewaltsamen Tod aus? Aber wieso denn Zürich? Hatte man eine internationale Fahndung gestartet? «Wer wurde ermordet? Ist Frau Hoffmann verhaftet worden?»

«Bei dem Toten handelt es sich um einen Deutschen ...» Der Polizeibeamte zögerte einen Moment, als müsse er überlegen, welche Informationen er preisgeben dürfe. «Ein Unternehmer aus Schwäbisch Gmünd», erklärte er schließlich. «Soweit uns bekannt ist, handelt es sich dabei um den Chef von Frau Hoffmann.»

«Hirtmeyer? Du liebe Güte!», entfuhr es Zart.

«Sie kennen den Mann?», fragte der Polizist im Tonfall einstudierter Überraschung, als hätte er nichts anderes erwartet.

«Nur dem Namen nach. Frau Hoffmann hat das letzte Wochenende mehrmals vergeblich versucht, ihn telefonisch zu erreichen. Was ist denn passiert?»

«Er wurde tot in einem Züricher Hotel aufgefunden, eben von Frau Hoffmann! Sie wussten nicht, dass Frau Hoffmann sich in der Schweiz aufhält?»

«Nein», versicherte Zart. «Wird sie verdächtigt, etwas mit Hirtmeyers Tod zu tun zu haben?»

«Das kann ich Ihnen nicht sagen. Aber nach eigener Aussage hat sie die Polizei verständigt, nachdem sie die Leiche in der Badewanne seines Hotelzimmers vorgefunden hat.»

«In der Badewanne?» Zart überlegte, was Grit in Hirtmeyers Hotelzimmer zu suchen hatte. Woher kannte sie seinen Aufenthaltsort? Warum war sie so überstürzt abgereist?

«Ja, sie hat ausgesagt, sie wäre nach Zürich gefahren, um sich dort mit Hirtmeyer zu treffen», erklärte der Polizeibeamte, als hätte er Zarts Gedanken gelesen. «Wissen Sie etwas über ihr Verhältnis zu Hirtmeyer? Ist es möglich, dass Frau Hoffmann ein Verhältnis mit ihrem Chef ...?»

«Nein, das kann ich mir eigentlich nicht vorstellen», gab Zart zögernd zur Antwort. Er überlegte, ob er das Bild, das er sich während der letzten Woche von Grit gemacht hatte, revidieren musste. War es möglich, dass er sich so in ihr getäuscht hatte? «Warum hält man sie fest?», fragte er.

«In der Schweiz ist man, was Leichen in Hotelbadewannen betrifft, offenbar recht empfindlich … insbesondere, wenn es sich um *deutsche* Hotelgäste handelt», erklärte der Polizist mit todernster Miene.

«Wie kam er ums Leben?», fragte Zart. Er hatte eine schreckliche Ahnung. «Hat man vielleicht einen Föhn …?»

Der Polizeibeamte blickte interessiert auf. «Ein Stromschlag? Nein! Soweit uns bislang bekannt ist, wurde er stranguliert. Wie kommen Sie denn auf einen Föhn?»

Zart war klar, dass es nach seiner Bemerkung wenig Sinn hatte, die Vorkommnisse während Grits Aufenthalt in Hamburg zu verschweigen. Früher oder später würde man über die Sache mit Wiegalt stolpern. Ihn wunderte allerdings, dass die Polizei nicht längst über alles im Bilde war. Aber angesichts der dramatischen Wendung, die der Fall durch Hirtmeyers Tod angenommen hatte, erschien ihm der Erfolg in Sachen Bildwiederbeschaffung nebensächlich. Die Hauptsache war, Grit kam ungeschoren aus dem ganzen Schlamassel heraus. Also erzählte er dem Beamten in Grundzügen die Geschehnisse der letzten Woche, von Grits Auftrag, ihrem zufälligen Zusammentreffen und von Wiegalt. Die Ergebnisse ihrer beider Recherche bezüglich des Auftraggebers von ArtSave sowie das Geheimnis der Mappe erwähnte er allerdings ebenso wenig wie die Interessen von Oberkustos Schmitt.

«Das ist ja wirklich sehr interessant.» Der Kriminalbeamte machte keinen Hehl aus dem Umstand, dass ihm der mangelnde Kenntnisstand in Sachen Wiegalt unangenehm war. «Und dieser Wiegalt lag ebenfalls tot in seiner Badewanne?» Während er sich einige Notizen machte, schüttelte er verständnislos mit dem Kopf. «Ich muss gestehen, dass mir die Sache nicht bekannt ist. Selbst wenn man von einem Unfall oder Selbstmord ausgeht … Und Ihre Personalien wurden von den Kollegen aus Schleswig-Holstein aufgenommen?»

Zart nickte.

«Während Frau Hoffmann in Hamburg war, waren Sie die ganze Zeit …?» Es war klar, worauf die Frage abzielte.

«Ich habe sie keine Sekunde aus den Augen gelassen», erklärte Zart. Das war nicht übertrieben.

«Verstehe. Ja, dann bleibt mir vorerst nichts, als mich bei Ihnen für die Informationen zu bedanken. Falls wir noch weitere Fragen haben …» Der Kriminalbeamte reichte Zart eine Visitenkarte.

«Werden Sie die Informationen an die Schweizer Polizei weiterleiten?», fragte Zart, während er den Polizisten zum Ausgang begleitete. «Ich meine … oder wäre es sinnvoll, wenn ich vielleicht nach Zürich …?»

«Das bleibt natürlich Ihnen überlassen. Aber um Sie zu beruhigen, ich werde mich sofort mit den Schweizer Kollegen in Verbindung setzen. Von daher nehme ich an, wenn es keine eklatanten Verdachtsmomente gibt, dass Sie sich die Reise sparen können.»

Kaum hatte der Kriminalpolizist das Haus verlassen, stürzte Zart zum Telefon. Konsulat, Botschaft, Kantonspolizei Zürich, er würde alle Hebel in Bewegung setzen. Aber nach etwa zwei Stunden musste er resigniert feststellen, dass der eidgenössische Behördenapparat genauso stur wie sein deutsches Pendant war. Ohne nachweisliche Familienzugehörigkeit erhielt er keine Informationen. Gerade wollte er aufgeben, als das Telefon klingelte.

«Zart?»

«Grit! Endlich! Wo bist du?» Er schrie förmlich in den Hörer.

«Ich war in Zürich, und … ich meine, ich wollte mich mit Hirtmeyer treffen … und dann … und er ist tot … und …»

«Ich weiß, die Polizei war gerade hier.»

«Ich habe ihnen deine Adresse gegeben. Mir fiel einfach niemand anderes ein. Bist du sauer?»

«Nein, es war doch richtig. Hast du der Polizei alles erzählt?»

«Ja. – Nein», korrigierte sie sich sofort. «Ich meine sauer, weil ich einfach so weg bin …»

«Na ja.» Zart schluckte. «Ich wusste nicht so recht …»

«Ob ich wiederkomme?» Grits Stimme klang fast vorwurfsvoll.

«Ja, weißt du, ich habe nur … also, ich wollte sagen …» Er biss sich auf die Unterlippe. Verdammt, er führte sich auf wie ein verliebter Teenager. Und das in dieser Situation. «Quatsch!», sagte er. «Natürlich möchte ich, dass du herkommst. Ich hab zwar nur eine Dusche, aber wenn du unbedingt eine Badewanne willst … Die scheinen dich ja magisch anzuziehen.»

«Ich kann doch nichts dafür.»

«Los, pack deinen Koffer und komm her! Bist du noch in Zürich?»

«Ich würde wirklich lieber jetzt als gleich kommen», gestand Grit. «Aber das geht nicht. Ich bin hier in Schwäbisch Gmünd, bei ArtSave. Hier läuft gar nichts mehr. Die Polizei ist da und auch die Steuerfahndung. Die stellen den ganzen Laden auf den Kopf und verhören alle Mitarbeiter. Man ermittelt wegen des Verdachts der Steuerhinterziehung. Hirtmeyer hatte in Zürich einen Termin bei einer Privatbank. Es ist alles so schrecklich … Ich hab ja überhaupt keine Ahnung gehabt … Und vielleicht hat Hirtmeyer sogar was mit dem Tod von Wiegalt zu tun.» Ihre Stimme versagte.

«Nun mal schön langsam und der Reihe nach!», forderte Zart sie auf.

«Die haben in Hirtmeyers Unterlagen Flugtickets gefunden, aus denen hervorgeht, dass er einen Tag vor mir nach Hamburg ist. Stell dir das vor! Am Tag als wir Wiegalt gefunden haben, ist er am späten Nachmittag zurück in die Firma gekommen, hat ein paar Sachen zusammengesucht und ist dann direkt weiter nach Zürich geflogen.»

«Was ist mit der Mappe?», fragte Zart. «Hat man die Mappe mit den Modiglianis bei ihm gefunden?»

«Nein, von einer Mappe hat niemand was gesagt. Dafür interessiert sich hier im Moment auch keiner. Aber ich habe eine unserer Mitarbeiterinnen hier gefragt. Sie will gesehen haben, dass Hirtmeyer, als er in die Firma kam, eine Mappe bei sich hatte.»

Am liebsten hätte Zart Grit gleich von seinem Gespräch mit Oberkustos Schmitt erzählt, aber er besann sich eines Besseren. Wenn Grit aus der Firma anrief, hörte vielleicht jemand das Gespräch mit.

«Aber es kommt noch dicker», fuhr Grit fort. «Erinnerst du dich noch an das Gespräch mit Professor Wachholt, in dem er uns von einem NS-Funktionär erzählte, der in Paris während der Besatzungszeit die Beschlagnahmung und die Enteignung jüdischen Vermögens durchführte?»

«Ich erinnere mich schwach, ja. Wie kommst du jetzt *darauf*?»

«Die Schweizer Polizei hat recht schnell die Bank herausbekommen, bei der Hirtmeyer einen Termin hatte. Es ging da um ein Konto, das Anfang der vierziger Jahre eingerichtet wurde. Und die deutschen Kollegen aus Schwäbisch Gmünd konnten beisteuern, dass der Gute der uneheliche Sohn einer Nazigröße war. Erinnerst du dich noch an den Namen, den Wachholt erwähnt hat?»

Zart dachte angestrengt nach. «Ich glaube, Bold oder so ähnlich ...»

«Siehst du, und genau so hieß auch der Vater von Hirtmeyer. Interessant, was?»

«Ja, wirklich interessant. Hast du der Polizei von der Mappe erzählt?»

«Ja, aber ich glaube, man schenkt der Sache keine sonderliche Aufmerksamkeit.»

Wie sollte man auch, dachte Zart. Schließlich hatten, vom toten Hirtmeyer einmal abgesehen, außer ihm selbst nur Schmitt, Hübelheimer und – wie es den Anschein hatte – noch ein unbekannter Vierter Kenntnis vom geheimnisvollen Inhalt der Mappe.

«Was ist?», tönte es vom anderen Ende der Leitung. «Was sagst du dazu?»

«Wie es aussieht, hast du gerade deinen Job verloren», sagte Zart. Es war einfach nicht der Moment, die Angelegenheit weiter am Telefon zu besprechen.

«Könnte man sagen, ja.»

«Gut. Wenn die Sache bei ArtSave vorüber ist, packst du am besten deine ganzen Sachen und kommst her. Oder gibt es noch etwas, was dich in Schwäbisch Gmünd hält?», fragte Zart, als Grit nicht sofort antwortete.

Wohlüberlegt hatte er die Betonung auf *ganze Sachen* gelegt, in der Hoffnung, Grit möge den Wink verstehen. Nachdem das Telefonat beendet war, klang ihr zaghaftes «Eigentlich nicht» noch in seinem Ohr, und Zart grübelte, ob er der Dringlichkeit seines Vorschlags zu wenig Ausdruck verliehen oder ob Grit sich umgekehrt vielleicht überrumpelt gefühlt hatte. Ein Hauch von Endgültigkeit hatte in seinen Worten mitgeschwungen, aber das war beabsichtigt gewesen. Er hatte während der letzten Tage genug Zeit gehabt, und er hatte nach sorgfältiger Abwägung beschlossen, dass sie eigentlich ganz gut zusammenpassten.

Nachdem ein Hoffnungsschimmer seine Gefühlswelt zurechtgerückt hatte, setzte Zart sich an den Küchentisch und brachte seine Gedanken in Form einiger Notizen zu Papier. Er versuchte die komplizierten Geschehnisse zu einem verständlichen Ganzen zusammenzusetzen. Nach einigen Anläufen hatte er ein vertretbares Erklärungsmuster zusammen, aber von welcher Seite er es auch betrachtete, der Einsatz bei dem Spiel, so hoch er auch war, rechtfertigte keinesfalls die vielen Toten der letzten Tage.

Mike war in Eile. Eigentlich sollte es nur ein kleiner Abstecher zwischen zwei Touren sein, aber inzwischen saßen sie bereits über eine Stunde zusammen und grübelten gemeinsam darüber nach, was es mit den Tabellen, die Mike vom Rechner der Kulturbehörde heruntergeladen und ausgedruckt hatte, auf sich hatte. Allem Anschein nach handelte es sich um eine mehrere Seiten umfassende, wahllose Auflistung internationaler Kunstinstitutionen, Museen, Galerien und Auktionshäuser sowie einiger Adressen von Privatpersonen. Hinter den Adressen waren jeweils mehrere Spalten mit Zahlenkolonnen, Datumsfeldern und eine Reihe kryptischer Kürzel aufgeführt.

Mike leerte seine vierte Tasse Kaffee. «Ich hab wirklich keinen Schimmer, was das bedeuten soll.» Er deutete auf eine der Spalten. «Die Zahlen- und Ziffernfolge ist absolut uneinheitlich.»

«Könnte es sein, dass es sich dabei um Inventarnummern handelt?», fragte Zart.

«Das fragst du mich? Es wirkt jedenfalls so, als hätte jemand versucht, mit einem Programm für Tabellenkalkulation eine Datenbank aufzubauen. Das Einzige, was ich feststellen kann, ist, dass die Felder mit dem Datum mal mit irgendwelchen Textdokumenten verknüpft waren. Ich kann durch die Kodierung sogar erkennen, dass den Textdokumenten ein Serienbrief zugrunde liegt, aber mehr auch nicht. Die Verknüpfungen sind aufgehoben worden. Ich hab den ganzen Server nach passenden Dateien abgesucht und nichts gefunden. Wahrscheinlich wurden die Dokumente gelöscht, oder sie befinden sich auf einem externen Speichermedium.»

«Nun gut.» Zart faltete die Zettel zusammen. «Vielen Dank, Mike, du bist echt Gold wert. Kann ich die Sachen behalten?»

Mike tippte sich mit dem Finger an die Stirn. «Klar, Mann, was soll ich damit? Außerdem weiß ich eh von nichts ...» Mit einem Augenzwinkern erhob er sich, griff nach seiner Geldbörse und machte Anstalten zu gehen.

«Sag mal», rief Zart ihm nach, bevor er die Tür erreicht hatte. «Weißt du, wo man günstig Badewannen kaufen kann?!»

«Badewannen?» Mike drehte sich um. «Wieso gehst du nicht runter zu Bea ...?» Mit einem breiten Grinsen streckte er Zart seine Faust entgegen. Die Spitze seines Daumens bewegte sich anstößig zwischen Zeige- und Mittelfinger hin und her. «Aah, verstehe!», kommentierte er, als Zart diese Provokation nur mit einem schiefen Lächeln beantwortete. «Hast du angerufen oder sie?»

«Wir beide.»

Ein letzter Besuch

Die Dämmerung hatte bereits eingesetzt, als Zart das Anwesen von Professor Wachholt erreichte. Auf den ersten Blick schien es so, als wäre niemand zu Hause.

Zart hatte den Wagen etwas abseits des Hofes geparkt. Nachdem er mehrmals an die Tür geklopft und niemand geöffnet hatte, wollte er eigentlich schon zurückfahren, aber dann entdeckte er Wachholts alten Porsche neben dem Stallgebäude. Die tickenden Geräusche aus dem Motorraum verrieten ihm, dass der Wagen noch vor kurzem bewegt worden war, also beschloss er, einmal um das Gebäude zu laufen. Vielleicht war der Professor im Garten und hatte sein Klopfen nicht gehört.

Als Zart die Veranda auf der Rückseite des Hauses umrundet hatte, bemerkte er einen schwachen Lichtschein hinter einem schmalen Fenster. Er stellte sich auf Zehenspitzen und presste sein Gesicht an die Scheibe. Das flackernde Licht stammte von einer Kerze in einem altmodischen Tischleuchter aus Messing. Professor Wachholt saß, die Beine hochgelegt, in einem ledernen Ohrensessel und schien fest zu schlafen. Neben ihm stand ein halb geöffneter Koffer und ein Stapel großformatiger Bücher. Zart klopfte mit dem Wagenschlüssel vorsichtig gegen die Scheibe. Es dauerte ein wenig, bis Wachholt reagierte und sich verwirrt im Zimmer umblickte. Als er Zart hinter der Scheibe erkannte, winkte er ihm überrascht zu und erhob sich. Mit bedächtigen Schritten bewegte er sich Richtung Veranda und öffnete Zart die Tür. «Welch später Besuch.» Wachholt trat einen Schritt zur Seite. «Komm rein. Ich war nur ein wenig eingenickt.»

Wachholt sah mitgenommen und müde aus. Zart stutzte,

weil der Professor ihn, was bislang noch nie geschehen war, geduzt hatte. Vielleicht war er aber auch einfach noch nicht richtig wach, dachte Zart und trat ein. «Wollen Sie verreisen?», fragte er und wies auf den Koffer. «Ich hoffe, ich störe nicht?»

Wachholt machte eine abwinkende Handbewegung und schüttelte den Kopf. «Ich war, mein Lieber, ich war. Ich komme gerade aus Luzern zurück», stöhnte er. «Eine Besprechung mit Seligmann. Die Reise war etwas anstrengend. Na ja, in meinem Alter ...» Er zuckte entschuldigend mit den Schultern und deutete auf eine Sitzgruppe im hinteren Teil des Zimmers. «Setzen wir uns doch», forderte er Zart auf. «Du bist alleine gekommen? Was gibt's für Neuigkeiten?»

Da war es wieder, dieses überraschende *Du*. Irgendetwas hatte es bestimmt zu bedeuten, dachte Zart. Aber solange er den Grund für diese ungewohnte Form der Vertrautheit nicht kannte, beschloss er, das *Du* zu ignorieren. «Haben Sie mit Hirtmeyer gesprochen?», fragte er ohne Umschweife.

«Hirtmeyer?» Wachholt wiederholte den Namen mit fragendem Unterton und legte die Stirn in Falten. «Ach! Siehst du!», rief er plötzlich. «Ich wusste doch, dass ich etwas vergessen habe!» Er tippte sich, als müsse er einer altersbedingten Gedächtnisschwäche Nachdruck verleihen, mehrmals mit dem erhobenen Zeigefinger gegen die Stirn und machte Anstalten, nach der Visitenkarte, die Grit ihm gegeben hatte, zu suchen. «Ich bin doch alt geworden», brummte er.

Zart war nicht entgangen, wie sich Wachholt während der letzten Minuten mehrfach am Unterarm gekratzt hatte. Die hochgekrempelten Hemdärmel ließen rötlich schuppige Stellen an seinen Armen erkennen. Er dachte an das, was ihm Oberkustos Schmitt über Wachholts Gesundheitszustand erzählt hatte. «Geht es Ihnen nicht gut?», fragte er mit besorgter Stimme.

«Doch, doch ...» Wachholt wandte sich Zart zu und blickte

ihm in die Augen. Einen Moment lang verharrte er so, dann lächelte er. «Das heißt: den Umständen entsprechend.» Er machte einen Schritt auf Zart zu, hielt in der Bewegung aber plötzlich inne und erklärte mit gedämpfter Stimme: «Ich habe nicht mehr so viel Zeit, mein lieber Zart – wenn es das ist, was du meinst ...»

Zart schaute auf die Stellen an Wachholts Armen.

«Nein, nein! Das ist es nicht», sagte Wachholt. «Das ist eine alte Sache, eine Flechte – allergische Reaktion. Das schleppe ich schon seit meiner Kindheit mit mir rum!» Er ließ seine Hände mit kreisenden Bewegungen über seinen Oberkörper fahren. «Es sitzt überall hier!», gab er zu verstehen. «Und frisst mich langsam von innen auf.» Er machte nicht den Eindruck, als wolle er seine Krankheit weiter erörtern.

«Ich hatte nochmals ein Gespräch mit Volkwin Schmitt», versuchte Zart das Thema zu wechseln. «Es war sehr aufschlussreich ...»

Wachholt hatte seine Aufmerksamkeit auf das Etikett einer Weinflasche gerichtet, die er aus einem schmiedeeisernen Dekantierständer zog. «Hmm, ja, ja. Das kann ich mir vorstellen. Ein 80er Gigondas Montmirail. Möchtest du auch ein Glas?» Mit einem alten Taschenmesser schnitt er behutsam den Rand der Kapsel ab, klappte das entsprechende Utensil aus dem Messer und drehte die eiserne Spirale langsam in den Korken. Schließlich stellte er die Flasche auf den Tisch und zog den Korken mit einem ploppenden Geräusch heraus. Ganz so kraftlos und altersschwach wie gerade eben wirkte er jetzt nicht mehr. «Und nun glaubst du, dass du die ganze Sache durchschaut hast, und willst mir davon erzählen.» Das klang nicht nach einer Frage – vielmehr nach einer Feststellung. Mit einem abgeklärten Lächeln auf den Lippen füllte er zwei Weingläser und reichte Zart eines davon. «Na, dann schieß mal los!»

Zart wusste nicht, wie er beginnen sollte. Außerdem schien

ihm Wachholts Verhalten recht seltsam. So kannte er ihn gar nicht, so väterlich überlegen und voll stoischer Gelassenheit. «Sie hatten Recht», begann er, nachdem er von dem wirklich vorzüglichen Wein probiert und Wachholt gegenüber in einem tiefen Ledersessel Platz genommen hatte. «Es hat alles mit Martin Repsold, dem Schwiegervater von Schmitt, angefangen.»

Wachholt beobachtete ihn über den Rand des Weinglases hinweg. Es machte nicht den Anschein, als wenn er ihn unterbrechen wollte. Auch schien er nicht sonderlich überrascht zu sein.

«Repsold hat während des Krieges, wie Sie vermutet haben, Kunstwerke, welche die Nazis vernichten wollten, gerettet – sprich: ins Ausland geschafft. Seine Stellung im Einsatzstab Kunsterfassung machte ihm das möglich. Er hat die Bilder der als entartet eingestuften Künstler umbenannt und sie unbedeutenden oder unbekannten Künstlern zugeschrieben. Das wäre natürlich jedem Fachmann sofort aufgefallen, aber angesichts der Masse enteigneter und geraubter Kunstwerke haben die betreffenden Stellen im Deutschen Reich eine Sichtung der Bestände nur anhand der vor Ort erstellten Inventarlisten vornehmen können. Also hat Repsold die Inventarlisten gefälscht und die entsprechenden Bilder, von denen er nun mit Recht annehmen konnte, dass sich niemand für sie interessieren würde, ins Ausland geschmuggelt, wo sie der sicheren Vernichtung entkommen sind. Aber wie es den Anschein hatte, tat Repsold dies alles nicht aus Eigennutz. Er hat nämlich – um die Bilder nach Kriegsende für eine Rückgabe identifizieren zu können – alle Werke mit ihren ursprünglichen und neuen Titeln auf Mikrofilm gesichert. Und jetzt kommt's!» Zart wollte sich mit einem flüchtigen Blick vergewissern, ob Wachholt seinen Worten die nötige Aufmerksamkeit schenkte, aber was er sah, wirkte eher wie ein bestätigendes Nicken.

«Diese Mikrofilme mit den Inventarlisten», fuhr er leicht irritiert fort, «versteckte Repsold in der Mappe mit den Aktzeichnungen von Modigliani. Nur Repsolds Frau wusste von dem Versteck!» Er machte eine Pause und warf Wachholt einen scharfen Blick zu. «Seine Frau», wiederholte er, «und dieser Bold, der Leiter der Devisenbeschaffungsstelle in Paris, von dem Sie mir und Grit erzählt haben.»

Günther Wachholt verharrte regungslos in seinem Sessel. Es schien Zart, als weilten die Gedanken des alten Mannes in ferner Vergangenheit. Mit einer kaum merklichen Handbewegung forderte Wachholt ihn schließlich auf fortzufahren.

«Zu diesem Bold komme ich später», erklärte Zart. «Die Mappe ist in den Wirren des Krieges verschwunden. So, jetzt machen wir einen Sprung in die Gegenwart: Tomasz Wiegalt, der Tote, den Grit und ich in seiner Badewanne gefunden haben, stammt aus Kattowitz, dem letzten bekannten Aufenthaltsort von Martin Repsold während des Krieges. Ich weiß nicht genau, wie, aber irgendwie ist dieser Wiegalt über ein Erbe an die Mappe gekommen. Er hatte allerdings keine Ahnung, dass sich außer den Zeichnungen noch etwas anderes in der Mappe befindet. Wiegalt bietet die Mappe zum Verkauf an und gerät an Quast, von dem er weiß, dass der an erotischer und pornographischer Kunst interessiert ist. Quast will natürlich wissen, ob die Blätter echt sind, also bekommt er von Wiegalt ein Blatt aus der Mappe und wendet sich mit einer Fotografie davon an Sie, einen anerkannten Modigliani-Spezialisten. Sie reichen das Foto an die Koordinierungsstelle weiter, nicht ohne Seligmann Ihren Verdacht mitzuteilen, das Blatt könne eventuell Aufschluss über den Verbleib verschollen geglaubter Kunstwerke liefern. Etwa zeitgleich erhält Oberkustos Schmitt von Quast das Originalblatt zur Begutachtung. Er erfährt von Quast, dass eine ganze Mappe von Zeichnungen existiert, und ahnt natürlich sofort, dass es sich um die Mappe handeln muss, in der sein Schwiegervater seinerzeit die Mikrofilme versteckt hat. Um Geld für einen Ankauf der Mappe zu bekommen, wendet sich Schmitt an seinen Vorgesetzten, Senatsdirektor Hübelheimer, und klärt ihn über das Geheimnis der Mappe und dessen unschätzbaren Wert auf. Und nun geschieht etwas, auf das ich mir noch keinen Reim machen kann. Hübelheimer vertröstet Schmitt nämlich mit den Worten, die Sache prüfen zu wollen; gleichzeitig beauftragt er aber, was eigentlich unlogisch erscheint, ArtSave, die Firma, für die Grit arbeitet, mit der Suche nach ebendieser Mappe. Dazu schickt er die Fotografie, die er von der Koordinierungsstelle zur Rückführung anfordert und als Hamburger Vertreter dieser Organisation natürlich sofort erhält, als Attachment via E-Mail an ArtSave. Wie der Zufall es will, weiß Hirtmeyer, der Chef von ArtSave, aber ebenfalls vom Inhalt der Mappe. Er ist nämlich, wie ich in Erfahrung bringen konnte, der uneheliche Sohn von diesem Bold. Und was macht Hirtmeyer? Er setzt die Fotografie tatsächlich auf seine Suchliste im Internet – aber mit einem Kopfgeld, das weitaus höher ist als die Summe, die Quast Wiegalt für die ganze Mappe geboten hat. Hirtmeyer scheint mit ArtSave nämlich ein finanzielles Problem zu haben. Wahrscheinlich steht er in hoher Steuerschuld und will mit den Listen die heutigen Besitzer der Bilder erpressen oder hat etwas Ähnliches vor.»

Zart machte eine kurze Gedankenpause. Er musste an die merkwürdige Tabelle denken, die Mike auf Hübelheimers Computer gefunden hatte. Sollte Hübelheimer mit Hirtmeyer vielleicht gemeinsame Sache ...? Das wäre zumindest eine Erklärung für sein merkwürdiges Vorgehen gewesen. Aber diesem Verdacht konnte man immer noch später nachgehen. Erst einmal wollte er seinen Bericht zu Ende bringen. Zart war gespannt darauf, was Professor Wachholt zu alldem sagen würde.

«Tomasz Wiegalt stößt wahrscheinlich bei einer Internet-Recherche auf die Bilddatenbank von ArtSave und will, was angesichts der Summen auch verständlich erscheint, natürlich nicht mehr an Quast verkaufen. Er nimmt also Kontakt zu ArtSave auf. Hirtmeyer wittert seine Chance und schickt Grit Hoffmann, eine unerfahrene junge Mitarbeiterin, nach Hamburg. Er selbst fliegt aber vor Grit nach Hamburg und wickelt den Deal mit Wiegalt selbst ab, wobei dieser zu Tode kommt. Vielleicht tötet er ihn, weil man sich über den Preis nicht einigen kann, oder wie auch immer. Jedenfalls nimmt Hirtmeyer die Mappe an sich. Dann finden ich und Grit den toten Wiegalt ... Den Rest kennen Sie.»

Wachholt hatte die ganze Zeit aufmerksam zugehört. Als Zart geendet hatte, blickte er stumm auf das Weinglas, das er langsam in den Händen drehte. Einen Augenblick lang dachte Zart, er würde sich gar nicht äußern, doch dann stellte Wachholt das Glas auf einen kleinen Beistelltisch neben dem Sessel, kratzte sich abermals am Arm und murmelte ein kaum hörbares «Interessant». Er begann gedämpft in die Hände zu klatschen. «Tolle Geschichte.»

Irgendwie konnte sich Zart des Eindrucks nicht erwehren, dass der Professor angesichts seiner Schilderung und der Verdachtsmomente nicht sonderlich überrascht war. Ihn überkam plötzlich sogar das Gefühl, Günther Wachholt könne über die ganze Geschichte viel mehr wissen, als er bisher preisgegeben hatte. Er musste daran denken, mit welcher Akribie und mit welchem Engagement Wachholt bereits bei ihrem ersten Besuch an der Sache interessiert gewesen war.

«Man könnte glauben, du hast deinen Beruf verfehlt.» Wachholt griff nach dem Weinglas und nahm einen großen Schluck. «Aber wie du schon sagtest, ein paar Unklarheiten bleiben bestehen.» Er blickte Zart herausfordernd an. «Vielleicht kann ich mit meinem in einem langen Leben angesammelten Wissen da etwas aushelfen und ein bisschen Licht ins Dunkel der Spekulationen bringen.» Wachholt rückte sein Kissen zurecht, nahm eine bequemere Position ein und legte seine Hände wie zum Gebet in den Schoß. «Zuerst zu Hübelheimer. Jochen Hübelheimer ist, durch seine Position als Senatsdirektor zwangsläufig, die Kontaktperson der Koordinierungsstelle in Hamburg. Er hat einen ausgezeichneten Ruf als fachlicher Leiter der Kulturbehörde, verfügt über diplomatische Fähigkeiten, die so manchen Politiker vor Neid erblassen ließen, und über hervorragende Kontakte zur internationalen Kunstszene.»

«So weit, so gut», unterbrach ihn Zart. «Könnte es sein, dass es in dieser internationalen Kunstszene, wie Sie es nennen, einen Zweck- oder Interessenverband gibt, beispielsweise unter Museumsleuten und Auktionshäusern, die den offiziellen Bestrebungen der Bildrückgabe heimlich entgegenwirken?»

«Jaja!» Wachholt machte eine Handbewegung, als wolle er eine Wespe verscheuchen. «Sicher gibt es eine solche Gruppierung. Wir wissen allerdings nichts Genaues und haben auch keine Beweise dafür. Das ist aber nicht weiter schlimm. Die Arbeit der Koordinierungsstelle wird nämlich in absehbarer Zeit so effektiv sein, dass dieser Verband es schwer haben wird, seine Interessen weiterhin zu behaupten. Du hast übrigens Recht, wenn du jetzt annimmst, Hübelheimer sei so etwas wie die Anlaufstelle dieser Leute. Ich hatte ihn schon lange in Verdacht, aber nachweisen konnte man ihm bislang nichts. So viel dazu. Jetzt schreiten wir mal gemeinsam in die Vergangenheit. Es gibt da nämlich noch etwas, was du wissen solltest, bevor du voreilig deine Schlüsse ziehst. Martin Repsold hatte einen Mitarbeiter, einen jungen Assessor im Kunststab, der die Sache damals mit ihm durchgezogen hat. Repsold führte tatsächlich nichts Böses im Schilde, als er die Bilder beiseite geschafft hat, denn wie du schon sagtest, sollten sie nach dem Krieg an ihre ursprünglichen Besitzer zurückgegeben werden können. Deshalb haben sie gemeinsam diese Listen angefertigt. Es war ja schon etwas Ungeheuerliches, wenn man den Endsieg des Reiches infrage stellte. 1942 war der deutsche Vormarsch auf dem Höhepunkt angelangt. Jedenfalls waren Repsold und dieser Assessor, nennen wir ihn Dürsen, sich einig, dass der Frevel dieses Kunstraubes vielleicht schon in absehbarer Zeit, sicher aber irgendwann gesühnt werden würde. Jeden Abend saßen die beiden gemeinsam bei Kerzenschein bis spät in die Nacht im Keller des Jeu de Paume und berieten sich, schmiedeten Pläne für die Zukunft, wie sie die Rückführung bewerkstelligen würden, und überlegten, ob sie selbst diesem Massaker entkommen oder ob die deutschen Behörden ihnen irgendwann auf die Schliche kommen würden. Ja, so war das.»

Professor Wachholt entfuhr ein Seufzer. «Nur Repsold selbst», fuhr er fort, «kannte das Versteck der Listen. Aus Sicherheitsgründen hatte er nicht einmal Dürsen eingeweiht. Das war notwendig, weil Martin Repsold seine Transaktionen mit Hilfe eines Franzosen durchführte, der die Bilder für ihn ins Ausland schmuggelte. Dieser Franzose, er hieß Perreaux, arbeitete aber nicht nur für Repsold, sondern war gleichzeitig Privatsekretär und persönlicher Adjutant von Adolf E. Bold, dem Leiter der Devisenfahndungsbehörde im besetzten Frankreich. Bold war hundertprozentiger Nazi! Ein Schwein der übelsten Sorte, eine Sau, wie sie im Buche steht!» Wachholt klopfte bei diesen Worten sichtlich erregt mit der Hand auf die Armlehne des Sessels. «Was niemand wusste: Bold bereicherte sich klammheimlich. Und zwar in großem Stil. Einen Großteil der beschlagnahmten Güter zweigte er für seine persönliche Schatzkammer ab und ließ die Geldwerte von Perreaux in die Schweiz bringen, wo sie auf einem Nummernkonto deponiert wurden. Was Bold hingegen nicht ahnte: Perreaux arbeitete nicht nur mit Repsold zusammen, sondern überdies für die Résistance. Als er herausfand, was Bold vorhatte, führt er ihn an der Nase herum und übermittelte ihm chiffrierte Nummern des Schweizer Geheimkontos. Natürlich war Perreaux klar, dass sein Chef früher oder später von der Sache Wind bekommen würde, also händigte er im Gegenzug für die Bilder Martin Repsold die Codes aus, der sie dann wahrscheinlich zusammen mit den Mikrofilmen versteckte.»

«In der Mappe!», ergänzte Zart.

Günther Wachholt nickte. «Alles wäre gut gegangen, wenn Bold nicht durch einen dummen Zufall vom Bilderlager erfahren hätte, das Perreaux in einem Hafenschuppen in Bordeaux eingerichtet hatte. Die Bilder konnten zwar noch rechtzeitig verschifft werden, aber Bold fielen die Export-Listen in die Hände, die sowohl Repsold als auch Perreaux unterschrieben hatten. Er brauchte nur eins und eins zusammenzuzählen: Nachdem Perreaux enttarnt war, dauerte es nicht lange, bis Bold auch erfahren musste, dass er keinen Zugriff auf das Nummernkonto in der Schweiz hatte. Perreaux war da schon tot. Vielleicht hatte er Repsold während der Folter verraten, vielleicht kam Bold selbst auf die Idee; jedenfalls wusste er, wo er zu suchen hatte, und schickte Martin Repsold, der inzwischen in Kattowitz arbeitete, seine Häscher hinterher. Was aus Repsold geworden ist, entzieht sich meiner Kenntnis, aber ich nehme an, dass Bold, bevor er ihn beseitigen ließ, in Erfahrung bringen konnte, an welchem Ort Repsold den Code des Nummernkontos versteckt hatte. Nur war die Mappe da schon unauffindbar.»

«Glauben Sie, Bold hat Repsold auf dem Gewissen?»

«Das ist so sicher wie das Amen in der Kirche. Mein Lieber, du kanntest Bold nicht. Den Rest seiner Tage hat er damit zugebracht, diese Mappe zu suchen. Erst er und dann sein Sohn: Hirtmeyer. Bold hat deswegen Anfang der fünfziger

Jahre eine auf Kunst spezialisierte Detektei gegründet, aus der dann später ArtSave wurde.»

«Dass Hirtmeyer der Sohn von Bold ist, haben Sie erkannt, als Grit Ihnen die Visitenkarte ihres Chefs reichte, nicht wahr?», fragte Zart.

Wachholt nickte. «Dolf Elias Hirtmeyer und Adolf E. Bold. Dass Bold sich für seinen so jüdisch klingenden zweiten Vornamen offenbar schämte, darüber machte sich damals die gesamte Devisenfahndungsstelle heimlich lustig. Aber er war eitel genug, um ihn seinem Sohn zu vermachen.» Er lachte. «Die Kombination dieser beiden Vornamen löst noch heute Unbehagen bei mir aus.»

«Wie groß war wohl das Vermögen, das Bold auf dem Nummernkonto in Sicherheit glaubte?»

Der Professor legte seine gespitzten Lippen an den Rand des Weinglases und hob die Augenbrauen. «Keine Ahnung. Sicherlich ein ganz schönes Sümmchen. Aber», fuhr er fort, nachdem er getrunken hatte, «bestimmt nichts im Vergleich zu dem, was die Bilder auf den Listen heutzutage für einen Wert repräsentieren. Dumm ist, dass Hirtmeyer vom Wert dieser Listen wahrscheinlich keine Ahnung hatte.»

Zart stutzte: «Sagten Sie: *hatte*?»

«Habe ich *hatte* gesagt? Na ja …» Wachholt zögerte. «Wenn er von Hübelheimer beauftragt wurde, kann man ja annehmen, dass Hirtmeyer ihm die Mappe ausgehändigt hat. Sein eigenes Interesse galt bestimmt nur dem Code für das Nummernkonto.» Wachholt erhob sich langsam aus dem Sessel und widmete seine Aufmerksamkeit dem ledernen Koffer, den er behutsam auszuräumen begann.

«Was haben Sie eigentlich in Luzern gemacht?»

Wachholt drehte sich ruhig um, und Zart konnte den Hauch eines Lächelns erkennen. «Muss ich auf diese Frage antworten?»

«Vielleicht nicht hier und jetzt», sagte Zart. «Aber es könnte doch sein, dass jemand anderes Ihnen dieselbe Frage ...»

«Ich glaube, dazu wird es nicht mehr kommen», antwortete Wachholt. «Aber um dich zu beruhigen, erzähle ich es dir trotzdem.» Er machte eine Pause, klappte den Koffer zu und ließ sich umständlich darauf nieder. «Sagen wir», begann er, «ich habe mich mit einem großzügigen Spender getroffen, der einerseits anonym bleiben möchte und der andererseits ein außerordentliches Interesse daran hat, dass die Arbeit der Koordinierungsstelle in Sachen Wiederbeschaffung verschollener Kunstwerke vorangetrieben wird.»

Zart schwieg und blickte Wachholt erstaunt und ungläubig zugleich an.

«Wie ich mir vorstellen könnte», fuhr Wachholt fort, «werden in absehbarer Zeit ein paar qualifizierte Wissenschaftler, Kunsthistoriker und EDV-Spezialisten bei der Koordinierungsstelle benötigt. Ich habe Seligmann davon überzeugen können, dass es an der Zeit ist, das, was ArtSave macht, auch zu praktizieren – aber im großen Stil. Eine Bilddatenbank muss her. Ich habe ihm außerdem gesagt, dass ich in nächster Zeit als Kurator ausscheiden werde und dass ich jemanden an der Hand hätte, der vielleicht ...» Wachholt stockte erneut und blickte Zart auffordernd an. «Das müsste dann jemand sein, der sich mit der Materie wirklich gut auskennt.»

«Und der vielleicht Zugriff auf die Listen hätte?», fragte Zart.

«Richtig, das wäre eine wunderbare Qualifikation. Aber ich glaube, das wird nicht möglich sein. Jedenfalls sollte die Rückführung im Sinne von Martin Repsold und seinem Assessor weitergeführt werden. Ich habe Seligmann unter anderem deinen und Grits Namen genannt. Ich kann mir vorstellen, dass ihr euch für die Sache begeistern könntet. Die Listen werdet ihr bei der Suche aber wohl abschreiben müssen.» Der Professor erhob sich von seinem Koffer, ging schlurfenden Schrittes zu einem alten Bauernschrank und kam mit einer grauen Leinenmappe unter dem Arm zurück. «Das habe ich – zufällig – bei einem Kunsthändler in Luzern erstanden.»

Zart nahm die Mappe entgegen. Er legte sie vor sich auf den Boden und öffnete behutsam die verschossenen grünen Bänder. Nachdem er den Deckel angehoben und das darunter befindliche Seidenpapier beiseite geschoben hatte, lagen die Bilder vor ihm. Das oberste Blatt war eine Aktzeichnung auf gelblichem Papier. Sie zeigte das Bild einer jungen Frau, deren Körper mit zartem Strich nur andeutungsweise umrissen war. Die Betonung lag in der fast realistischen Darstellung des Schambereichs, den das Modell dem Betrachter entgegenstreckte. Wie auch auf den anderen Blättern in der Mappe, die sich allein durch den auf die Körpermitte konzentrierten Blickwinkel ähnelten, war das Gesicht der Frau nicht zu erkennen. Den Kopf hatte das Modell voll ekstatischer Wollust in den Nacken geworfen.

Zart schloss die Mappe und machte einen tiefen Atemzug. Er war sprachlos. Die Frage, ob es sich hier um die gesuchte Mappe handelte, konnte er sich sparen. Schon im dritten Blatt hatte er die Zeichnung erkannt, deren Ausschnitt auf der Fotografie zu sehen gewesen war. «Tja», bemerkte Wachholt ganz lapidar. «Das ist von der ganzen Angelegenheit übrig geblieben. Das wollte niemand haben, und ich habe auch nicht so das Interesse daran. Ich habe die Mappe sorgfältig untersucht. Im hinteren Einband ist ein kleiner Hohlraum – da werden die Mikrofilme versteckt gewesen sein.»

«Und der Code für das Nummernkonto?», fragte Zart.

«Vielleicht auch der», antwortete Wachholt gelassen. «Ich kann mir beispielsweise vorstellen, dass Hirtmeyer die Mappe verkauft hat, nachdem er in den Händen hielt, wonach er die ganze Zeit gesucht hatte.»

«Hirtmeyer wurde tot in einem Züricher Hotelzimmer gefunden», sagte Zart und hoffte immer noch, Wachholt würde wenigstens jetzt Überraschung zeigen.

Aber dem war nicht so. «In Zürich?», wiederholte Wachholt gelassen. «Das ist tragisch. Dann wird die letzte Spur zum Nummernkonto wohl auf immer verwischt sein. Andererseits: Ich kann mir nicht vorstellen, dass Hirtmeyer im Sinne von Repsold gehandelt hätte …»

«Der junge Assessor in Paris», begann Zart, «von dem Sie erzählten …» Er blickte in ein Paar müde und traurige Augen und ließ seine Frage unvollendet stehen.

«Ich wünsche euch beiden alles Gute.» Wachholt hielt ihm die Mappe entgegen. «Ich glaube, die Zeichnungen sind bei euch beiden in guten Händen. Aber jetzt musst du mich entschuldigen, ich bin müde und möchte mich ein bisschen hinlegen.»

Ohne ein Wort des Abschieds war Wachholt aus dem Zimmer gegangen. Fassungslos und von dem überwältigt, was er in den letzten zwei Stunden erfahren hatte, versuchte Zart, einen klaren Gedanken zu fassen. Als er die Auffahrt zur Schnellstraße nach Hamburg hinter sich gelassen hatte, fiel sein Blick auf die Mappe, die neben ihm auf dem Beifahrersitz lag, und er zwang sich ein Lächeln ab. Er würde dafür sorgen, dass niemand, der seine Hände in diesem schmutzigen Spiel gehabt hatte, ungeschoren davonkam. Das letzte Wort in dieser Angelegenheit war noch nicht gesprochen.

Die Besucherin

Im Hauseingang stand Bea. «Du hast Besuch.» Der Blick, den sie ihm zuwarf, schwankte zwischen Unverständnis und Missbilligung.

«Um diese Uhrzeit?» Zart schaute auf seine Armbanduhr. Es war nach Mitternacht.

«Ich habe sie reingelassen. Sie ließ sich nicht abwimmeln und wartet oben auf dich. Ich kann nur hoffen, du weißt, was du willst!» Den letzten Satz musste Bea Zart hinterherrufen, der voller Erwartung, jeweils zwei Stufen auf einmal nehmend, die Treppe hinaufhastete. Noch bevor er die Wohnungstür erreicht hatte, blieb er allerdings abrupt stehen. Sie konnte noch gar nicht hier sein. Es war erst sechs Stunden her, dass er mit ihr telefoniert hatte. Oder kriegte man so schnell einen Flug Stuttgart–Hamburg? Gespannt öffnete er die Tür.

«Was machst *du* denn hier?» Mit ihr hatte er am allerwenigsten gerechnet.

Saskia stand am halb geöffneten Fenster und schwenkte zur Begrüßung ein Champagnerglas. Sie trug wie stets Jil Sander, straff gezogenen Pferdeschwanz, knallroten Lippenstift und dazu passend lackierte Raubtierkrallen.

«Hallo, Zart. Ich dachte mir, wir sollten mal miteinander reden», begrüßte sie ihn im Tonfall mütterlicher Besorgnis.

«So?» Zart stellte die Mappe neben eine große Plankommode und zog seine Jacke aus. Dann ging er zielstrebig zum Kühlschrank und nahm sich eine Flasche Bier, mit der er Saskia demonstrativ zuprostete. «Du siehst aus, als wolltest du mich zu einem Geschäftsessen einladen.»

Saskia blickte an sich herab und warf Zart ein selbstsicheres Lächeln entgegen. «Es gab Zeiten, da gefiel dir so etwas.»

«Das ist aber schon etwas her», sagte Zart und vermied es, Saskia in die Augen zu schauen. «Die Zeiten ändern sich. Ich wüsste nicht, worüber wir reden sollten.»

«Ich mache mir Sorgen um dich.»

«So? Das wär ja mal was ganz Neues», erwiderte Zart mit einiger Heftigkeit und erschrak in der gleichen Sekunde darüber, dass er sich von Saskia immer noch provozieren ließ.

«Die kleine Schnalle, die du neulich bei Quast dabeihattest – das war doch wohl nichts Ernstes …?»

Zart musste lächeln. Wie es den Anschein hatte, ging es Saskia nicht anders als ihm. «Klingt ja, als hättest du Stress mit deinem Medienmogul.» Er verschränkte seine Arme vor der Brust.

Saskia blickte sich interessiert im Raum um. «Ich bin lange nicht hier gewesen. Hat sich einiges verändert.» Sie griff zum Sektkübel und schenkte sich nach. Mit einer lässigen Bewegung streifte sie ihr Sakko ab, schlüpfte wie beiläufig aus ihren Pumps und ließ sich auf einem der großen Kissen vor der Fensterfront nieder.

Zart schaute ihr kalten Blutes zu. Früher hatte er viel Champagner mit Saskia getrunken, vorzugsweise als Intro heißer Liebesnächte, sodass ein bereitgestellter Sektkübel mit Eis nach einiger Zeit schon fast als unausgesprochenes Zeichen von Paarungsbereitschaft gelten konnte.

«Wenn du hier die Verführungsnummer abziehen willst … gib dir keine Mühe!»

«Du meinst das also wirklich ernst mit der Kleinen?»

«Sieht ganz so aus.» Er rückte sich einen Stuhl zurecht und nahm am Küchentisch Platz. «Also, was willst du wirklich?», fragte er. «Hat dich Boylen rausgeschmissen, oder was?»

Saskia blickte ihn milde an. «Man wird doch wohl noch einen alten Freund besuchen dürfen?»

«Alter Freund?» Zart verzog den Mund zu einem Grinsen.

«Danke fürs Kompliment, aber ich glaube, Boylen hat deutlich ein paar Jährchen mehr auf dem Buckel. Liegt da etwa das Problem?»

«Ein wenig mehr Standfestigkeit könnte natürlich nicht schaden.» Sie warf ihm einen herausfordernden Blick zu. «Nein, Scherz beiseite. Ich traf neulich, das heißt gestern, meine alte Freundin Doro. Du weißt doch, dass sie Markus geheiratet hat, oder?»

«Er wohl mehr sie, würde ich sagen», verbesserte Zart.

«Na ja, wie dem auch sei. Ich recherchiere jedenfalls momentan in der Sache Quast. Liegt ja auch nahe, ich war schließlich dabei, als er ums Leben kam. Seine Biographie birgt eine Menge interessanter Details. Und das ganze Umfeld, die Erotik-Galerie, die …»

«Du schreibst also an einer Blut-und-Titten-Story», fiel ihr Zart ins Wort.

«Mein Gott, sei doch nicht so ordinär. Du weißt doch, was die Leute lesen wollen.»

«Mach's kurz.»

«Doro hat mir jedenfalls erzählt, du hättest dich in den letzten Tagen mehrmals mit dem lieben Markus getroffen. Es ginge irgendwie um Hübelheimer, hat er ihr erzählt – natürlich ganz im Vertrauen. Und da Hübelheimer an dem Abend auch anwesend war, habe ich mir gedacht …»

«Du könntest den Schmuddelcharakter der Story dadurch aufmöbeln, dass du noch ein wenig Prominenz untermischst?», ergänzte Zart. Wahrscheinlich hatte Markus wieder mit irgendwelchen Insider-Informationen geprahlt oder sogar angedeutet, er werde demnächst Hübelheimers Posten bekommen. Dieses Plappermaul würde sich nie ändern, dachte Zart. Auf dem Weg zum Kühlschrank fiel sein Blick auf die Mappe, die neben der großen Plankommode am Eingang stand. Und da kam ihm die Idee.

«Weißt du, Saskia, vielleicht ist es gar nicht so verkehrt, dass du hergekommen bist.» Zarts Blick kreiste suchend durchs Zimmer. Wo hatte er den Ausdruck von Hübelheimers Computer hingelegt? Schließlich fand er die Papiere in der Nähe des Telefons, setzte sich neben Saskia und breitete die Blätter mit den Tabellen auf dem Boden aus. «Ich bin da nämlich auf etwas gestoßen, was vielleicht von Interesse für dich sein könnte. Es wird dich sicher einige Zeit kosten, die Sachen zu überprüfen, aber ich könnte mir vorstellen, dass da eine richtig fette Story drinsteckt …»

Rückkehr

Die Geschwindigkeit, mit der die Landschaft hinter dem Fenster vorbeizufliegen schien, musste Einbildung sein, dachte Grit. Mehr als fünf Stunden saß sie bereits im Zug, und die Fahrt wollte kein Ende nehmen. Am meisten nervten sie die Blicke des ihr gegenübersitzenden Endfünfzigers, der anscheinend durch nichts davon abzubringen war, ihr ein Gespräch aufzuzwingen. Zwei Versuche hatte er während der letzten Stunden bereits gestartet, und eigentlich hatte Grit ihm unmissverständlich zu verstehen gegeben, dass sie an einem Bahnflirt kein Interesse hatte. Dem Äußeren nach zu urteilen, hätte er ein Reisender der ersten Klasse sein müssen. Ein ganz Wichtiger, im Dreiteiler und mit mobilem Büro: alle drei Minuten ein Telefonat, Laptop auf, Laptop zu, ab und zu ein Blick auf den zentimeterdicken Wecker am Handgelenk und unaufhörliches Gekritzel mit einem phallischen Füllfederhalter in einem schweinsledernen Diary-Organizer, dessen Format einem großstädtischen Telefonbuch zur Ehre gereicht hätte. Jedes Mal, nachdem wieder ein neues Spielzeug vorgeführt worden war, nahm er sie über den Rand seiner geschmackvollen Lesebrille in Augenschein, was Grit mit einem demonstrativen Blick aus dem Zugfenster quittierte. Dieses Theater kam ihr einfach zu albern vor, denn ein Manager war das mit Sicherheit nicht. Die saßen eher notgedrungen auf den gediegenen Einzelplätzen der ersten Klasse und waren froh, wenn sie ihre Ruhe hatten und für einen Moment die Augen schließen konnten.

Aber die Jahreskarte für die erste Klasse der Bahn hatte sie zusammen mit ihren restlichen Geschäftsunterlagen abgegeben, als klar war, dass ArtSave für immer die Türen schließen würde. Grit kniff die Augen zusammen. Als gelungener Karriereschritt konnte das kurze Intermezzo bei ArtSave wirklich nicht gelten. Den Einstieg ins gehobene Berufsleben hatte sie sich eigentlich anders vorgestellt. Eine richtige Pleite. Grit schüttelte den Kopf. Nein, so pessimistisch durfte sie das Ganze auch nicht betrachten. Auch wenn die Anstellung bei ArtSave ihrem Lebenslauf einen gehörigen Knick beschert hatte – mit den krummen Geschäften, deren ihr Chef im Nachhinein überführt worden war, hatte sie wenigstens nichts zu tun. Dafür war sie einfach zu kurz in der Firma gewesen. Mein Gott, was hatte man nicht alles über Hirtmeyer herausgefunden: Steuerhinterziehung, Geldwäsche, Spekulationsgeschäfte und Deals mit dubiosen Geschäftspartnern in Lateinamerika und den postsowjetischen Staaten im Osten. Die Liste, die man ihr vorgelegt hatte, war lang. Illegaler Kunsthandel und betrügerische Absichten gegenüber Kunstversicherungen waren nur die Spitze des Eisberges gewesen. Sie hatte nicht den blassesten Schimmer gehabt. Erfreulicherweise hatte sie auch die Polizei davon überzeugen können. Die stundenlangen Verhöre waren allerdings eine Strapaze gewesen. Grit seufzte. Natürlich hatte die ganze Sache auch ihre gute Seite. Ohne ihren Auftrag und die Fahrt nach Hamburg hätte sie Zart niemals getroffen. Auf zu neuen Ufern. Grit warf einen kritischen Blick auf das Gepäcknetz. Zwei Koffer sollten fürs Erste reichen. Den Rest ihrer Habseligkeiten hatte sie bei ihrer Mutter untergestellt. Man musste es ja nicht gleich übertreiben, schließlich hatte sie gerade mal drei Tage mit Zart verbracht; aber die waren nicht ohne gewesen. Als sie bei ihrem gestrigen Telefonat Zarts Stimme gehört hatte, hatte ihr Herz genauso aufgeregt geschlagen wie an ihrem letzten gemeinsamen Abend. Eigentlich ein eindeutiges Warnsignal, fand Grit, das Wiedersehen geruhsam und wohl überlegt anzugehen. Eigentlich.

Sie griff nach der Zeitung, deren Lektüre ihr Zart ohne weiteren Kommentar für die Bahnfahrt nahe gelegt hatte, und studierte den Artikel, aus dem hervorging, dass der Hamburger Senatsdirektor Dr. Jochen Hübelheimer von allen seinen Ämtern enthoben worden war, noch einmal Wort für Wort. Das war natürlich ein Knüller, den Grit nicht erwartet hatte. Allem Anschein nach war Zart während ihrer Abwesenheit nicht untätig geblieben. Es musste so sein, denn obwohl sich der Artikel in Andeutungen verlor und den Leser über die genauen Hintergründe der Geschehnisse im Unklaren ließ, suggerierte er deutlich eine Verbindung zwischen der Mappe mit den Modiglianis und Senatsdirektor Hübelheimer. Das konnte nur bedeuten, dass Zart seine Finger im Spiel gehabt hatte. In wenigen Stunden würde er sie hoffentlich darüber aufklären, was genau geschehen war. Trotzdem durchforstete Grit erneut die Zeilen, als könne sie ein Detail übersehen haben.

Wie es hieß, ermittelte bereits die Staatsanwaltschaft, und das bedeutete, wie Grit wusste, dass erst einmal gar keine Informationen an die Presse weitergeleitet wurden. Vor diesem Hintergrund war der Bericht doch vergleichsweise informativ. Zum Eklat war es anscheinend auf einer Pressekonferenz gekommen, die der Oberkustos der Hamburger Kunsthalle, Volkwin Schmitt, zwecks Präsentation einer lange verschollen geglaubten Mappe mit Aktzeichnungen von Amedeo Modigliani einberufen hatte. Auf dieser Konferenz, zu der Schmitt nicht wie sonst üblich in die Kunsthalle, sondern kurzfristig in die Hamburger Kulturbehörde geladen hatte, klärte er das Publikum über den brisanten Inhalt der Mappe auf. Nach seinen Informationen habe die Mappe, die im Büro von Senatsdirektor Hübelheimer gefunden worden sei, eine äußerst umfangreiche Liste von während des Zweiten Weltkriegs ins Ausland gebrachten Kunstwerken enthalten, welche die Nazis vorwiegend jüdischen Besitzern während der Besatzung in Frankreich geraubt hatten. Entgegen allen Erwartungen enthielt die Mappe aber, nachdem sie vor den Augen der Presse geöffnet wurde, nichts außer einer Reihe frivoler Aktzeichnungen. Auf die Herkunft der Mappe angesprochen, erklärte der von der gesamten Veranstaltung offenbar völlig überraschte Senatsdirektor Hübelheimer, er könne sich nicht erklären, wie die Mappe in sein Büro gelangt sei. Auch auf die Frage, ob eventuell Staatsgelder für den Ankauf bereitgestellt wurden, wollte er keine Angaben machen und verwies auf Oberkustos Schmitt, der daraufhin erklärte, er selbst habe Senatsdirektor Hübelheimer über den Inhalt der Mappe aufgeklärt und den Ankauf empfohlen.

In der daraufhin einsetzenden und schnell an Schärfe gewinnenden Debatte, die in erster Linie von Wortgefechten zwischen Hübelheimer und Schmitt beherrscht wurde, stellte Oberkustos Schmitt schließlich die Behauptung auf, Hübelheimer habe sich die Mappe auf illegale Weise angeeignet und die darin befindlichen Dokumente entfernt. Wie durch Recherchen einer Journalistin von RealityPress zweifelsfrei nachweisbar sei, habe Hübelheimer versucht, Museen und Sammler in der ganzen Welt, von denen man annehmen könne, dass sie momentan im Besitz von Kunstwerken ungesicherter Herkunft sind, unter Druck zu setzen. Man müsse daher annehmen, dass die verschollenen Mikrofilme aus der Mappe zumindest kurzzeitig in seinem Besitz gewesen seien. Die Journalistin, die unter den Anwesenden war, konnte die Angaben von Oberkustos Schmitt bestätigen und legte sogleich die entsprechenden Dokumente vor. Sie prüfe derzeit, ob Senatsdirektor Hübelheimer mit Hilfe der Listen die heutigen Besitzer erpressen oder lediglich die Rückgabe erzwingen wollte. Zur Überraschung aller Anwesenden präsentierte die Journalistin weiterhin das Protokoll der Kontaktaufnahme zwischen Senatsdirektor Hübelheimer und einer Firma in Schwäbisch Gmünd, die auf die Wiederbeschaffung abhanden gekommener Kunstwerke spezialisiert ist. Von gehöriger Brisanz ist der Umstand, dass der Inhaber dieser Firma vor einigen Tagen in einem Schweizer Hotel ermordet wurde. Obwohl Senatsdirektor Hübelheimer die gegen ihn erhobenen Vorwürfe scharf bestritt und für den betreffenden Zeitraum sogar ein Alibi vorlegen wollte, geht die Staatsanwaltschaft, die sofort eingeschaltet wurde, mittlerweile offenbar zumindest von einer Mittäterschaft aus. Der sofortigen Beurlaubung Hübelheimers von allen Ämtern, so endete der Artikel, sei einen Tag später der Haftbefehl gefolgt.

«Danke, das geht schon!» Schnell schob sich Grit an ihrem Nachbarn vorbei, der schon die Hand nach ihren Koffern ausgestreckt hatte. Sie faltete die Zeitschrift zusammen und klemmte sie unter den Griff eines Koffers. Der Zug hielt pünktlich.

Wenn sich in den letzten Jahren auch viel geändert hatte – die Atmosphäre auf den großen Bahnhöfen war gleich geblieben. Mit dem Öffnen der hydraulischen Zugtüren endete die Behaglichkeit des Reisens. Das Erste, was Grit entgegenschlug, war der lang anhaltende, ohrenbetäubende Quietschton einer Bremse. Kurz darauf kroch vom Nachbargleis die Dieselwolke eines Regionalzugs über den Bahnsteig. Grit stellte die Koffer ab und atmete tief durch. So roch eine Großstadt. Sie blickte sich um. Ihr Waggon war natürlich weit außerhalb der Bahnhofshalle zum Stillstand gekommen. Auch das war typisch, fand sie. Sie beschloss abzuwarten, bis sich der Pulk der Reisenden auf dem Bahnsteig aufgelöst hatte, und setzte sich auf einen ihrer Koffer. Natürlich würde Zart sie abholen; das hatte er zumindest angekündigt.

Grit erinnerte sich an ihre erste Ankunft in Hamburg. Es war in der Stadt noch immer so heiß wie damals. Wohlweislich hatte sie sich nicht herausgeputzt: Jeans, Turnschuhe, eine schlichte weiße Bluse, die Haare mit einem zum Stirnband gewickelten Kopftuch gebändigt. Würde er sie überhaupt erkennen?

Natürlich erkannte er Grit. Wahrscheinlich hatte er sie sogar schon eine Weile beobachtet. Als sich die Masse der Ankömmlinge auf die Rolltreppen verteilt hatte, sah sie ihn auf dem Bahnsteig stehen. Ganz ruhig stand er da und blickte in ihre Richtung. Auch wenn sie sein Gesicht gegen die Sonne nicht genau erkennen konnte, so war sich Grit doch sicher, dass er wieder dieses Grinsen auf den Lippen hatte. Langsam setzte sich Zart in Bewegung, und mit jedem Schritt, den er auf sie zukam, schlug ihr Herz stärker. Als Zart vor ihr stand und ihr eine Rose entgegenhielt, fiel sie ihm stumm um den Hals.

Der Rest der Begrüßung ging im hallenden Getöse mehrerer Lautsprecherdurchsagen unter, die sich, als hätte man auf genau diesen Moment gewartet, mit diversen Ankündigungen gegenseitig übertönten.

Nachdem sie es sich im Fond der Taxe bequem gemacht hatten, konnte Grit ihre Neugier nicht länger zurückhalten. «Sag mal, was ist denn da eigentlich los?», sie hielt Zart die Zeitschrift mit dem Artikel entgegen. Natürlich war die Fahrstrecke dann viel zu kurz, um die Geschehnisse der letzten Tage ausführlich besprechen zu können. Zart wollte wissen, was genau in Zürich vorgefallen war und ob die Polizei inzwischen sicher sei, dass Hirtmeyer Tomasz Wiegalt auf dem Gewissen hatte. Er selbst erzählte in groben Zügen, was ihm Oberkustos Schmitt über die Mappe und deren Inhalt anvertraut hatte, von seinem nächtlichen Ausflug in Hübelheimers Büro, von den geheimnisvollen Adressenlisten in dessen Computer und wie er Saskia darauf angesetzt hatte. Dass Saskia mehr oder weniger auf ihn zugekommen war, erwähnte Zart, um keine falschen Verdachtsmomente aufkommen zu lassen, sicherheitshalber nicht.

«Und wie ist die Mappe jetzt bei Hübelheimer gelandet?», fragte Grit aufgeregt.

«Keine Ahnung!», sagte Zart und zuckte mit den Schultern. Im selben Moment nahm er sich fest vor, dass das die letzte Lüge zwischen ihnen sein sollte. Markus Vogler war von Zarts erneutem Anliegen natürlich alles andere als begeistert gewesen, aber schließlich hatte er sich breitschlagen lassen, und sie waren abermals zu einer nächtlichen Exkursion in die Räume der Kulturbehörde aufgebrochen. Er hatte die Mappe so deponiert, dass es aussah, als habe man sie versteckt. Gleich am nächsten Morgen hatte er Schmitt informiert, der erwartungsgemäß außer sich war, als er erfuhr, dass sich die Mappe in Hübelheimers Büroräumen befand. Zuerst hatte der Oberkustos noch vermutet, der Senatsdirektor wolle sich, wie schon so oft, mit fremden Federn schmücken, aber als ihm Zart die Ergebnisse von Saskias Recherchen mitteilte, aus denen eindeutig hervorging, dass Hübelheimer seine Position als Beauftragter für die Rückführung von Kulturgütern anscheinend schamlos zur persönlichen Bereicherung ausgenutzt hatte, da war Schmitt kalkweiß geworden und hatte sich erst einmal hinsetzen müssen. Letztlich lag ihm aber immer noch die Rehabilitation von Martin Repsold am Herzen. Also hatte er die Presse informiert und eine Konferenz in den Räumen der Kulturbehörde einberufen, noch bevor er die Mappe selbst in Händen hielt.

«Wahrscheinlich wird Hübelheimer sie von Hirtmeyer erhalten haben, nachdem der gefunden hatte, wonach er suchte. Schließlich war Hübelheimer der Auftraggeber von ArtSave, und Hirtmeyer hatte offenbar keinen blassen Schimmer, von welch unschätzbarem Wert der weitere Inhalt der Mappe war.»

«Meinst du, Hübelheimer hat Hirtmeyer wegen der Mappe umgebracht?», fragte Grit.

«So wie Hirtmeyer es mit Wiegalt tat? Das kann ich mir nicht vorstellen. Außerdem hatte er dafür doch eigentlich keinen Grund. Hübelheimer hat die Listen – das war alles, was er wollte. Was sagt denn die Polizei zu Hirtmeyers Tod?»

«Hmm.» Grit machte ein nachdenkliches Gesicht. «Nachdem die Polizei die kriminellen Geschäfte von Hirtmeyer aufgedeckt hat, nimmt man an, dass er entweder von einem seiner Gläubiger oder Geschäftspartner liquidiert worden ist. Auch die Schweizer Polizei glaubt an einen professionellen Auftragsmord. Er ist mit einem dünnen Stahlband stranguliert worden, man hat im Hotelzimmer überhaupt keine Spuren oder Fingerabdrücke gefunden.»

«Ach so.» Zart machte ein betroffenes Gesicht. Dann nahm er Grit die Zeitung aus der Hand und blätterte einige Seiten weiter. «Hast du auch das hier gelesen?»

Es war eine Randnotiz im Feuilleton, die vom Tod des renommierten Modigliani-Experten und ehemaligen Professors für Kunstgeschichte an der Hamburger Universität Günther Wachholt berichtete, der am Vorabend in einem Hamburger Krankenhaus verstorben sei. Als Todesursache wurde eine Überdosis Insulin genannt, die sich der schwer kranke Mann wahrscheinlich versehentlich gespritzt habe.

Grit legte die Zeitung beiseite. «Hast du gewusst, dass Wachholt zuckerkrank war?»

«Er hat nie darüber gesprochen», entgegnete Zart, «aber ich habe so etwas geahnt, ja.» Schon wieder eine Lüge, fiel ihm ein. Aber gleichzeitig fand Zart, dass das immer noch die gleiche Geschichte war. Niemand, wirklich niemand brauchte von der Rolle, die Wachholt bei der ganzen Angelegenheit gespielt hatte, etwas zu erfahren.

Erst als der Wagen auf dem Hof zum Stillstand gekommen war, registrierte Grit, dass es Zarts Taxi war, in dem sie die ganze Zeit gesessen hatten – beide hinten. Mike drehte sich zu ihr um und hielt ihr albern grinsend eine gelbe Plastikente entgegen: «Das sein altes Symbol von Fruchtbarkeit in meine Heimat!»

Den Boxhieb auf die Schulter, den er sich dafür von ihr einfing, hatte er natürlich erwartet.

Als sie Zarts Refugium betraten, stellte Grit erleichtert fest, dass sich nichts verändert hatte. Wie denn auch, in der kurzen Zeit? Sie blickte auf das große Bett am Ende des Raumes und musste lächeln.

«Übrigens – du wirst es nicht glauben», sagte sie mit einem geheimnisvollen Lächeln und wandte sich Zart zu. «Ich habe gestern Post bekommen. Von der Koordinierungsstelle zur Rückführung.»

«Seligmann?»

«Stell dir vor, die möchten mich als Expertin für eine neu eingerichtete Abteilung gewinnen, ich hab schon einen Termin für das Vorstellungsgespräch. Na, was sagst du?»

Zart legte liebevoll einen Finger auf Grits Lippen und schüttelte den Kopf. «Später», flüsterte er leise, öffnete behutsam ihr Kopftuch und verband ihr die Augen. Dann stellte er sich dicht hinter sie und schob sie vorsichtig vor sich her.

«Hinunter?», fragte Grit unsicher, als sie das Treppenhaus erreicht hatten. Zart antwortete nicht, und Grit ließ sich bereitwillig die Stufen hinabführen. Nach dem zweiten Absatz stoppten sie, und Zart öffnete eine Tür. Grit wusste, dass Zart hier sein Fotostudio hatte, aber sie hatte den Raum nie zuvor betreten.

Als er ihr das Kopftuch von den Augen nahm, wurde sie von gleißendem Licht geblendet. Alles war weiß gestrichen, und die halb geöffneten Jalousien vor den Fenstern brachen die letzten Sonnenstrahlen des Tages, die in den riesigen Raum strömten. Die Gerätschaften in der Halle, raumhohe Leuchten und Blitzgeneratoren, Stative und Podeste, waren mit hellen Tüchern abgedeckt.

Zart ging einige Schritte voraus, schob einen fahrbaren Galgen beiseite und stellte sich neben eines der verdeckten Objekte in der Mitte des Raumes. Mit einer eleganten Bewegung verneigte er sich vor Grit und zog das Tuch herunter.

«Das gibt's doch nicht.» Grit machte einen Schritt auf die nagelneue Badewanne zu. «Du Schuft. Jetzt weiß ich auch, was Mike mit der Quietscheente meinte. Er hat dir dabei geholfen, stimmt's?»

«Falls du bis zum Winter bleiben willst», sagte Zart und wurde tatsächlich rot dabei.

Grit blickte ihn mit großen Augen an. «Würdest du mich fotografieren?»

«Jetzt? Und wie genau soll ich dich fotografieren?»

«Wie siehst du mich?»

«Das werde ich in einem einzigen Bild nicht festhalten können.»

«Dann mach mehrere.»

«Das dauert.»

«Ich hab Zeit.»

«Wochen.»

«Nur zu.»

«Jahre.»

«Vielleicht.»

«Du willst es wirklich?»

Grit nickte und Zarts Arme schlossen sich fest um sie.

«Fangen wir an!»

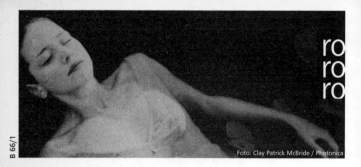

Foto: Clay Patrick McBride / Photonica

Mörderisches Deutschland

Eisbein & Sauerkraut, Gartenzwerg & Reihenhaus, Mord & Totschlag

Boris Meyn
Die rote Stadt
Ein historischer Kriminalroman
3-499-23407-6

Elke Loewe
Herbstprinz
Valerie Blooms zweites Jahr in Augustenfleth. 3-499-23396-7

Petra Hammesfahr
Das letzte Opfer
Roman. 3-499-23454-8

Renate Kampmann
Die Macht der Bilder
Roman. 3-499-23413-0

Sandra Lüpkes
Fischer, wie tief ist das Wasser
Ein Küsten-Krimi. 3-499-23416-5

Leenders/Bay/Leenders
Augenzeugen
Roman. 3-499-23281-2

Petra Oelker
Der Klosterwald
Roman. 3-499-23431-9

Carlo Schäfer
Der Keltenkreis
Roman
Eine unheimliche Serie von Morden versetzt Heidelberg in Angst und Schrecken. Der zweite Fall für Kommissar Theuer und sein ungewöhnliches Team.

3-499-23414-9

Weitere Informationen in der Rowohlt Revue oder unter www.rororo.de